トツ!

麻生 幾

幻冬舎文庫

トッ！

治《ち》にいて乱を忘れず

警視庁ＳＡＴ隊訓

主要登場人物

警視庁ＳＡＴ

南條（ワタル）　制圧班長（旧・トツ班）
桐生（ショウタ）　副班長
羽黒（ナオヤ）　組長
駿河（ユウキ）　隊員
柴崎（ルイ）　隊員
月野（ハヤト）　新隊員
柚木　ベンチ班長（指揮班）
栗竹　隊長

警視庁本部

風見　警備情報係管理官
別府　警備実施第1係長
橋本　警備部長

警察庁

与田　警備第2課運用係長
国友　警備第2課長

真紀　南條の妻
湯川明日香　地域課警察官
美玲　明日香の娘

プロローグ

東京都郊外

「新しいお仕立ては如何でございますか？」地下一階フロアの片隅の、ほんの二畳ほどの薄暗い空間からにゅっと男が前に進み出た。

身なりのいい五十がらみの男が声をかけてきた。

食堂へと足を向けるためそこを通りがかったネクタイと白いワイシャツだけの者たちは、男が指し示す、スーツを着た二体のマネキンにちらっと視線を送っただけで、それがいつもの光景なので特に驚くこともなく通り過ぎてゆく。

ただ、定年を間近に控えた風の数人が、最後のお勤めのため、それくらいの贅沢は許されるはずだといった雰囲気でマネキンの前で足を止め、飾られたスーツの品定めをしている。

かつての昭和の時代、中央官庁の多くのビルの地下では、紳士服の販売や万年筆などをワゴンで売る小さな売店が並ぶ風景があった。

東京・霞ヶ関の一角にある、一九三三年に建てられた旧内務省庁舎。通称「人事院ビル」と呼ばれる建築物は、濃い茶色のスクラッチタイルが重厚さを醸し出していた。

しかし、竣工から二十年以上も経っていることから、老朽化の波が押し寄せ、建物内部のコンクリートの壁は染みだらけで、木製の板張り床も黒光りがしていた。しかも、廊下や部屋の天井がやたら高いため、その頃の照明器具では空間全体を照らすのは不十分で、どこに足を向けても薄暗く感じさせることとなった。

ゆえに、人事院ビルの三階から五階までを占領している全国都道府県警察本部を事実上統括し、日本の治安の総本山であった「警察庁」のフロアでさえ、〝老朽化〟は逃れられず、そこに足を踏み入れただけで暗く陰湿な雰囲気に思わずたじろいでしまうような雰囲気が初めての来訪者を怖れさせた。

曇天や雨の日ともなれば、中庭から窓硝子越しに注がれる陽光はわずかで、五メートルはあろうかという高い天井にある電灯はほんの申し訳ないほどで、昼間にしても廊下の先は闇へと吸い込まれるような錯覚にさえ陥った。

それは特に、表札のない部屋がズラッと並ぶ、全国の公安・警備警察の元締《もとじ》めである「警備局」が置かれた五階のフロアこそ顕著で、何者も遠ざけるような不気味さがあった。

一九五四年に警察庁とともに設置された「警備局」の任務は、もちろん、一九五〇年代後半から全国で吹き荒れた左派系学生運動や過激派などへの対応であり、深く歴史に刻まれている。その一方で、北朝鮮やソビエト連邦（現ロシア連邦）などによる数々のスパイ事件捜査、ロケット攻撃、政府関係者襲撃や現住建造物放火など殺人未遂事件を含む重大犯罪を繰り返す過激派の摘発、訪日する要人《VIP》に対する警備など、重大な公安事件や外事事件捜査と警備事案対処を行う全国都道府県警察本部の司令塔となってきた。

警備局の創設から二十三年後の一九七七年。劇的な転機が訪れた。

ピンク・レディーがペッパー警部で鮮烈にデビューするとともに、石川さゆりの津軽海峡・冬景色が大ヒットし、アニメ「あらいぐまラスカル」が放映開始となり、日本初の静止気象衛星「ひまわり」が打ち上げられ、巨人の王貞治選手がホームラン世界新記録を達成したその年の十二月――。

警備局に「赤軍担当調査官室」という新しい部署が密かに誕生した。指揮系統的には、公安第3課と外事課の両方ということにされたが、実質的には本室《ホンシツ》（外事課）が仕切ることとなった。

この部署が新設された理由は、その一ヶ月前に発生した日本の治安史を塗り替える重大事件にある。日本からベイルートに拠点を移し、パレスチナテロリストグループと結託してテロリズムを行っていた「日本赤軍」が、インドのボンベイの空港を離陸した日本航空機をハイジャックし、航空機の旅客と乗務員計百五十六人を人質として、身代金六百万ドルだけでなく、刑務所に入っていた自分たちの仲間と凶悪犯罪者九名を釈放し、同機に連れて来るよう日本政府に要求した。

日本政府は、超法規的措置として要求を受け入れ、実行した。収監中の日本赤軍メンバーと放免となった者たちをアルジェリア経由でシリアへ逃走させてしまうという全世界へ向けての醜態を見せつけ、警察庁は深い屈辱を味わった。

その事件を受けて警察庁は、海外で活動し、また逃亡した日本赤軍を追及する専門部署を設置。それが「赤軍担当調査官室」だった。

それまで「日本赤軍」の追及は、国内の過激派から派生したものであったことから、過激派担当の公安部門が情報収集をしていた。しかし公安部門は海外に足場がなく、「日本赤軍」の状況をほとんど把握できずにいた。

しかし、「赤軍担当調査官室」の当初のメンバーは、四十代前半のキャリア（警察官僚）の「調査官」の元に、二人の補佐（若いキャリアと地方県警からの出向者）、その下に二名の地方県警からの出向者が係長として就いたほか一名の通訳という、たった計六名の極小所帯の体制でスタートしたのだった。

それ以降の約十年間、警察庁の海外での情報源開拓時代が始まることとなった。何しろ、海外の治安・情報機関とのパイプがまったくないという悲しむべき状態だった。それまでは、一九七五年、スウェーデンのストックホルムで、国際手配されていた「日本赤軍」メンバーが逮捕され、その時、日本への送還に同行したスウェーデン治安機関（ＳＳＳ）との接触が欧州治安機関との初めての関係となった程度で、世界のインテリジェンス・クラブのその扉どころか、そこへ繋がる道しるべさえ見つけられない状態だった。

　しかし「赤軍担当調査官室」が誕生して二年後の一九七九年四月、警察庁は、イギリス治安・情報機関ＳＳ（ＭＩ５）と二国間暗号ＴＥＬＥＸを設置し、海外のインテリジェンスと初めての関係を樹立することとなった。

　そして、インテリジェンス・クラブのメンバーとなる日がさらに二年後、ついにやってきたのである。

　欧州内務省局長会議から派生し、一九七二年に発足した欧州テロ情報極秘暗号ネットワーク――「クラブ」という名称がつけられたその組織は、アラブやパレスチナ系のテロリストが航空機ハイジャックや都市部での爆弾テロを頻発させるなど重大な国家安全保障に関わる事態が頻発している情勢を受け、欧州の西側諸国が一致団結してそれらに対抗するため、テロやテロリストグループに関する極秘情報をシェア（共有）するべく、スイスの首都ベルンにある「ＢＵＰＯ《ブッポ》」（スイス連邦情報機関）内に創設された。

　「クラブ」の会員メンバーは、主要欧州十カ国の二十の治安・情報機関で、ＤＳＴ（フランス国土監視局）、ＳＵＲＥＴＥ（フランス警察庁）、ＩＳＩＳ（イスラエル）、ＳＳ（ＭＩ５

＝イギリス）、ＧＡＲＤＡ（アイルランド）、ＢｆＶ（西ドイツ憲法擁護庁）、ＢＵＰＯ（スイス）、ＢＶＤ（オランダ）、ＳＩＳＤＥ（イタリア）、ＳＳＳ（スウェーデン）などが参加した。しかし「クラブ」の名称はもちろん、その存在さえ決して公にされることはなかった。

一九八一年五月二日、日本の警察庁は「ＢＵＰＯ」の強い推薦支援を受け、オブザーバーの立場で加盟が認められた記念すべき日となった。

そして、欧州テロ情報極秘暗号ネットワークから情報のシェアを受けるべく、「クラブ」からオランダ・フィリップス社製の暗号通信装置、『ＡＲＯＦＬＥＸ《アロフレックス》』の提供を受け、厳重な警備のもとで「赤軍担当調査官室」の片隅に設置。警察庁はついに世界のインテリジェンス・クラブの仲間入りを果たせたのだった。

「赤軍担当調査官室」が行っていたそれまでのテロに関する多国間の極秘情報のやりとりは、それぞれの情報機関や治安機関の渉外《リエゾン》担当者どうしのファーストトラックのみで、対面する際も厳しい安全規定によって用意された施設と部屋で行うのが常識だった。しかし「アロフレックス」の登場はそのシステムを画期的に変えたのだった。

「アロフレックス」は当時、最高機密の塊だった。警察庁の「クラブ」への仲間入りが加盟国によって全会一致で認証された直後、「アロフレックス」を日本に空路輸送することになったが、オランダのスキポール空港に運ばれて日本航空機に載せられるまでのすべてのルートは、完全武装したオランダ軍の特殊部隊が護衛したほどだ。

その後、暗号通信装置はさらに発展し、一九九五年一月、ドイツ・シーメンス社製のオンラインシステム「T2158BZ」は、暗号テープなし、相手のコードとキーでそのまま送信できる優れもので、受信時も本体に三重の暗号解読装置が安全性をより高めながらも、一ページをわずか三秒で受信できる画期的なデバイスだった。

さらにその後、「赤軍担当調査官室」は、外事2課、国際テロ対策課と名称を変えただけでなく組織自体も変遷して人員も五倍以上に増加し、暗号通信装置も何度かのバージョンアップを繰り返して最先端のテクノロジーが投入され続けてきた。

そしてそれは現在でも同じだが、システムが立ち上がるとマザーボードが稼働して最初に表示され、交差する剣が描かれた旗を二匹の獅子が掲げるデザインのその紋章は変わらぬままである。またその数秒後、代わりに「NOTICE」（通知）という文字とともに、「クラブ」からシェアされた、いくつかのインテリジェンスが表示されるのもまったく同じだ。

「NOTICE」の下記に並べられた項目のうち、五番目のそれだけは、いつもの情報のシェアではなかった。

チェコの情報機関から「クラブ」を介しての、NPA（日本国警察庁）を名指ししての人定照会要請がそれだった。

一枚目に表示されたのはテキスト文書だった。

〈過去の国際テロ事件に関与した武装グループの一員としてＡＰＩＳ（事前搭乗者照合システム）に登録されている男が接触した、日本人女性について、貴庁に対して人定依頼を行うものである。尚、当該の女性は、英語、フランス語、スペイン語が堪能――〉

二枚目として映し出されたのは、一枚のカラー写真だった。

西欧系の外国人が行き交うカフェかレストランのオープンテラスで、白いジラソーレチェアに座る髭面《ひげづら》でサングラスをかけた男の顔が鮮明に撮影され、さらにその前で、鮮やかなグリーンの胸を大きくはだけたＶネックミニドレス姿で、黒いハイヒールを履いた足を鷹揚《おうよう》に組む鼻の高い女が、長い黒髪を手櫛でかき上げる、その瞬間が撮られていた。

海外の治安・情報機関から極秘に日本警察にもたらされたテロ情報が、それに対抗するためにオペレーションを行う警察庁警備局の「警備運用部」まで流れるのはすべて「裏《ウラ》」ルートによって行われる。

だが、その「裏」の中にもさらに〝オモテ〟と〝ウラ〟があり、特に〝「裏」のウラ〟こそ食わせ物だというのが、全国都道府県警察本部の「警備実施《じっし》」の部門を実質的に指揮する警備運用部に勤務する者たちがこれまでの経験から持ち合わせている概ねの見解だった。

〝「裏」のオモテ〟とは、例えば、在日アメリカ大使館の地域センターに詰めるＣＩＡアタッシェから内閣情報調査室のカウンターパートにシェア（共有）され、そこから内閣情報官によって警察庁の警備局長へ報告されて、さらに警備運用部のそれぞれのデスクに落とされるというルートのことを意味する。

一方、〝「裏」のウラ〟での流れは、ＣＩＡ要員とのセカンドトラック（非公式接触）によって情報を得た警視庁公安部外事４課員が上司を介さずにいきなり公安部長に報告するという流れで、その先は、公安部長が警察庁の外事課長に伝達し、そこからボトムアップ式で警備局長の裁可を仰ぐというケースなどである。しかしＣＩＡはその情報源《ソース》を決して明らかにはしない。ゆえに、警備運用部では、海外からもたらされるテロ情報については「未確認ながら」という〝枕詞〟がつくことになるのだ。

しかし、テロ情報についてはもう一つの重要なルートがあることも警備運用部で仕事をする全国都道府県警察本部からの出向者たちはよく知っている。しかし、そのルートを詮索することは許されなかった。情報のソースを意味するクレジットにしても単に〈海外機関〉とだけ表現されることが長年の習わしだ。

　本来そういった情報は国際テロ対策課から寄越されると想像できるが、警備運用部にもたらすのは決まって、外事警察の連中が「本室《ホンシツ》」と呼ぶ外事課の課長だった。

　今回もまた警備運用部にアクセスしてきたのは、外事課長の奥山警視正《おくやまけいしせい》で、彼は、警備運用部の中で全国機動隊部隊の指揮を行う「警備第1課長」の三谷警視正《みたにけいしせい》に面会を申し込んだ。

　奥山は「未確認ながら」という言葉から話し始めながら、一枚のカラー写真と数枚の英語文書を、同期入庁の三谷の執務机の上に滑らせた。

「三谷、まず写真を見てくれ。この右側に写る男は、自称、アフガニスタン生まれの四十三歳。ナシール・カリル――」

「自称？」

「真正かどうか不明のパスポートの情報だからだ」

　そう答えた奥山が続けたのは、アフガニスタンを制圧したタリバン内の強硬派であり、国際テロ組織アルカイダとも関係が深いハッカニーネットワークの分派グループ『サーリハ』のリーダーがこの男だということだった。続けて奥山は、この『サーリハ』はこれまで独自のテロを計画、実行しており、TEL《テル》（アメリカCIA作成のテロリスト容疑者リスト）やAPISにも登録されている。ただし、組織の活動エリアに始まり、幹部構成や部隊規模など不明な点が数多い、とした。

「ここには、金銭目的の活動履歴もある、と？」

文書を手にしながら三谷が訊いた。

「それについては、こちらの手持ち資料の中に関連情報としてある。中東や南アメリカで、身代金目的の誘拐や暗殺をビジネスとして請け負っていると。ただいずれにしても未確認だが――」

奥山は最後に苦笑してみせた。

三谷は、写真を手にとって男の左側に写る女に目をやった。

「スマートフォンで流暢な日本語を話した、それだけでこの女性を日本人だと？」

三谷は、テラスの白い椅子に座る緑色のミニドレス姿でロングの黒髪をかき上げる女が写る一枚のカラー写真を手にした後、目の前に置かれた数枚の文書へ目をやりながらその質問を投げかけた。

「しかも、この容貌からすると、アラブのそれにも見えるぞ」

三谷は写真を上下にしてみた。

「日本人とした情報が他にあるんだろうがここには明記されていない」

奥山が言った。

「この時この女が使ったスマートフォンの電波調査についての記録は――。ないようだな」

三谷がそう言って文書に目を落とした。

「プラハ（チェコの首都）の繁華街、ヴァーツラフ広場に面したレストランなら、さぞかし飛び交う波《なみ》（通信電波）が多すぎたんだろう」

三谷は英語の文書を捲《めく》った。

「駅や空港のカメラにも？」

奥山は首を振った。

「で、女の追尾はせず？」

「記録がないということは恐らく――」

「プロがまかれた？」

三谷は唇を突き出した。

「女は移動に車を使ったに違いない。で、シェンゲン協定（ＥＵ内での出入国管理不要を決めた取り決め）の海の中に消えた――」

しばらく写真と文書を見比べていた三谷が顔を上げて右眉を上げた。

「で、この『サーリハ』が日本でテロを起こす蓋然性《がいぜんせい》があるというわけだな？」

「いや、今回この情報をシェアされた理由は、この女の人定照会に過ぎない」

「なに？　テロ情勢に関することではないと？　ならどうしてオレのところへ来た？」

三谷は咎《とが》めるような口調となった。

奥山は表情を変えないまま話を続けた。奥山が説明したのは、在日アメリカ大使館に協力者《モニター》を持っている警視庁の外事部門からの関連情報についてであった。二〇一五年のパリ同時多発テロ事件（イスラム武装勢力によるテロで百三十名が死亡）の捜査関連で、フランス軍の特殊部隊が、先週、イエメンにある『サーリハ』の施設を襲撃した時、東京の永田町の街中と東京駅のジオラマと思われる破片を発見している、と奥山は語った。

「つまり、襲撃計画があると？」

三谷が慎重に訊いた。

「ついてはこれから局長（警備局長）のところに一緒に行って欲しい。今日は午後いっぱいいらっしゃる。そのために、同時多発テロ対策を今、ここで考えたい。このクソ忙しい時に、オレがここに来た理由がそれだ」

「ちょっと待て」

三谷が慌てた。

「同時多発テロ対策ってさ、今更何を言う？　仮に日本においてパリの事件と同様の事案が発生した場合、日本《ここ》では、そもそも事実認定からして相応の時間がかかってしまうことが予

想される。それを変えるのはすぐにできることじゃないってことはお前だって分かっている
はずだろ？」

「もちろん。重大テロ事案発生の初動対応段階において、第一臨場《りんじょう》する交番勤務員《トウムイン》、機動捜査隊《キソウ》や自動車警ら隊《ジラタイ》などに相応の犠牲を払わざるを得ないということはオペレーションからは門外漢のオレだって危惧している」

納得するように大きく頷《うなず》いた三谷が話を続けた。

パリの事件では最初のターゲットである出版社を襲撃した被疑者たちは軍事戦闘訓練を受けており、戦術や火力面からしても、日本に置き換えたならば、地域警察官や一般機動隊員による直接対応は非常に困難である。例えば、機関拳銃M P5《エムピーファイブ》を所持した機動隊の銃器対策部隊であっても、軍事訓練を受け自動小銃を装備したアクティブ・シューター（連続して撃ちまくる被疑者）に対峙させることは自殺行為であり、現状において、捜索や応戦が可能なのは、CQC《シーキューシー》（近接屋内戦闘）とCQM《シーキューエム》（近接屋内射撃）の技術と戦技を完成させているSAT《サット》（特殊部隊）くらいであろう。刑事部のSIT《シット》（特殊係）も訓練は行っているが、SATとは技術も戦技も、またマインドセットからして異なるためテロリストへの対応は現実的ではない――。

「そうであるなら、SATを運用する、隣の警備第2課長の国友《くにとも》も呼んで――」

奥山が勢い込んで言った。

「それは必要ない」

三谷が遮って続けた。

「警備計画ならびに警備実施全般を統括する私の所管だ」

「それなら、とにかく進めるべきだ」

「しかし、これは警備だけではダメだ。刑事部も地域部も巻き込まないと意味がないが、蓋《がい》然性《ぜんせい》を示せ、なんて言ってくるに決まっている――」

苦笑する三谷の言葉に奥山は頷いた。

「この女が本当に日本人だとしても外国で何かをやらかす、そんなところじゃないのか――」

奥山が言った。

「ただ気にはなる。何のためにこの男と接触したかだ」

三谷はもう一度写真を目の前に掲げて女の顔を見つめた。

儚《はかな》い月明かりが辺り一面に淡く漂う霧を仄《ほの》かに照らしている。鉄筋コンクリート造りの、その集合住宅も淡い霧に包まれて幻想的に闇夜に浮かんで見えた。

集合住宅三階のある部屋の中は、トイレの他には、いかにも硬そうな敷き布団だけのベッドが一つ置かれた殺風景なもので、そこに一人の男が白いTシャツとハーフパンツ姿で熟睡していた。

エアコンがない部屋は湿った空気が重く立ち込め、うんざりするほど暑い。眠っている男にしても汗をどっさりかいている。

だが、男にとってそんなことはどうだってよかった。

今、この時間は、ただ眠る、そのことが、男にとって唯一の至福の時間だった。

突然だった。髪を摑まれて叩き起こされたことで〝至福の時間〟は一瞬で破壊された。

猿ぐつわをはめられた男の両目がガムテープで覆われ、布の袋を頭から被らされた挙げ句、両手を後ろ手に手錠で縛られるまであっという間だった。

ベッドから引きずり下ろされた男は、そのまま床の上を引きずられた。

男は悲鳴を上げる暇もなかった。何が起きたのかまったく分からないまま、恐怖で全身が硬直した。

生暖かい風が頬を撫でた。

野外に連れ出されたことだけは男にも分かった。

しかし、まともに思考が働いたのはそこまでだった。

強引に体を引き起こされた男は、腕を摑まれてしばらく歩かされた後、背中を強い力で押され、柔らかなクッション状のものの上に突き飛ばされた。

――な、なんなんだ！

男はそう声を張り上げたつもりだった。だが、猿ぐつわのせいではっきりとした声にならなかったし、タイヤが激しく軋《きし》むスキール音にもかき消された。

男の体は後方に飛び上がり、柔らかなクッション状のものの上に全身を叩きつけられた。

猛スピードで疾走する車は、右折、左折、反転を繰り返した。その度に男の体は、上下左右に激しく放り投げられ、天井やドアに何度もぶつかった。

突然、車が急停止した。

助手席の背に叩きつけられた激痛で、男は唸《うな》り声を上げた。

ドアが開く音がした。

再び髪の毛を摑まれた男は車の外へ乱暴に連れ出され、地面に放り出された。

頭の布袋と目隠しが乱暴に剝ぎ取られた。

男は、暗闇の中で急いで瞬きをした。

「ここはどこだ！」

頭の上から怒声が聞こえた。

瞬きを繰り返した男の視界は、徐々に鮮明になっていった。

まず理解したのは、自分は今、鬱蒼《うっそう》とした木立に囲まれた空間に放り出された、ということだった。

「周囲を検索し、現在地を特定しろ！」

若狭《わかさ》巡査部長の怒声で男は急いで左右を見渡した。そして理解した。自分は今、ＳＡＴ隊員になるための選考訓練の真っただ中にいることを――。

「もたもたするな！」

若狭のその声で、男は慌てて立ち上がって走り出した。

「お前、イカれてるな」

ワッペン（濃紺の活動服）姿の南條渡《なんじょうわたる》警部補が呆れるような表情で言った。

「お褒めの言葉と受け取らせて頂きます」

若狭はニヤついた顔を南條と、その後ろで静かに佇《たたず》む四人の男たちに向けた。

「で、班長、わざわざ視察に来られたのは、やっぱりこいつがイチオシだからですか？」

草木の中を這い回る新隊員に向けて、若狭は顎をしゃくってみせた。

「センスは人並み外れたものを持っている。明日の三次選考訓練である面接でもう一度よく見る」

南條がそう言い切った時、周囲へ展開していた男が走り込んできた。

男が口にした報告は完璧だった。

「よし月野《つきの》、一週間に及んだ第二次選考訓練、ただいまをもって終了する」

無表情のままの若狭が宣告した。

「結果は、明日知らせる。以上」

若狭のその言葉で、月野は直立不動となったが、ぎこちない動作で、しかも顔を歪めながら敬礼した。

「昨日の丸太担《かつ》ぎが相当効いているらしいな」

若狭が言った。

「ちょっといいか？」

南條が発言を求めた。

頷いた若狭が、月野から離れて道を開けた。

「月野、警視庁の逮捕術大会二年連続優勝、また柔道大会個人戦優勝というお前の経歴は実に素晴らしい。しかし、昨日の水泳で筋肉を見せてもらったが、なんだあの筋肉は。単なる筋トレでは見せかけの筋肉しかつかない。ウチではマッチョはいらない。よく誤解されるが、持久力が重要な部隊だ。しかも結局、我々は『銃器の部隊』ゆえ銃器の扱いをスムーズにできる体、筋肉でなければならない」

「どうすればよろしいでしょうか！」

月野は背筋をピンと伸ばしたままかしこまって聞いた。

「柔道の乱取りと同じだ。射撃の訓練をやればやるほど射撃のために必要な筋肉がついてくる」

南條が答えた。

「ありがとうございます！」

月野は神妙な声で言った。

小刻みに頷いた南條は、若狭に一度視線を送っただけでゆっくりとその場を離れていった。

一年後　九月十日　　　　　　　　　　東京・永田町

　まったく勘弁してくれよ、と南條は思った。エアコンの冷房モードが壊れてまる二日経ったというのに誰も修理に来ないのだ。

　八畳ほどの広さの事務室の隣には六畳の畳部屋、給湯室とトイレがあり、二階にはそう広くはない二部屋があるが、どの部屋のエアコンも一斉にダウンしていた。

　警視庁本部の警備第2課にはちゃんと伝えてもらっているはずだった。しかし、さすがに暑さに耐えきれず、数時間前に警備第2課の営繕担当に直接催促したのだが、九月になっても酷暑が緩まないことから管内全域からクレームが殺到している、という言い訳を聞くハメになって余計に暑さを感じることとなった。

　警視庁本部は霞ヶ関全体に敷かれた中央空調システムの管理下にあるので二十四時間、こんな酷い目に遭うことはない。しかしこの前線待機所は、衆議院別館の裏にある機動隊待機敷地の一角に、最近、交番ほどの大きさで独立して建てられたことから中央空調システムとは繋がっておらず、独自のエアコンが一台備え付けられているだけだ。だからこのエアコンがぶっ壊れたらどうしようもないのだ。

しかもここにいる間は、ヘルメットを脱げる以外は三十キロ近い防弾装備を着装したままなので、重いことはもちろん、汗が一日じゅう止まらないのだ。

重大突発事案に備えてSAT本隊で当直待機する「江東突発《コウトウトッパツ》」として、「ダイイチシュツジュン」（第1出動準備待機）に就く場合にはもちろんこんなことはない。しかし妻の真紀《まき》は理解できないようだ。下着までびしょ濡れになる待機とそうでない待機とではなにが違うの？ と昨夜しつこく訊いてきた。詳しい話はできないので適当に誤魔化した。しかしそのせいで妙な疑心暗鬼を与えてしまって——兎にも角にも早くエアコンを何とかして欲しかった。真紀のことはともかく、とにかく暑くてたまらないのだ。

「同じ暑さでもハワイと全然違いますね。しかも、屋内に入ればクーラーがギンギン。あの時は、最高でしたね」

振り向くと、南條が仕切る今のユニットでは三番目に若い駿河《するが》勇樹《ゆうき》巡査長がタオルで首の周りの汗を拭いながらやってきた。

「メシと酒があればいいんだろ、お前は」

駿河は肩をすくめてみせた。

「みんなどうしてる？」

南條が訊いた。

「へたってます、全員」

そう言って顔をしかめる駿河を見つめながら、半年前にハワイのＦＢＩ（アメリカ連邦捜査局）施設でＨＲＴ（人質救出部隊）の協力で行った訓練が南條の脳裡に浮かんだ。ＳＡＴからは栗竹《くりたけ》隊長以下、計二十名がハワイを訪れた。

要請したのはＳＡＴからだった。実戦経験がほとんどないので、その訓練を受けたかったからだ。特に、日本ではまだ登場していないが、アクティブ・シューターなど進行型殺傷事案への対処のすべてに関するものの習得を求めた。だから訓練内容は、交渉、戦術、ＣＱＣ（近接屋内戦闘）、スナイプ（狙撃）など、クライシスマネジメントのすべてとなった。もちろん射撃はすべて実弾を使った。

アメリカでは民間の協力が進んでおり、昼間はＦＢＩの施設を使ったが、夕方からは、授業が終わって誰もいなくなった小学校を借り切って、夜の十一時頃までＣＱＣ訓練ができたのには驚きだった。学校側にしても、そういう訓練をやるんでしたらどうぞ使ってくださいという、あっさりと割り切った雰囲気であった。日本では絶対にあり得ない光景だった。

その中でもＨＲＴからの提案で行ったのが、〝撃たれる訓練〟だった。実際に銃弾に当たってみることが重要だとして、ハンドガンやアサルトライフルで実際に撃たれたのだ。もちろん薬量を少なくして、大きさも小さくしての話だ。ゆえに病院に行くほどのケガをすることはなかったが、撃たれた部位には青アザができた。

「アクティブ・シューター訓練」のインストラクターの資格をとった二十名の隊員たちは帰国後、大忙しとなった。手分けして全国を飛び回った。ＦＢＩでの訓練内容を全国ＳＡＴ部隊へ広めることが任務となったからだ。

アメリカとてアクティブ・シューターへの対処システムを確立したのは二十数年ほど前のことである。一九九九年に発生した「コロンバイン高校銃乱射事件」で、今までの警察の対応ではダメだ、と絶望の淵から気づかされた。それまでは銃撃事件の発生ならば、現場が固定化された事件、こもり型対処という発想しか頭になかった。しかしこの事件を受けて、今後、アクティブ・シューターへは即時対応が求められ、一般の警察官たちがいち早く現場にエントリーして即時に対応するという方針へ変更されるとともに、「アクティブ・シューター訓練」が全米規模で二〇〇〇年になって始まったのである。

「今、本部から連絡が入りまして、あと一時間ほどで修理の係がやってくると言っています」

それを伝えたのは額から汗が流れる駿河だった。

思わず笑顔を作った南條だったが、結局、それは果たされぬ結果となった。

流し台の近くの窓際に置かれた、〈3基〉と書かれたシールが貼ってある第3方面基幹系《きかんけい》無線が突然、ガーガー騒がしくなった。通信指令センターの指令員のより一層の甲高い声が聞こえている。

「班長、キントツ（緊急突発事案）です」

姿を見せたのは、機動隊の習わしで「組長《くみちょう》」と呼ばれる――〝鬼軍曹〟と畏敬の念をもって表現する者もいる――羽黒直哉《はぐろなおや》巡査長だった。

羽黒のその声は極めて落ち着いていた。

「セブン（了解）！」

そう反応したのは駿河だった。

東京都渋谷区神宮前

ＪＲ原宿駅前交番に勤務する田中《たなか》巡査のイヤホンに甲高い声が響いた。

〈至急！　至急！　本部から各移動！　一一〇番入電中！　渋谷区神宮前×丁目×番、ＪＲ原宿駅、改札口前、タピオカ店の店内において、二人の男が、自動小銃を乱射。多数の負傷者が発生している模様！〉

田中巡査は、自転車で併走する先輩警察官と思わず顔を見合わせた。

「これ、西新宿でのマルヒ（被疑者）でしょうか？」

田中巡査が叫んだ。

だがすぐにまた無線が入った。

〈尚、同マルヒは、約一時間前、西新宿で銃を乱射した者と同一と思われる。各移動においては、受傷事故に留意し、状況の把握と警戒、あわせて付近の避難誘導を最優先で実施せよ！　以上、警視庁！〉

「現場《ゲンジョウ》は、最近、開店したばかりの店です」

田中巡査は自転車を駆りながら、併走する先輩警察官に大声で伝えた。

「テレビで紹介されているのを見たことがある」

息を切らしながら先輩警察官がさらに続けた。

「飲み屋帰りのＯＬたちで深夜まで混雑しているそうだ」

「混雑……それ、ヤバイです！」

田中巡査は自転車の速度を速めた。

「あそこです！」

田中巡査がそう言って、神宮前交差点を見通せる北側の一角を指さした。

ダン！　ダン！　ダン！　ダン！

「銃声です！」

田中巡査が声を上げた。

「あっちだ！」

背後を振り返った先輩警察官は、タピオカ店とは反対側の、明治神宮の南参道方向へと人差し指を向けた。

イヤホンに矢継ぎ早の指令が入った。

〈発生現場中心の六キロ圏内の緊急警戒を隣接警察署に指令し、各部への一斉通報を実施した。明治通りおよび井ノ頭通りの交通規制を実施し、神宮前交差点方向への車両と人の流入

を規制せよ！　以上、警視庁！〉

　南参道前を通り越した田中巡査たちが代々木公園方面へ向かった時だった。

　田中巡査はすぐにその男たちが目に入った。

「あいつです！」

　そう声を上げた田中巡査の指の先には、一人の男を抱えた外国人風に見える二名の男が、銃身の長い銃器で周囲を威嚇している。田中巡査の目には、明らかに犯人たちはその男を盾にしている、と見えた。

「あの男、撃たれています！」

　先輩警察官が緊張した声を上げた。男は、赤く染まる服の腹部あたりを押さえて苦悶の表情を浮かべていた。

　しかし田中巡査たちは自転車を停めざるを得なかった。代々木公園の原宿門方向から逃げ惑う通行者が溢れ返った。

「こっちです！　早く！　駅の方向に走って！」

　通行人の避難誘導をしながら、田中巡査は、その人々の隙間から、交差点の南側の歩道に、銃撃を受けたと思われる通行者十数名が倒れているのを発見した。

　田中巡査は咄嗟《とっさ》に無線を握り、現在の状況を通信指令本部に伝えた。ちょうどその時、イヤホンに通信指令本部からの新しい指令が飛び込んだ。

〈至急！　至急！　警視庁から各移動、各ＰＭ（警察官）、ＰＣ（パトカー）においては、専門対処部隊が到着するまで、マルヒの現場固定化に努めよ。尚、マルヒは、複数の銃器を所持していることから受傷事故に留意し――〉

その直後だった。田中巡査の目に、犯人たちの新たな動きが目に入った。

田中巡査はマイクを再び摑んだ。

〈原宿ＰＭ４から警視庁！〉

〈原宿ＰＭ４　どうぞ！〉

〈マルヒ二名、人質にした男を解放、代々木公園、原宿門、通過、公園内、進入！〉

東京・代々木公園

女が何度も噎《む》せ返ったのは、口の中の埃《ほこり》っぽい感触と饐《す》えた空気のせいだけではなかった。

右の大腿部からの出血が止まらず、全身の循環機能が徐々に低下していることを女は意識していた。

激しい足の苦痛を堪《こら》えて女はゆっくりと首を回した。

あの男たちがそうしたんだろうか、内装途中のような壁には幾つも穴が開き、スタイリッシュな木製のラウンジチェアが幾つも散乱し、天井からぶら下がる、まだ目新しいシャンデリアも半壊し、床にそのガラス片が飛び散っている。

新築か改装中のレストランなんだろうか——薄れゆく意識の中で女はふとそんなことを考えていた。近くを通りかかった時、突然、襲われたことまでは憶えていたが、それ以降のことは記憶になかった。

床から天井までの大きなガラス窓からは、儚い月明かりの柱が室内に幻想的に差し込んでいる。

女はそれが、この世のものだと思えなかった。実際、女は死を意識していた。

女は、血だらけの右手で持ったスマートフォンの画面に目を落とした。

女に近づいた髭面の男が自動小銃の銃口を女の額に押しつけ、トリガーに指をかけた。

その瞬間、突然、次々とガラス窓が激しく飛び散った。

二人の男は急いでそこへ視線と銃口を向けた。

窓ガラスがさらに破壊され、大量のガラス片がカーテンを突き破って店内に降り注いだ。

その直後、破壊された窓ガラスの右手にある木製のドアが吹っ飛んだ。そして小さな円柱形の物が床の上に叩きつけられた後、強烈な閃光が放たれ、耳をつんざく轟音《ごうおん》が鳴り響き、白煙が勢いよく周囲へ放たれた。

店内をクイック・ピーク（チラ見）したのは、一番員を任された柴崎琉生《しばさきるい》巡査長だった。濛々《もうもう》と立ちこめる白煙に目を凝らし、中の様子をビジュアルクリア（目視による確認行動）した柴崎は、目に入った情報を一瞬で覚え、理解し、躊躇なく店内にエントリーし、さらに二番員の羽黒、三番員の駿河が続いた。

「警察だ！」

そう同時に叫んだ三人は、一人のマルタイ（脅威対象者）が銃口を女性の頭部に押し当てたことで、制圧基準のうち完全制圧を瞬時に選択、決意し、アサルトライフルにマウント（設置）したダットサイト（照準器）の中で、そのマルタイを一瞬で照準。マルタイが女性に押しつけた自動小銃のトリガーワークよりもゼロコンマ数秒早く、その男の鼻と唇の間に、それぞれが三発の銃弾を正確に集弾させた。

効果は瞬時だった。

だらんと垂れたマルタイの手から自動小銃が落下した。そして次に、糸が切れた操り人形のように男の体がぐにゃっとその場に崩れ落ち、男の頭部が大きな音を立てて床に打ち付けられた。

南條と桐生翔太《きりゅうしょうた》巡査部長のエントリーも柴崎たちと同時だった。エントリーしてから二秒で、銃口を向けたもう一人の男のバイタルライン（生命に関わる部位）を一瞬で破壊した。

「クリア！」

隊員たちが同時に言い放った。

倒れた男に駆け寄った隊員たちは、床に転がった自動小銃を遠くに蹴り飛ばしてから、プラスチック製の手錠で息のない二人の男を後ろ手に縛り上げた。

その作業が終わると、隊員たちはすぐにその場所を離れ、素早く店内の隅々に展開した。

南條は、隊員たちの動きと店内全体の状況を確認しながら足早に四方八方に進んだ。

その途中、床に倒れ込んでいる女が視界に入った。だが、南條は、その〝掟〟を脳裡に蘇らせた。

――常に脅威優先！

南條は自分にそう言い聞かせた。

南條と隊員たちは、一千回以上にも及ぶ訓練で培ったスピード感で、さらに店内の隅々へ動き回った。

全体状況を頭に入れながら、南條はその意識に集中した。上下左右へ振り向けるべき銃口の角度は三百六十度では足りない。三次元で捉えられるすべて、つまり五百四十度へ忙しく視線を向けた。

　南條と隊員たちは、厨房エリアやトイレ、さらに他の場所へと繋がるドアはないか、あるとすればその先に〝脅威〟が存在しないかどうか、そして、潰していない死角はないか、それらを急ぎ足で探し回った。

　据銃《きょじゅう》したままの南條は、背後で気配を感じ、咄嗟にそこへ銃を向けた。

　塗装がなされたことで透明シートで被われた階段に、近づくことを規制した円錐形をした赤色のセーフティコーンが並べられている――。

　南條は階上へ銃口を向けた。誰かがいる気配がしたからだ。

「カバーリング！」

　援護射撃を求める言葉を骨伝導《こつでんどう》マイクに言った南條は、階段を一気に駆け上がった。本来なら、階段を制圧するための戦術があるのだが、それを無視して突き進んだ。今、目撃した女性のことが気になり、早期のクリアリングが必要だと焦ったからだった。

　だが二階は、多くの塗装用資材で完全に通路が塞がれ、人が通れるような状況ではなかった。

「二階、クリア」

　骨伝導マイクにそう告げた南條は階下を見下ろした。

二十キロ近い防弾装備を身につけた隊員たちはいずれも黒いバラクラバ帽（目出し帽）で顔を覆い、その上から、シューティンググラス、さらに防弾ライナー付きのヘルメットを被っているのでまったく個人識別ができない。だが、背中の曲がり具合、銃を握るハイサムグリップの指の位置など、ほんの細かい特徴から、南條は一人一人を識別できた。

——全員のスピード感、タイミング、そして思考のすべてが統一され、完全に連動している！　レーザールール（同士撃ちを防ぐための銃線管理）も完璧だ！

満足した南條のイヤホンに隊員たちからの報告が次々と届いた。

南條は骨伝導マイクに叫んだ。

「オールクリア！」

南條はヘッドセットマイクにそう言い放って腕時計を見つめた。

——ブリーチング（突入口形成戦術）後、三分！

ＭＰ５をローキャリー（銃口を斜め上に向けて前方に押し出し腰を屈める臨戦態勢の銃姿勢）にした南條は、周囲を警戒しながら後ずさりして床に倒れ込んでいる女の元へ辿り着いた。

そこにしゃがみ込んだ南條は、女を素早く観察した。

目を閉じている女は、仰向けで床に転がったまま身動きしない。右の大腿部からは大量の血が流れ出て、辺り一面に広がっている——。

年齢は三十代くらいだろうか。だが、顔は血だらけで表情もよく分からない。服装は、鮮やかなピンク色のタイトでミニのワンピース。足には黒いガーターのストッキングを穿《は》いている。また、ヒールの高い豹柄のクラブシューズが脱げて足下に転がっていた。水商売のホステスだろうか、と南條はふと思った。

ヘルメットを急いで外し、バラクラバ帽も脱ぎ取った南條は女の口に耳をあてた。

——自発呼吸あり！

その時、ふと気配を感じた南條は首を回した。副班長の桐生が自分に向かって懸命に手招きをしている。

南條は、桐生が何を言いたいのかもちろん分かった。任務の成功を確認したならば、部隊の保秘を徹底させるための早期撤収——その〝掟〟を南條は忘れるはずもなかった。

南條は女性を見つめた。出血が余りにも多い。南條は即断した。その掟には従えない——。救急隊員が駆けつける前に、出血の制御を急ぎここで行うことこそ救命に繋がる——南條はそう確信した。

南條は、まず女の頭を両手でしっかり支えてから、背後から上半身をゆっくりと自分の膝の上に仰向けで抱きかかえた。

女が着ている、ピンク色のタイトでミニのワンピースの裾を捲《まく》るのに躊躇はなかった。そして穿いているストッキングを強引に引き裂き、大腿部の出血点を探した。

足のつけねに近いところに射入痕を見つけた。

流れ出る血液の色は明るい赤色で、拍動性がある。つまり、大腿動脈が損傷している可能性が高い！

南條は緊迫した。

――今すぐ止血しなければ致命的な大量出血となる緊急性がある！

南條は防弾衣の裏側にあるポケットから救急キットを取りだし、その中から戦闘用のCAT《キャット》（止血帯）を取り出した。

女の唇が微《かす》かに動いた。

何かを言おうとした女に、止血帯キットを準備しながら南條が柔らかい口調で言葉を投げかけた。

「警察です。もう大丈夫です！」

この女を絶対に助ける！　南條は真剣にそう誓った。

動脈からの出血であっても、直接圧迫によって、出血点の致死的な血流を遮断すれば、およそ十分以内に血液中の凝固系システムも反応するので、搬送される病院まで生命を維持することができる——救命救急センターで事態対処医療研修を受けたばかりの南條にとって、揺るぎない確信があった。

しかし、救命のためにはもう一つ重要なことがあった。

女性の体を固定化することだ。もし激しく動けば、ＣＡＴが緩み、大出血となってしまうからだ。

「いいですか、絶対に動かないでください。じっとしていれば必ず助かります」

南條は、ゆっくりと滑舌よく、しかし、しっかりとした大きな声で語りかけた。

南條はその動きをまったく予想していなかった。

突然、女は体を反転させて半身を起こそうとした。

「動かないで！　出血が酷くなる！」

南條が押し留めた。

だが女は南條の手をはね除《の》けて完全に身を起こし、南條の防護衣の襟をいきなり摑んだ。

そして、信じがたいまでの力で南條の顔を自分に引き寄せた。

女は眼球を飛び出さんばかりにして目を見開き、凄まじい形相で南條の瞳を凝視した。

「あなたが……そしして……ころされる……けいしさん……」

「ころされる？　けいしさん？」

南條が急いで訊いた。

突然、口から血を吐き出した女の体が南條の膝の上に力なくしなだれかかった。顔色が蒼白となって、薄目の中で激しく瞳が動き、指先が小刻みに震えだした。

ヤバイ！　出血性ショックだ！

医師でない南條は為《な》す術《すべ》もなかった。

女の動きが一瞬、硬直した。

その直後、南條の膝の上に力なく頭を落下させて転がり、仰向けとなった。

見開いた目が南條を下から凝視した。

南條は体が固まり、声も出なかった。

女の口が何度か開け閉めされた。

しかしそれが、何かを言おうとするための動きだとは南條は思わなかった。死の直前に起こる、下顎《かがく》呼吸、その反応だと南條には分かった。

だらんと下がった女性の掌《てのひら》から、スマートフォンが床に転げ落ちた。

南條の目は自然とそこへ向けられた。

ピースサインをして微笑む小さな女の子の写真が壁紙にされていた。

その顔に南條はどこか見覚えがあった。

だが、画面は血だらけとなって、女の子の顔をはっきりと識別できるほど鮮明ではなかった。

東京都江東区新木場　警視庁術科センター

小学校の体育館ほどの広さの武道館に足を踏み入れた南條は、茶色の長机と幾つかのパイプ椅子が畳の上に並べられ、そこにスーツ姿の男たちが座っているのが目に入った。

隊長の栗竹警視の右隣に座った南條は、さらに自分の右隣に座る隊員たちの顔を見渡した。

すぐに気づいたのは、誰もがまだ〝レッド〟の状態であるということだった。

頬の筋肉が緊張し、目を見開き、どこか落ち着かない様子で、掌の汗を何度もワッペンの袖で拭《ぬぐ》っていた。

それもそうだろう、と南條は思った。

警視庁SAT単独の作戦と戦術による初めての実動《ジッドウ》において、二名の被疑者を完全制圧、つまり射殺したのだ。

それは自分にとっても同じだ、と南條は思った。

初めての実動、初めての銃器を持った被疑者との対峙、そして人間を初めて撃って射殺したこと――それらの事実がないまぜとなって、興奮、緊張、重大責任という感覚が、今でもまだ全身を覆っている。

極限まで高まった全身の緊張状態がまったく解けていないという自覚があった。

そして何より、この手が、マルヒを射殺した、その弾を放ったという厳粛な事実があることも、まだ頭と体が覚えていた。

射殺したことへの葛藤がまったくない、と言えば嘘になる。しかし、その思いよりも、あの時、完全制圧しなければ、さらなる死傷者が発生していた、その強い信念が勝った。

死傷者の後ろには、家族たちがいるのだ。その家族もまた自分たちが救ったという確信があった。

南條は両手を広げて見つめた。

この手が覚えていることはもう一つあった。

心肺停止状態で搬送された、あの女性の温かみが未だにここに残っていた。いや、もはや、殺されたと言っていい。あの女性は、自分のこの手の中で息を引き取ったのだ。だから、女性の心臓の鼓動がゆっくりと静かになってゆくこともまた、この手が覚えているのだ。

だが、南條にとって最も重要なことは、助けられる命を助けられなかったことへの責任の意識であり、それを思い出すと身が裂ける想いだった。

あの時、もし、あの女性が身を起こさなかったら助けられた——その思いはある。しかし、それを今、言ってなんになる？　結果として命を救えなかったのだ。

南條の脳裡に深く刻み込まれているその時の光景が、またしても蘇った。

瀕死の状態にもかかわらずあの女性は、南條が着るアサルトスーツの襟を両手で力強く摑んで強引に自分の顔に引き寄せ、血だらけとなったその顔を、自分の鼻にくっつけんばかりに近づけ、カッと見開いた目から眼球を突き出すようにして、凄まじいまでの形相で自分を見つめたのだ。

そして女は、あの言葉を口にした
〈あなたが……そしして……ころされる……けいしさん……〉

〝けいしさん〟？　人の名前か？　圭司？　敬司？　そいつが殺されるというのか……。

南條は、この術科センターの玄関に入る直前、栗竹隊長と交わした会話を思い出した。

小隊バス（中型輸送車）から降り立った南條を、背後から栗竹隊長が呼びつけた。

南條を玄関脇のスペースに連れて行った栗竹は、まず固い握手を交わしてから口を開いた。

「結果として、隊員たちが、Y《ワイ》（局部射撃）ではなく、Z《ゼット》（完全制圧）の判断を行ったこと、それらはすべて正しかった」

栗竹がそう言ってさらに続けた。

「南條、よく統制した」

栗竹は大きく頷いてみせた。

南條は顔を歪《ゆが》めた。

「一人の女性を救命できなかったのは、自分の責任です」

「その考えは頭から消せ」

栗竹は、即座に否定した。

「重要なことを意識しろ。今回の二人のマルヒ、つまりアクティブ・シューターは、原宿駅前で銃を乱射し続け、多くの死傷者を発生させた上に、代々木公園でも多くの人々への銃撃を続けた」

南條は、現場《ゲンジョウ》に臨場する時に目撃した、十数人の人々が血を流して横たわる凄惨な光景を頭に蘇らせた。

「さらに人質を連れ込んだ改装中のレストランからも、逃げ惑う者たちへ向けて発砲を繰り返していた」

栗竹が続けた。

「お前たちが即時介入を判断し、マルヒを制圧したことによって、被害を最小限に食い止めることができた、多くの命を救ったんだ」

「しかし……」

「私が今更言うまでもないが、進行型殺傷事案での被疑者の目的は、多くの死傷者を発生させることしかない」

南條は黙って頷いた。

「被疑者の現場滞在時間に比例して、被害が拡大する。よって介入の遅れは、被害の拡大に直結する」

南條が何かを言おうとしたのを栗竹は身振りで制した。

「南條――」

栗竹が南條を見据えた。

栗竹が表情を緩めて続けた。

「今回、様々な想いが蘇ったはずだ」

一瞬の間を置いてから南條は口を開いた。

「父のことでしたら、もう二十五年も前のことですから……」

「あの事件が教訓となっていたら、今夜のようなことは起こらなかった……」

栗竹が口惜しそうな表情で言った。

「ただ、殺された彼女の無念の想いには共感しています。また、彼女の家族の想いを考えると、今でも居たたまれない気持ちに襲われていることは事実です」

南條は神妙な面持ちで言った。

「分かる」

栗竹は大きく頷いた。

「それより――」

南條は表情を変えた。

「戦術に関して幾つか教訓もありました。来週に、ソウクン（総合訓練）を行ってもらえませんか？　今日、私たちが経験した教訓を部隊全体で共有したいんです」

「重要なことだ」

そう言って深く頷いた栗竹が玄関へ向かおうとした時、南條が慌てて声をかけた。

「ところで、隊長、実は、どうしても聞いて頂きたいことがあるんです」

足を止めた栗竹が振り返った。

南條は、女性の最期の言葉と、その時の様子について細かく説明し、最後にこう付け加えた。

「私の手の中で亡くなった女性の最期の言葉を、妥当な推測を加えて並べ直してみると、〝ケイシさん、という者が殺害される。それを阻止して欲しい〟——そうなります」

栗竹が口を開いた。だがその反応は、南條が期待したものではなかった。

「まあ、待て。まず、考えるべきことがある。彼女は、お前が警察官であることは認識していた、そのことだ」

栗竹は穏やかに言った。その表情に緊迫したものを南條は感じなかった。

「その前にはっきりしておかなければならないことは、捜査本部の見立てによれば、その女性は、代々木公園の中をたまたま通りかかった時、マルヒたちから撃たれ、連れて行かれた——」

南條はそれには反論はなかったし、反論する材料もなかった。

「だから彼女はこう言いたかった。今後、同じような進行型殺傷事案が発生したら、また、私のような犠牲者が大勢出る。だからそれを阻止して欲しい——」

栗竹はそう言ってから南條の肩を叩いて話を終わろうとした。

「でしたら、〝けいしさんが殺される〟——どのように解釈されますか？」

南條は、自分でも最も疑問に思ってる箇所について口にした。

「息も絶え絶えの中で、きちんとした言葉を使えなかった、もしくはお前が聞き間違えた、そのどちらかだ」

栗竹はあっさり答えた。

「しかし、マルガイ（被害者）が壮絶な形相で自分に訴えた、あの姿は本当に尋常じゃなかったんです！」

南條はさらに主張した。

「彼女は、自分の命と引き替えにしてまで訴えました。それほど重要なことを私に伝えたかった、そう考えるのが自然ではありませんか？」

「自分の命と引き替え？」

栗竹が訝《いぶか》った。

「その言葉を自分に言うために起き上がって、それで……」

南條は途中で言葉を止め、大きく息を吸い込んでから再び口を開いた。

「隊長も、彼女のあの姿をご覧になっていたら考えも違ったはずです」

「ワタル、いったい何が言いたい？」

「彼女は、どこかで殺人計画があることを必死に伝えたかった、そう思えて仕方ないんです」

南條はそう言いながら、もうひとつの頭で、実動を経験したことでいつもの自分でなくなり、冷静な思考を失っているかもしれないとも考えた。

しかし、それでも、と南條は思わざるを得なかった。

体の奥深くから突き上げる思いを南條は押し留められなかった。

「ひとりの人間の命が消えた、鼓動が消えた瞬間を、この手が、この耳が、この目がすべて覚えてるんです」

南條は、開いた掌を栗竹の前に差し出して続けた。

「そして、死の直前、動かなければ助かったのに、その命を削ってまで、口にしたその言葉が、今でも耳に残ったままで、あの凄まじい形相も目に焼き付いて忘れられません。ですから――」

「ワタル――」

栗竹が遮って続けた。

「お前がどれだけの想いを引き摺っているか、それは理解しているし、忘れろ、とも言わない。実際、忘れられないだろう」

栗竹がじっと南條を見つめた。

「しかし、マルガイについて様々な詮索をすることはオレたちの任務じゃない。捜査の仕事だ」

南條は、栗竹の言葉を頭の中では理解していた。

栗竹はそれを察したように、溜息を吐き出した。

「明日、大光寺《だいこうじ》対策官から、捜査本部に伝えてもらう。それでいいな？」

「お願いします」

頭を下げる南條の肩を軽く叩いた栗竹は、術科センターの玄関へと、ゆっくりとした足取りで向かって行った。


「事案状況を鑑みるに――」

大光寺SAT担当対策官のその言葉で、南條は現実に引き戻された。

「本来、進行型殺傷事案の発生時においては、ERT、緊急時対応部隊が対処すべきところ、SATの一個分隊が現場近くで新隊員訓練を査閲しており、かつ複数のマルヒが自動小銃を乱射している状態では、SAT、特殊急襲部隊が、ファーストレスポンダー（第一臨場者）となり、即時介入するという判断は妥当であった」

大光寺は満足そうにひとり頷いてから続けた。

「四日後に迫った、中国首脳の来日を控え、事態を素早く鎮圧した君たちの活躍を、警視総監のみならず、ゼロサン（警察庁）の長官、そして官邸も褒め称えている」

だが突然、大光寺の表情が一変した。

「さきほど、捜査1課から、君たちへの事情聴取要請があった。だが、もちろん即座に断った。君たちを、部隊外の誰にも絶対に晒《さら》したくない。しかし――」

大光寺が顔を歪めた。

「しかし、今回、異例なことに、警視総監と、ゼロサンの警備局長から直々に、大至急、監察官室長の前で報告するよう求められた」

大光寺対策官は隣に座る男に目配せした。

「監察官室長の松本《まつもと》警視だ。さっそく、対処概要を――」

松本室長のその言葉に、栗竹隊長は南條を見つめて頷いてみせた。

南條もまた頷きで応じ、説明を始めた。

「私が指揮しました、我々トツ班、いえ訂正します。我々、制圧班は、代々木公園前に現着《げんちゃく》後、直ちに園内の検索を実施。その結果、二名のマルタイが、通行人の女性を銃撃した上で、同女を改装中のイタリアンレストランに連れ込んだことを現認しました」

淀みなく答えた南條は、つい数時間前までの、記憶に残る光景、硝煙の臭い、皮膚感覚、そしてこの手、この頬、このこめかみ、この肩胛骨《けんこうこつ》が受け止めたアサルトライフルの射撃反動を思い出した。

「我々が同レストランに秘匿接近した時、同レストランの中で、マルタイのうち一名が、当該の女性の脚部に向けて発砲し、さらに銃口を頭部に向け、今にも発射しようとしているのを視認しました」

南條は、チラッと桐生へ視線を送ってから話を続けた。

「よって指揮官である私が即時介入を決断し、直ちに突入しました」

南條はそう言って、隣に座る桐生巡査部長と頷き合った。

「店内の状況などの偵察は？」

身を乗り出した松本室長が訊いた。

「その余裕はありませんでした。マルタイは今にも女を殺そうとしていたのです」

キッパリとそう言い切った南條は、数時間前の緊迫した光景を脳裡に蘇らせた。


キントツ用のトヨタ・ランドクルーザーは中央広場の噴水池をぐるっと巡り、その先にある立木の間を突き進んだ。

公園のすべての出入口は、まだ完全に規制されていなかったので、逃げ惑う通行人が大勢見えた。

公園内の脅威の検索を開始したランドクルーザーがそこへ乗り付けた時のことだった。

「止まれ！」

助手席に座っていた南條が言った。

辺りは暗闇だった。街灯があるはずなのになぜかどこも灯っていない。

「ナイトビジョン！」

南條は夜間オペレーションに切り替えることを全員に命じた。そして自らもナイトビジョン（暗視ゴーグル）を装着したオプスコアヘルメットに被りなおし、銃の上にマウントしている不可視光線レーザーと赤外線のイルミネーターで対象の検索を開始した。

南條の判断は当たっていた。

その五分後だった。

「一時の方向、距離、約四百、マルタイ、九時の方向へ移動中」

女性の人質を抱きかかえて逃走している二名のマルタイの姿を、南條は暗視ゴーグルの緑色の世界の中で視認した。

だが南條を始め隊員たちはすぐに緊迫することとなった。

「十一時方角！」

柴崎が叫んだ。

「マルタイの先、十数人の男女が逃げている。このままでは自動小銃の射程内に入ります！」

「よし、こっちに注意を向けさせる！」

南條はフットペダルを押し込んでサイレンをけたたましく鳴らしながら、ダッシュボードから赤色回転灯を取り出して、車体の上に乱暴に装着させた。

「行け！　突っ込め！」

ハンドルを握る羽黒に南條が命じた。

ランドクルーザーに気づいたマルタイたちは、一度足を止めてから、噴水公園の北側、フラワーランドの手前に位置する平屋建ての建物方向へ駆けていった。

しかしその間も、男たちは銃を乱射し続け、悲鳴もあちこちで上がった。

マルタイたちは、人質の女性を抱え、平屋建ての建物の中へ引き摺っていった。

「あそこへ！　建物から五十メートルほど離れた、飲料水の自動販売機の裏側だ！」南條が命じた。「そこなら建物の貌《かお》を視野に入れることができる」

南條が後部座席を振り返ると、全員がすでに防弾ヘルメットを被り、銃器を手にしていた。

「降車！」

南條のその号令で、銃器を合わせれば三十キロ近くになる装備を身につけた五名の隊員たちがランドクルーザーから飛び出した。

隊員たちは一度、ランドクルーザーの両側のドアを遮蔽物《しゃへい》として据銃した後、柴崎をポイントマン（先頭）とした縦列隊形で〝平屋建ての建物〟へ向けて接近した。

一分で作成した戦術プランを南條は全員に徹底させた。

「班長！」

南條の言葉を遮った桐生が指を突き出した。

南條は咄嗟にそこへ目をやった。

接近した建物の窓越しに、マルタイの一人が、連れ込んだ女性に銃口を向けているのが見える――。

目を見開く女性に、男はその右足を狙って射撃した。

片手で大腿部を押さえて顔を歪める女性は、大きな呻《うめ》き声を上げながら、もう片方の手を伸ばして宙を摑んだ。

南條は隊員たちを見渡した。

「L2《エルツー》（現地警備本部）の立ち上げを待つ時間も、本部指揮を伺う余裕も、ベンチ（SAT本隊指揮班）と連絡を取る時間もまったくない！　よってオレが、今、即時介入を決断した」

南條はさらに告げた。

「完璧な作戦より、迅速な即時介入を行うことが、犠牲者を最小限にとどめる唯一の手段だ」

信念をもってそう言い切った南條は隊員たち一人一人の目を見つめた。

「いつも通りに。いつも通りにだ」

南條がさらに言った。

「オレがいる！　オレが一緒にいる！」

オレがいる！——その言葉は南條がずっと心の中で温めていた言葉だった。いざ、実動《ジツドウ》となった時、班長としてその言葉を使うことを心に決めていたのだ。

自分がいることで、少しでもユニットの隊員たちのストレスを下げることができるよう何度も訓練をして、まとまりをつけてきた——南條はそのことに拘り続けていた。

「班長！」

駿河がマルタイの一人をハンドサインで示した。

男は、今度は、銃口を女性の頭部にゆっくりと向けた。

その三十秒後、羽黒によるショットガンブリーチングが行われ、隊員たちが二名のマルタイを完全制圧。そしてすべてのクリアリングを行った後、自分が、足を撃たれた女性の元へ駆け寄ったのだ。

南條の脳裡に、再び、あの凄まじい形相と、あの謎の言葉が蘇った。

〈あなたが……そしして……ころされる……けいしさん……〉


「ここから先は、警視総監とゼロサン（警察庁）への報告書作成上、敢えて聞かなければならない」

松本室長のその言葉で南條は再び我に返った。

「マルヒと人質のマルガイの状況が分からない状態での突入は無謀ではなかったか？」

南條は、慎重になれ、と自分に言い聞かせてから口を開いた。

「我々は、マルタイや人質がどういう状態なのか分からず、かつ室内の情報が分からない状況でも、マルタイと人質の識別を確実に行った上で、被疑者を制圧する訓練を繰り返し行っています。よってそれを確実に実行しました」

「本部やL２の指揮を伺う時間は？」

松本室長が訊いた。

来たな、と南條は身構えた。

「ありませんでした。被疑者たちは、すでに多くの犠牲者を発生させた上に、今にも女を撃ち殺そうとしていました。かつ、銃の乱射も続け、死傷者の拡大が現実的な脅威となっていた。よって、即時介入こそが、死傷者の拡大を防止するための唯一の手段であるという信念によって突入しました」

南條の言葉は淀みなかった。

松本室長は、満足した風に何度も頷きながら、次の質問に入った。

「被疑者と交渉をする選択肢は？」

「女性が、今にもバイタルラインを撃たれようとしている状況下で、その余裕はまったくない、そう判断しました」

その言葉にも躊躇《ためら》いはなかった。

「突入の経過を――」

松本室長のその言葉に、真っ先に反応したのは柴崎だった。

「自分、柴崎巡査長が説明いたします」

松本室長が頷いた。

「自分は、一番員として、ダンプ・ルームエントリー（ドアからの迅速な室内突入）で突入を行い、一人目のマルタイを完全制圧しました」

「完全制圧を行った理由は？」

松本室長は素早くその質問を投げかけた。

「自分は、自らが警察官であることを告げて警告しました。しかしマルタイは、投降意思を示さず、人質に向けて銃を発射しようとしていました。よって、直ちに制圧しなければ第三者に急迫不正の危害が及ぼされるおそれがあると考え、その場で自分が完全制圧を判断しました」

「射撃は誰の命令によってだ？」

松本室長が訊いた。

「自分自身の判断です」

柴崎が即答した。

南條は、柴崎のその横顔を頼もしく見つめた。

愚直なまでに真っ直ぐな性格の柴崎に、スナイパーの任務も任せていることに南條はあらためて確信を強くした。

「自分自身？」

松本室長が右眉を上げた。

「その重大な判断を一人一人が行うための高度な訓練を積んできています」

そう補足したのは南條だった。

南條はさらに続けた。

「隊員たちは、事前の情報がなくとも、まずビジュアルクリア（視覚での確認）を行い瞬時にマルタイと人質の情報を分析し、さらにルームエントリーした後は、目まぐるしく変わる状況の中で、完全制圧か局部射撃かを決定します」

松本室長は黙って南條を見つめた。

南條は言い忘れていたことを口にした。

「我々は、最初から完全制圧、つまり射殺が許されていたり、特別な権限を与えられている部隊ではありません。特別な武器を頂いていますが、常に判断がまずありきで、その上で銃器を使用します。しかし、様々な状況における銃器の使用について本部指揮との徹底した事前の綿密な取り決めを行った上でのことです」

「今回、手足など局部射撃の判断を排除した判断は？」

松本室長が低い声で南條に訊いた。

南條が口を開きかけた時、

「それにつきましては――」

隊長の栗竹警視が初めて口を開いた。

「マルタイが銃口を人質に向けている状況下で手足を撃った時、当たったその衝撃でトリガーにかかった指が意思を伴わず反射的に動いて人質を射撃してしまう、その可能性の完全排除が必要でした」

栗竹がさらに続けた。

「そのため、トリガーにかかったマルタイのバイタルエリアの、つまり運動機能中枢神経系を瞬時に断絶する必要がありました」

栗竹が一旦、言葉を切ってから、躊躇なくその言葉を言い放った。

「よって運動機能中枢である小脳を破壊しました」

松本室長が再び身を乗り出した。

「それは報告書には書けない。あくまでも、腕を狙ったが、たまたま顔に当たった——そういうことだ」

力強くそう言った松本室長は、手持ちの資料を手繰《たぐ》って続けた。

「では、第二のマルタイへの対処について——」

「意見があります」

そう言って手を上げたのは、羽黒だった。

羽黒は、松本室長から指名されるのを待つことなく続けた。

「本事案における問題の本質を見つめるべきです」

羽黒は一気に話し始めた。

「今回のように、マルタイが不特定多数の者に対して、継続的に殺傷行為を繰り返すアクティブ・シューター事案、いわゆる進行型殺傷事案において、ATR、つまり進行型の脅威に対処するための高いレベルのALERT《アラート》と呼ぶ実戦的訓練を、第一臨場を行う可能性が高い刑事部や地域部でもっと早くから行っておくべきでした」

松本室長が何かを言いかけたが、羽黒の勢いは止まらなかった。

「マルヒによる殺傷行為が正《まさ》に進行している状況下で初動対応にあたった指揮部にしても、進行型殺傷事案に該当するか否かを速やかに判断し、現場での即時対応、即時無力化、それらを決断するべきだった、私は強くそう想います」

「ちょっと待て」

松本室長が眉間に皺を刻んで言った。

「本部指揮を批判するのか？」

「事実を申し上げたまでです。現場近くに駆け付けた警察官に対し、犯人固定化の従来型の指揮ではなく、第一臨場と即時介入を指揮していれば、多くの人命が助かったことは明らかです。南條班長がその手の中で看取った女性にしてもそうです」

南條は、羽黒を止める気はなかった。

羽黒が口にしたことは、今の立場にいなければ、すべて自分が言ったかもしれないことだからだ。

松本室長が怒りの表情を浮かべたことに南條は気がついた。

しかしそれでも南條は、真剣な表情の羽黒の横顔をただ黙って見つめた。

若い隊員たちを取り仕切る「組長」という立場の羽黒は、上司であろうが、幹部であろうが、〝言うべきことはストレートに言う！〟というスタイルをモットーとし、そのことに強烈なプライドがあることを南條が知らないはずもなかった。

羽黒の言うがままにさせていた南條は、二年前、班長として部隊に戻ってきた時、栗竹隊長から、自宅へ夕食に誘われた時のことを思い出した。

「腰を悪くしたと言っていたが、どんな状態だ？」

南條のコップにビールを注《つ》ぎながら栗竹が訊いた。

「やはり一年とはいえ、ブランクは大きいです。団子ロープの登りでかなりやられまして、今、鍼《はり》とかいろいろ試してます」

南條が照れた風に言った。

「鍼？　治んのか、それ」

栗竹は声に出して笑った。

「腰痛は父からの遺伝です。よく腰を踏んでくれって言ってましたから——」

一瞬の間を置いてから栗竹が口を開いた。

「南條、オヤジさんの無念を、今でも心の奥底に押し込めているのか？」

不意を衝《つ》かれた南條は目を彷徨《さまよ》わせた。

コップへ伸ばした手を南條は止めた。

「隊長、ご存じだったんですか……」

「別に詮索したわけじゃない。ただ、部下の人事記録を見ない指揮官はいない」

「しかし、隊長は今までそのことをひと言も——」

「当たり前じゃないか」

栗竹は笑顔を作った。

「オレたちは一心同体の仲間だ。仲間が心の奥に沈めていることは大事にする」

「もう、二十年以上前のことです」

南條はそう言ってから、繁華街で刃物を持った通り魔に襲われて亡くなった父親の顔を脳裡に蘇らせた。

「そっか……お前が小学生の時の話だな」

そう言って栗竹はしばらく南條を見つめてから続けた。

「犯人への怒りは今でもあるか？」

「あります」

南條は素直に言った。

「正常だ」

栗竹が大きく頷いた。

「今でも夢を見ます」

南條が言った。

「夢？」

「犯人を射殺する、その夢を――」

栗竹は表情を変えず、じっと南條を見据えた。

「お前にしてもそう言わせるとは……」

栗竹が驚いた表情で続けた。

「恨み、というものは、それほど大きなものか……」

栗竹が呟《つぶや》いた。

「いえ、恨み、からではありません。今の自分がそこにいたら、父を助けられたかもしれない……その思いです」

「なるほど。しかし、進行型の殺傷事案への対処は今でも何も変わっていない。数年前も、幼い子供たちが殺される凄惨な進行型殺傷事案があったのに何も――」

「私も知っています。また、当時の所管大臣が、そのための警察改革に無関心だったことも――」

南條が言った。

「お前の親父さんの想いが叶っていればな……。ああ、辛い話を思い出させて悪かった」

栗竹は慌ててそう言うとビールを摑んだ。

「まっ、今夜はとことん飲もう」

栗竹はそう言って南條のコップに残りを注いでから、台所に立つ妻に、ビールのお代わりを注文した。

現実に戻った南條は、まず松本室長の呆れた表情を見ることとなった。

「本部指揮を批判する文章など書けるわけねえだろ」

「ナオヤ、いえ、羽黒巡査長が言いたいのは――」

南條が羽黒の気持ちを代弁した。

「過去にも、進行型殺傷事案は多数、ありました。ですが、それがまったく教訓となっていません」

そう言ってから南條は慌ててトーンを抑えた。私的なことで感情的になっていると思われたくなかったからだ。

「しかし、数年前のパリ同時多発テロ事件のような、大規模で本格的な進行型殺傷事案が発生した以上、その対処訓練や作戦の構築を、今から考えておかなければ、発想力がなくなる、つまり対応できなくなる。それを羽黒は言いたいのです」

羽黒が真剣な眼差しで南條の言葉を継いだ。

「私にしても、今後、同じような事案が発生したら、犠牲者の家族にどれほどの禍《わざわい》が待っているか、そのことを真剣に危惧しています」

羽黒が続けた。

「原宿で射殺された人たち、そして代々木公園で殺されたあの女性――みんな家族がいる。

残された者たちにどれだけの悲しみが襲うか、それを考えると、本部指揮の意識改革が絶対に必要だと痛感しています」

南條はその言葉に心が震えた。抑えてきた気持ちが動揺した。

二十五年前のあの日、あの時、自分は父の隣にいたのだ。


最初に気づいたのは、女性の悲鳴だった。

アニメのＤＶＤを借りるため、日曜日で休みだった父と一緒に、ビデオレンタルショップの店内を歩いていた時のことだ。

忙しくしている父とは、久しぶりの外出だった。

私は、父が好きだった。

よく思い出すのは、幼い頃、毎年の秋祭りで、優しい笑顔で肩車をしてくれた父――。

小学校の高学年になっても、父とは仲良しで、二人でプールにも行った。母に言わせれば、あんたたちはまるで兄弟みたいだね、というくらいに、休みの日はずっと一緒にいた。


女性のその悲鳴で、驚いて振り返ると、大勢の人たちが自分の方に駆けてくるのが目に入った。

その後ろから、包丁のようなものを振りかざした男が、鬼のような形相をして走ってくるのが見えた。

「ワタル！　走れ！」

父の修造《しゅうぞう》は、そう言って私の手を取ってかけ出した。

だが、数メートル走ったところで、私は足がもつれてアスファルトの上に倒れてしまった。

犯人はそこへ襲いかかった。

そして、咄嗟に私を庇った父の背中に、男が振り下ろした包丁が突き刺さったのだ。

自分は泣き叫びながら、おとうさん、と何度も呼び、両手で、ただ意味もなく、刺された周りの背中を必死に擦《さす》っていた。

それから、二十五年、私の脳裡から、その時の光景はずっと離れなかった。

自分に、もっと体力があれば、転ぶことはなく、父も刺されることはなかった。父を殺させてしまったのは自分だ。

深く傷ついた心を修復するものは何も見つけられなかった。そしてそのことを誰にも打ち明けたことはなかった。妻にさえも——。

「君たちの言っていることについて、本部は〝現実的ではない〟として受け止めないだろう」

冷ややかな表情で隊員たちを見渡す松本室長が続けた。

「事案発生当初に臨場する地域警察官や機動捜査隊は防弾装備を携行していない場合が多く、受傷の危険性が常に高い。まして被疑者の所持する凶器が銃器の場合は、その対処は困難となる。分かるな？」

松本室長は、羽黒に向かって身を乗り出した。

「何しろ、所持している武器は五発しか入らないサンパチ（38口径回転式拳銃）のみで予備弾倉もない。よって今回のような事案に立ち向かえ、と言うのは、地域部が異論を出すだろうな」

「しかし――」

「そのことについて議論するのが今回の目的ではない」

松本室長が遮った。

「対応の経緯に戻る。二人目のマルタイの対処についてだが――」

南條は、松本室長の言葉が耳に入らなかった。

頭の中を占拠していたのは、またしても、あの女性の最期の言葉と凄まじいまでの形相だった。


首都高速道路を疾走するマイクロの最前列に座る南條は、フロントガラスから流れゆく様々な色のネオンをぼんやりと眺めていた。

南條の脳裡にまたしても同じシーンが蘇った。

自分の胸ぐらを強引に引き寄せ、あの凄まじい形相を見せつけ——。

〈あなたが……そしして……ころされる……けいしさん……〉

南條は、タイヤの振動に体を揺られながら、目の前に広げた両手をじっと見つめた。

この手の中で、あの女性の心臓の鼓動が止まった。

その感覚は今でもこの手にはっきりと残っている。

そして女が遺した謎の言葉とおぞましい形相——それこそが、初めての実動による興奮や緊張などの感情をすべて押し潰すかのように存在しているのだ。

その思いを振り切るように立ち上がった南條は、前向きシートに座る隊員たちを振り返った。

だが、南條がまずしたことは、柴崎にティッシュ箱を投げてやることだった。

怪訝《けげん》な表情を向ける柴崎に、南條は、唇の端を指で示した。

唇にふと指を触れた柴崎は、そこに鮮血がべったり付着していることに驚き、慌ててティッシュペーパーを摑んで拭った。

「大丈夫だ。その出血は〝目つけ、頬つけ、肩つけ〟という射撃の基本がぶれなかった証左で、口腔内が切れただけだ」

そう言ったのは羽黒だった。

羽黒に頷いた南條は、全員へ視線を向けた。

「我々、トツの魂を引き継いだ制圧班は、今日、普通に出動し、普通に帰ってきて、明日もまた普通に出動する――それ以上でもそれ以下でもない」

南條はそう力強く言って、隊員たちを見渡した。

「ただ、今、この瞬間だけは、恐怖を抱いたこと、悩んだこと、そのすべての思いを吐き出せ」

真っ先に口を開いたのは桐生だった。

「自分は納得できないんです」

「言ってみろ」

南條は、桐生に向かって大きく頷いた。

「班長を前にして今更言うことではありませんが、やっぱり羽黒の言ったことは非常に重要なことです。二〇一七年のパリ同時多発テロ事件以降、欧米では、第一臨場者が即時介入することは常識化しているのに、日本では何ら策がありません」

大きく息を吸い込んだ南條が言った。

「だからこそ、オレたちの即時介入のスピードをアップしなければならない」

しばらく考え込む風にしていた桐生が最後に大きく頷いた。

「納得できないのは自分もです」

南條が振り返ると柴崎が立ち上がっていた。

「マルタイを照準するまでの自分とマルタイとの距離感に反省があります。それは自分への激しい怒りです」

柴崎らしい良い言葉だ、と南條は思った。

CQC、CQMのプロフェッショナルが勢揃いしているSATの中でも、柴崎の技能はダントツである。だからこその拘りだ、と南條には理解できた。

「ルイ、そこまで自分を追い詰める必要が――」

柴崎にそう言った南條は途中で口を噤《つぐ》んだ。

心を解放しろ、と言いながら、その一方で、窘《たしな》めるような言葉を口にするのはよくない、と思ったからだ。

「班長、ルイの気持ちを察してやってください」

羽黒がそう言って話に割って入った。

「ルイは、非番の日でも本隊に来て、マルタイとのミリの単位での距離感、ユニットの隊員たちとのスピード感をいつも限界まで突き詰めています」

「ＣＱＣを限界にまで極めている柴崎のその姿は――アホとしか言いようがない」

駿河がそう言ってニヤッとした。

「それを言うなら――」

桐生が駿河を見つめた。

「お前のアホさには限界がない」

隊員たちの間から笑いが起こった後、駿河がニヤつきながら立ち上がった。

「フクハン（桐生副班長）こそ、相当、アホでいらっしゃいます――」

「お前と一緒にするな」

桐生が吐き捨てた。

「いや、あれは、アホでなきゃできない」

ニヤニヤする駿河が続けた。

「午前中の一回目のＣＱＣ訓練と、夕方の、何回も訓練をした後のそれとでは、普通、誰でも動きに差が出る――」

駿河は桐生をチラチラ見ながらさらに言った。

「ゆえに、日々、いつでも同じレベルを維持することに全力を傾ける。しかし、それがなかなかできない――」

駿河は一度言葉を切ってからニヤッとして続けた。

「ですが、フクハンはいつも一定なんです。こんなアホいませんよ」

「お前は、真正のアホ」。羽黒が言い放った。「桐生副班長は天才。根本から違うんだよ、アホ！」

「組長、それは明確な個人情報漏洩です」

そう言ってケラケラ笑った駿河は、南條に視線を向けた。

「ところで、班長、〝了解〟を意味する『セブン』という符号、あれ、もう止めませんか？」

南條は笑って応じた。

「二十年以上も部隊で使ってたやつでしょ？　今時、これ、でもないでしょうし――」

かつての特撮シリーズのヒーロー、ウルトラセブンが額から光線を放つ得意技を駿河はマネしてみせた。

南條は苦笑するだけだった。

「六年ぶりに戻って来られた中隊長の企みでしょ？」

駿河が首を竦《すく》めながら続けた。

「部隊ＯＢでない栗竹隊長をうまく言いくるめて、その言葉を復活させた。そんでもって部隊にやってきて、あの口癖を言い放った――」

目配せで、羽黒、駿河と柴崎の三人が身構えた。

「せえ～の」

駿河が音頭を取った。

「〝オレがいた頃は、こうだった。お前ら、甘いぞ！〟」

車内に爆笑が広がった。

笑いにつられた南條は、この駿河という男はつくづく不思議な奴だ、と思った。かつて「トッ」と呼ばれていた、突入制圧班出身の奴らはおしなべて細かいことまで気が回るし、要領がいい。しかし駿河は天才的な才能によってか、普通の者の二倍はスピードが速い。しかもその結果にしても、ふざけていて、チャラい印象とはまったく違ってすこぶる緻密で完璧なのだ。

南條は、無表情のまま座る隊員たちを冷静に見つめた。

こいつらは初めての実動での完全制圧に伴う特別な感情を、心の中から追い出そうとしている――。

ワッペンの胸ポケットに入れていた桐生のスマートフォンのバイブ音が響いた。

「先輩、ありがとうございます。ちょっとお待ちください」

桐生はまずそう言って、送話口を手で被ってから電話の相手について南條に小声で知らせた。

「捜査第1課、特殊係の和倉《わくら》警部補からです。新しい情報があれば教えてもらえるよう、非公式にお願いしていたんです」

南條は、その男の顔をすぐに思い出した。

五年前まで、トツの班長をしていた和倉は、SIT《シット》と呼ばれる捜査第1課の特殊部隊を強化するために転属していた。

和倉との会話に戻った桐生は、メモにペンを走らせた。

「ええ、ええ、なるほど――」

聞き入っていた桐生が突然、顔を上げて怒鳴った。

「なんですって！」

隊員たちの視線が一斉に桐生へ集まった。

通話を終えた桐生は急いで南條を振り返った。

「班長が介抱された、あの女性の死亡が確認されました」

神妙な表情で桐生が続けた。

「そして、当該女性の身元が判明しました」

隊員たちの視線が桐生に集まった。

「警視庁《ウチ》の本官《ほんかん》です」

「マジで！」

声を張り上げたのは駿河だった。

南條の頭の中では、幾つもの場面が蘇っていた。

自分の胸ぐらを摑んで強引に引き寄せ、カッと目を見開いた、あのおぞましいまでの姿、そして謎を含んだあの言葉、口から血を吐き出して絶命した、あの女性――。

しかし、頭の中の映像で、南條は違和感を抱いていることがあった。

女性が着ていた鮮やかなピンクのタイトでミニのワンピース、黒いガーターのストッキング、ヒールの高い豹柄のクラブシューズ……。

彼女は、私服を着ていたことから非番だったのだろうし、どんな私服を着ようと勝手だ。

しかし、それでも、あれが現職警察官がする服装だろうか……。

同時に、南條の中で次々と幾つかの疑問が湧いてきた。

あの最期の言葉は、彼女の〝公務《こうむ》〟に関係することだったのか？

そうだとすると、彼女がマルタイたちに最初、襲われた場所、原宿署の所管内でどんな公務があったというのか？

そして、最後には、やはりその疑問に行き着いた。

自分に向けられた、彼女の最期の言葉――あれはいったいどういう意味だったんだ……。

現職の警察官が口にした言葉の重みをあらためて南條は感じた。

「氏名は、湯川明日香《ゆかわあすか》巡査長。府中警察署の地域課員。三十六歳。夫は、本部地域部の理事官まで務めたが病死。現在、小学校二年生の娘と二人暮らしです――」

桐生のその言葉に、南條は突っ立ったまましばらく息ができなかった。

南條の脳裡に、十数年前から家族ぐるみの付き合いをしている彼女の幾つもの笑顔が浮かんだ。さらに、彼女が娘に向ける優しい視線も頭に蘇った。

しかしその思いは、すぐに、頭の中にある別の映像と入れ替わった。

不可解だ、と南條は思った。

南條が知っている明日香の表情やいつもの服装と、自分の手の中で亡くなった、あの水商売風の派手な姿とが余りにも違和感があるのだ。人違いじゃないか、とさえ思った。

南條は、激しく鳴り響く心のざわめき、その音に全身が呪縛されている自分を見つめた。

報告を続ける桐生の言葉は、まったく南條の耳には入らなかった。

東京都江東区

玄関ドアの前で、南條は大きく呼吸をした。

ここから先は、班長や警部補ではなくなる。

今日、あったことはすべて本隊に置いてきたのだ。

しかし正直言えば、足が重かった。

玄関を跨《また》ごうとしている、この足が重かった。

疲れがどすんと体の芯まで重くのし掛かっているが、心はもっと重かった。

今日、一日、自分が行ったこと、苦悩したこと、知ったこと、それらを頭から切り離せる自信がなかった。

苦笑した南條は大きく息を吐き出した。

——なるようにしかならないか。

最後には、焼糞《やけくそ》半分な気持ちとなってドアを開けた。

予想とは違って、リビングの照明が灯っていた。

リビングに足を踏み入れると、ソファの上で寝ている妻の真紀の膝の上に、小学校二年生の娘、胡桃《くるみ》が頭をもたせかけ、寝息をたてている。

南條は掛け時計に目を向けた。

いつもならこの時間は、とっくに寝室に入っているはずだ。

——待っていてくれたんだ……。

床に落ちている毛布を拾い上げた南條は、娘の上にそっとかけてやった。

「あ、ワタル！」

勢いよく起き上がった真紀は、髪の毛をかきあげながら南條を見据えた。

なんと言葉をかけようかと南條は一瞬迷った。

だから咄嗟に口から出たのは何の芸もない言葉だった。

「ベッドに行った方がいいよ」

だが、真紀はそれには応えず、南條の耳元で「全部脱いで！」と囁《ささや》き声で、しかし力強く言った。

夫を全裸にさせた真紀は、体のあちこちへ急いで目をやった。

「ケガはなし——」

そう〝宣告〟した真紀は、初めて笑顔をみせ南條の額に自分の額を押しつけてずっと黙ったまま動かずにいた。

しばらくして、顔を上げないまま真紀が口を開いた。

「ありがとう」

「無事に帰ってきてくれてありがとう」

真紀は再びその言葉を言った。

「無事に帰ってきてくれて——」

顔を上げた真紀は涙目で笑っていた。

「出動時に連絡はできない、それは分かってた。でもやっぱりすごく不安だった」

真紀が続けた。

「でも、いざその時を迎えた今日、思い直した。事前に聞かない方がいいってことを——」

南條はぎこちない笑顔で応じながら、十数年前の映像を脳裡に蘇らせた。

本部の総務課員だった真紀との結婚が決まった、その日——。

南條はその時のことを、昨日の出来事のようによく覚えていた。

南條はそれまで、自分の仕事について、機動隊勤務、とだけ真紀に説明していた。そして、その日、初めてSATＡＴ隊員だと告げた時、真紀は、たった一言だけを口にした。

「ふうん」

その時は、大きな反応が返ってこなくて助かった、と南條は思った。

ただ、数年後——。当時、南條が副班長をしていた頃の隊長の自宅に、晩ご飯に呼ばれた時のことだ。

隊長の妻、美和子《みわこ》は、女性警察官だった頃の後輩である真紀を、南條に紹介した取り持ち役だった。

酒が進んで、南條の結婚当初の話になった時、美和子は、内緒にしてたんですけどね、と微笑みながらある話を教えてくれた。

彼女によれば、南條がSATに所属していることを真紀は結婚前から知っていたという。同じ警察組織であるからどこからか聞いてきたらしい、と美和子はそう続けた。

そして真紀は、結婚前から南條のことを、いつもひどく心配していたと明かしてくれた。

「だから、あなたに言った、『ふうん』には、真紀さんの万感の思いが含まれているんですよ」

そう言って優しい笑顔を向けた。

「万感の思いですか……」

南條が苦笑した。

「不安、心配、愛情……様々に込み上げる百万の感情を、真紀さんは、その『ふうん』のひと言に封じ込められたんですよ。あなたの、部隊への意志を挫《くじ》けさせないようにね」

南條は微笑みながら頷いてみせた。

胡桃を抱きかかえて寝室に連れていった真紀が戻ってくると、スウェットの上下に着替えていた南條は神妙な表情でそのことを口にした。

「犠牲者のこと、知ってるよな？」

ハッとした表情を作った真紀が、南條の腕を慌てて引っ張ってソファに一緒に座らせた。

「なぜ明日香さんが！」

深刻な表情を浮かべる真紀のその言葉に、南條は記憶にある光景を思い出した。

十六年前に十九歳で警視庁巡査に任官した南條は、警視庁警察学校を卒業して、浅草署への配置後、地域課で交番勤務員となった。

そこで直属の上司だったのが、殺された湯川明日香の夫である、湯川武雄《たけお》だった。

その時、湯川明日香は、他の所轄署の地域課に勤務していた。

しかし三年前、湯川武雄は、本部地域部の理事官を務めていた時に病死。それからは、湯川明日香が女手ひとつで、娘の美玲《みれ》ちゃんを育ててきた。

「浅草署で、当時の上司だった湯川さん、右も左も分からないあなたの面倒をよく見てくれたのよね」

南條は静かに頷いた。

「その湯川さんが明日香さんとご結婚されてからは、家に呼ばれたり、家族ぐるみで親しくして頂いたのに……」

南條は、湯川一家の笑顔を頭に浮かべた。

「湯川さんがお亡くなりになられてからも、美玲ちゃんには、うちの胡桃と仲良く遊んでもらって――」

真紀は、そのことに気がついた風に南條に顔を向けた。

「美玲ちゃん、今、どうしてるの？」

「今夜は、署が面倒みている」

「今夜はって……じゃあ明日からは？」

真紀は南條の顔を覗き込むようにして訊いた。

「まだ分からない。明日、聞いてみようと思っている」

南條がそう答えて、明日香の娘、美玲ちゃんの笑顔を脳裡に蘇らせた。

美玲ちゃんは、確か、胡桃と同い年だ。ツインテールにした美玲ちゃんの輝く笑顔と、その小さな頬に自分の頬を寄せる母親、湯川明日香の満面の笑みが脳裡に浮かび上がった。

その母親が、自分のこの手の中で、口から血を吐き出しながら絶命したこと、そして謎の言葉を凄絶な形相で遺したこと――それらは到底、真紀に言えるはずもなかった。

「かわいそうな美玲ちゃん……」

そう言って真紀は下を向いた。

「ねえ、なんとかならないの？」

顔を上げた真紀がそう詰め寄った時、南條はそのことを思いついた。

「どうだろ？　美玲ちゃん、しばらく、ウチで預からないか？」

「もちろんよ。ただ、ご親族の方々に断らないといけないんじゃ？」

「それが、明日香さんのご両親は彼女が幼い頃に亡くなられていて、亡くなられた湯川理事官のご両親は神奈川にいてご健在だけど、事件のことでとても話せるような状態じゃないらしい……」

「そうなの……」

真紀が溜息をついた。

二人は沈痛な表情で黙り込んだ。

しばらくして口を開いたのは、真紀だった。

「それにしても、明日香さん、なぜそんなところへ？　しかもあんな時間に……」

真紀が独り言のようにそう口にした。

「どうして明日香さんは、まだ小学校二年生の美玲ちゃんを、一人家に残して、深夜まであんなところにいたのかしら……」

真紀は困惑する表情を南條に向けた。

――それこそオレが聞きたいことだ！

南條はその言葉が喉まで出かかった。

しかし言えるはずもなかった。

「それは捜査の仕事だ」

南條はそう言い放った。そして、その言葉こそ、数時間前、栗竹隊長から窘められた時のものであることを苦々しく思い出した。

九月十一日　　東京都江東区

もどかしかった。

前に向かっているはずなのに、どこへ向かっているのか分からない。しかも、暗闇の中で、今、自分がどこにいるのかさえまったく不明だった。

ただ、すぐにそのことだけは理解した。わけも分からずに自分は路頭に迷っている、そのことだった。

焦って急いで視線を周りに振り向けた。

ある一点を見つめた時、一人の女性が倒れ込んでいるのが目に入った。

微かに分かったのは、母親らしき女性が、小さな子供に微笑みながら、その頬に顔を寄せている——その姿だった。

その傍らに走り込み、女性を抱きかかえた。

湯川明日香が微笑んで自分を見つめている。彼女のその手に抱く幼い娘も穏やかな表情で目を閉じていた。

しかし、その直後だった。自分の目の前には、顔じゅう血だらけの湯川明日香がいた。そして、彼女の手の中に娘はいなかった。

明日香の瞳からは一筋の涙が零《こぼ》れ落ちた。

女性の口が小さく開かれた。

「娘に……娘に逢いたい……」

その時、背後から近づく足音を聞いた。

咄嗟に振り向いた目に飛び込んだのは、黒ずくめの男が据銃する自動小銃の銃口だった。

目を見開いた瞬間、マズルフラッシュ（銃弾を発射する時の銃口からの火花）が——。

自分の悲鳴で南條は飛び起きた。

「大丈夫？」

隣の布団から妻の真紀が声をかけた。

「ああ。起こしてすまん」

南條は大きく息を吐き出した後、隣で寝息をたてている胡桃へちらっと視線を向けた。

南條は思い出した。

SATに着隊《ちゃくたい》してから、任務に関係する夢は、自分が撃つ、というよりも、撃たれる夢ばかりだった。朝起きてみると、夢の内容をはっきり覚えていて、撃たれたら、どうなるんだろうか、という感覚を持っているからこんな夢を見るのだろうと思っていた。

しかし、今、見た夢は、自分にとっては余りにもショッキングなもので、しばらく余韻を引き摺った。

「昨夜の夢を見たのね」

真紀が静かに言った。

南條は応えなかった。

「お酒でも、付き合おうか？」

真紀が心配そうな表情で訊いてきた。

「ありがとう。でも大丈夫」

だが、その時、南條は高鳴る自分の鼓動を聞いていた。

結果的に一睡もできず、午前七時に家を出て、いつもの道を走り抜けているのに、今日の自分は明らかに違う、と南條は自覚していた。

寝不足ではあったが、体力も知力もいつもと変わりない。そう、何も変わりがないことこそ南條にとって最も重要なことだった。

にもかかわらず、今日の自分はいつもと違うという確かな感覚があった。

理由は分かっていた。

昨夜からずっと、やはり昨日のことが頭を占領しているからだ。

殺害された湯川明日香が自分に向けた、あの凄まじい形相と謎の言葉――。

そして、湯川明日香に関する、幾つかの疑問点についても気になって仕方がなかった。

信号で止まり、その場で足踏みしながらふと目を閉じると、あの言葉がまたしても脳裡に蘇った。

〈あなたが……そしして……ころされる……けいしさん……〉

南條は急に焦りを覚えた。

隊長から大光寺対策官へ、そこから捜査部門に伝えられたはずの、湯川明日香に関する自分からの情報は、ちゃんと生かされているんだろうか……。

明日香の言葉についての捜査が真剣に行われるかどうかは怪しい。

いや、それどころか、無視されている可能性が高い、とも南條は想像した。

ならば、自分がとるべき手段は一つしかない、と南條は確信した。

それは実に明快なことだった。

〝正規ルート〟に期待できなければ、すなわち〝非正規ルート〟でやるしかないのだ。

実は、すでに南條は、〝非正規ルート〟への接触を試みていた。正確に言えば、〝非正規ルート〟を手繰り寄せることを、桐生に依頼したのだった。

本隊に辿り着いた南條が訓練場に足を向けようとした時、自分を呼ぶ声があった。

振り返ると、管理棟脇の路地から桐生が目配せで呼んでいる。

桐生は、管理棟と隣接した倉庫に南條を誘《いざな》った。

ドアを開けた、その瞬間、埃っぽい臭いで南條は噎せ返った。

そこにあったのは、取り壊し予定の警察病院を使って訓練した折、都庁の担当部署の許可を得てその病院から運び入れた、様々な種類、形状、材質のドアや窓などの廃材だった。これらはすべて、ブリーチングの新しい技術開発と戦術プラン作成に資するためのものである。

「どうだった？」

二度咳払いした南條は、真っ先にそのことを聞いた。

「結論から申し上げます」桐生が声を落とした。「残念ですが、捜査本部では、班長が報告された情報は共有されていません」

南條は溜息をついた。

「いいんだ、ありがとう」

桐生の肩を叩いて労《ねぎら》いながら、予想された結果に南條は苦笑した。

「ただですね――」

桐生は声を低くして続けた。

「和倉警部補が最後に、湯川明日香について、ちょっと妙なことがある、と言うんです」

「妙なこと？」

「彼女は数日前、所属長に休暇願を出しており、事件当日は休んでいました」

「非番だった……ん、それで？」

南條は急かした。

「しかしですね、班長がよくご存じの、湯川明日香の小学校二年生のひとり娘には、休暇を取っていることを言ってないんです」

「言ってない……」

「その娘によれば、湯川明日香は、いつもの様子となんら変わらず、〝お母さんは今日は日勤だよ〟と言って、朝、一緒に家を出て、学校まで送ってもらったと――」

「彼女は、娘に嘘をついて、あんな夜遅くまでいったい何を？　しかも管轄外のエリアで……」

南條は独り言のように言葉を続けた後、ハッとした表情となって桐生に訊いた。

「朝、家を出た時の湯川明日香の服装について、捜査本部は、娘から聞いていないのか？」

「聞いています。母親が朝出かけた時の服装は、いつもの黒いジャケット、白いシャツ、そして黒いロングパンツに底の浅くて黒いパンプスだったと――」

南條の脳裡にその光景がフラッシュバックした。

マルタイを制圧した後、南條は明日香に駆け寄った。その時、明日香の服装は、水商売のホステスのようだ、と南條は思った――。

「とすれば、彼女はどこかで派手な服に着替えたことになる……。いったいなぜ……」

南條は独り言のように言った。

「班長がさっき仰った通り、なぜ、彼女は、あんな時間に、あんなところにいたんでしょうか？」

桐生が訊いた。

南條はそれには応えず、しばらくの沈黙後、口を開いた。「とにかく、湯川明日香の行動はあらゆる点で不可解だ……。しかし、ありがとう。面倒かけたな」

桐生の肩をポンと叩いた南條が立ち去ろうとしたその時、桐生が慌てて押し留めた。

「これは関連するかどうか分かりませんが、和倉さんは、ちょっと奇妙なことがある、と、二つの話をしてくれました」

桐生が言った。

「奇妙なこと？　何だ？」

「日野《ひの》署管内のある交番から、先週、奇妙な取扱報告書が本署に上がっているんです。骨子は、幽霊がいる、との住民からの通報です」

「幽霊？」

南條はそう関心もなく口にした。

「ええ、幽霊が、深夜、あるマンションの周りをうろついている、との内容です。問題はその場所です。そこは、湯川明日香の住むマンションなんです」

しばらく考え込んでいた南條は大きく息を吐き出した。

そこから浮かぶものが何もなかったからだ。

「で、もう一つの妙なこととは？」

南條が促した。

「明日香が、マルタイから銃撃される、その十数分前——。現場の公園付近で、明日香が一人の女と揉めていたことが、通行人の目撃証言で分かったというんです」

「女と揉めていた？」

「ええ。時系列で言えば、まず、明日香は原宿駅表参道口付近から、三十代半ばくらいの女性を追いかけて、代々木公園方向へ向かっています。その途中です、揉めていたのは――」

「その女の人定は？」

「それはまだ、捜査本部でも……」

桐生が残念そうに言った。

「女と揉めていた、か……」

それもまた南條にとっては溜息が出そうな話だった。自分で解明できる話ではないからだ。

「で、マルヒの人定は？」

頭を切り換えた南條が訊いた。

桐生は頭を振った。

「まったくのようです」

「外国人であるかも分からないのか？」

地上三階建て、延べ床面積約五千平方メートルの訓練棟を仰ぎ見ながら南條が訊いた。

「外国籍かどうかを含む人定はまだ――」

桐生の言葉を聞きながら、南條は、低い空を横切ってゆくヘリコプターを見つめた。

「捜査本部では、今回の事件について、犯行声明も出ておらず、宗教性もないことから、テロとは断定せず、公安事件ではなく、刑事部が扱う通り魔事件と見ているようです」

桐生が和倉先輩から聞いたとする説明を口にした。

「テロじゃない？　あり得ないだろ！」

南條は気色ばんだ。

「しかし、捜査本部のモトダチ（捜査主体）は、捜査第1課、つまり刑事部のままです」

「使用された四丁の自動小銃、残された大量の予備弾倉、それでもテロじゃないと？」

南條が眉間に皺を寄せた。

「改造銃じゃないか、とか、最近では暴力団でも持っている、といった話を捜査第1課の専従員たちはしているらしいです」

「で、明日香については――」

南條はまだ拘っていた。

「和倉警部補によれば、捜査本部は明日香にはまったく関心がなく、デスク主任が作成している捜査事項の項目にも入っていないと。つまり――」

「捜査をまったくしていない、そういうことだな」

南條の苛立《いらだ》った風の言葉に桐生は力なく頷いた。

「和倉さんですが、最後に私にこう仰いました」

桐生が遠慮がちに言った。

「なんだよ、言ってみろ」

南條が不機嫌そうに促した。

「〝そんなことを詮索するのはお前たちのやることじゃない。それは捜査の仕事だ〟――」


管理棟へ戻ってゆく桐生の背中を見つめる南條は、自分が何をすべきかを、はっきりと自覚した。

和倉先輩が咎めたことは頭では分かっている。当然の忠告だ。

しかし、南條の脳裡には、またしても、湯川明日香の、あの言葉とあの形相が蘇っていた。

頭の中から消そうにも、どうしても消せないのだ。

だから、南條の記憶の中から、もう一つの非正規ルートである〝キワモノ〟の部署の名称と、そこにいる一人の男の顔が同時に浮かび上がった。

南條は、蒲鉾《かまぼこ》型の格納庫の中に並ぶ、二機のＳＡＴ専用装甲ヘリコプターを背にしてヘリポートに立ち、厚い雲で敷き詰められた空を仰ぎ見ながらスマートフォンを握った。

「本当に久しぶりだな」

南條はその男の声を二年ぶりに聞いた。

「昨日はお前の部隊が出たそうだな。本当によくやった」

「いえ、最後の一人は助けられませんでした」

南條は素直な気持ちで言った。

「それ以上の犠牲者が出るところ、お前たちが救った。それがすべてだ」

「それについてはまだ整理できていません。ところで、風見《かざみ》管理官こそ、おかわりありませんか？」

「本部勤務も、警視庁の五年ルールであと二ヶ月だ。まっ、最後は、のんびりやるよ」

風見警視はそう言って快活に笑った。

十六年前、初めてSATに着隊した南條は、数年間、現在の制圧班の前身である、トツ班に在籍した後、外事《がいじ》的な情報を扱う本部警備情報2係に勤務後、SATに復帰していた。

その警備情報係時代の直属の上司が風見だった。風見からは、〝キワモノ〟の世界の痺《しび》れるほどの醍醐味を教えられた。警視庁公安部ではなく、警備部にあって情報収集を担当とする警備情報係は、一般的には余り知られていないが、かつて極左暴力集団がゲリラ活動や大規模デモを活発に行っていた頃、それを阻止する機動隊の作戦を支援するための情報収集を行っていた。警備情報係のもたらしたたった一つの情報が数百名の機動隊員の命を救ったこともあった。そして現在でも、公安部が取れない情報を入手するなど、その存在感は人知れず高まっている。

「で、本題はなんだ？」

風見らしく、いきなり切り込んできた。

「言っとくが、こっちでも独自に調べたが、あの二名のマルヒ、国際的な組織犯罪集団や武装集団との関連性は今のところ何もヒットしていないぞ」

風見が先んじてそう言った。

「いえ、そのことではないんです。犠牲者の一人、本官の湯川明日香についてのことです」

「湯川明日香？　なぜ彼女に興味を？　そっか、さっき、こちらにも事案概要のペーパーが流れてきたが、お前が突入した時に救命対応した女性だな？　で、湯川明日香が、何か言ったか？」

風見が畳み掛けた。

南條は苦笑せざるを得なかった。人の言葉の先々を口にするその頭脳は昔とまったく変わっていなかった。

南條は、自分の推察を加えて、栗竹隊長に説明したのと同じ内容を風見に伝えた。

「けいしさん……けいし、というのが名前だな。そいつが殺されるというわけか？」

風見が訊いた。

「そのようです。しかし、それが誰なのかは分かりません」

「で、オレに何を期待している？」

風見が声の調子を変えて訊いた。

「そちらの真正面のお仕事の中で、リンクするものが何かないか。そんなことをお伺いしたくて――」

「リンクね……分かった。その件、こっちで預かる」

風見がそう言って、最後に付け加えた。

「だから、南條、お前は自分の任務に集中しろ。それを詮索するのは捜査の仕事だ」


管理棟の階段を上って、隊員たちが書類作業を行う二階の事務室に足を踏み入れた南條は、脚付きホワイトボードへ真っ先に駆け寄った。

ホワイトボードに貼り付けられた何枚もの書類の隅に、一通の弔事通報のコピーが貼られていた。

〈逝去者《せいきょ》〉の枠の中に、〈府中警察署地域課　湯川明日香〉と記載されていた。そして右端には、通夜、その翌日の告別式の具体的な時間と場所が書き込まれていた。

事務室から出た南條は管理棟を離れ、隣接する延べ床面積約五千平方メートル、地上三階建ての訓練棟に足を踏み入れると、すでに桐生、羽黒、駿河と柴崎たちがワッペン姿でストレッチを行っていた。

全員に声をかけた南條はひとり何度も頷いた。

南條が満足したことは、昨夜のアサルトから二十四時間も経っていないのに、誰の目もまったく彷徨っていない、そのことだった。

「今日は、本当は、家族の元で休ませたかった。それに、何しろ、昨日の今日だ。疲れもあるだろ」

南條が言った。

「班長、今更――」

羽黒が鼻で笑った。

「この頭と体が覚えている今日のナマの感覚を自分の中に刻み込みたい――それを求めたからです」

真面目な表情でそう言ったのは柴崎だった。

「疲れなんて。自分は、皆さんより、ずっと若いっすから」

背後から近づいてきた駿河が親指を立ててみせた。

南條は、隊員たちを頼もしく見つめた。どの顔も昨日とは一変し、心の中の重石《おもし》を取り払ったかのように、清々しい雰囲気だったからだ。

それに対して、オレは情けない、と南條は自分でそう思った。

自分だけは、まだ昨夜のことを引き摺ったままなのだ。

心の襞《ひだ》にへばりついているのは、やはり湯川明日香の、あの謎の言葉と、凄絶な形相だった。


隊員たちとともに南條がＣＱＣ訓練施設へ足を向けた時、桐生が近寄ってきた。

「和倉警部補から再び電話がかかってきました」

振り返った南條は強い関心を示した。

「しかし、今回の事案のことではなく――」

「湯川明日香のことなんだな？」

桐生は一度驚いた表情をみせた後、大きく頷いてから口を開いた。

「彼女は、最近、ストーカー被害を受けていたそうです」

「ストーカー被害？」

「なんでも、彼女の携帯にメールや電話で一日に数百回も連絡があり、執拗に罵声を浴びせられ、最近では、殺してやる、ということまで言われて脅されていたとのことです」

「それなら、犯罪が成立するじゃないか。なぜ、検挙しなかったんだ？」

南條が訊いた。

「もちろん。二度、警告を行っています。しかし男はストーカー行為を止めるどころか、益々、エスカレートさせた。よって強制捜査を行うことが決定され、その着手日が事件の翌日、つまり今日だったんです」

南條は、明日香のあの形相と言葉を脳裡に蘇らせた。

〈あなたが……そしして……ころされる……けいしさん……〉

「ちなみにこれが、事件概要です」

桐生はワッペンの胸ポケットから取り出した二枚の紙を南條に手渡した。

しばらく読み込んでいた南條は、あっという声を上げた。

「そうです。容疑者の氏名は、恐らく、スズキ、ケイ、です」

「ケイ……。まさか……」

南條はハッとした表情で桐生を見つめた。

「オレは、ケイをケイシと聞き間違えたのか？……」

「そのようですね……」

桐生が小さい声で言った。

「これは？」

南條は、二枚目の紙に貼られている写真を指さした。

「それがストーカーの男です」

電柱に半身を隠すようにして立っている、四十歳前後の男の姿があった。

彼女が、尾《つ》けてくるこのストーカーを咄嗟に撮影した光景が想像できた。

その画像を携帯で写した後、大きく溜息をついた南條は、まさに力が抜ける思いだった。

昨日から自分を呪縛していたものとは、なんと、自分の〝聞き間違い〟だったのだ……。

「府中警察署は、参考、として、この情報を捜査本部に上げています。しかし、デスク主任は見向きもしないそうです」

一度、考えるような表情をしてから、南條がゆっくりと桐生を振り返った。

南條は溜息をついた。

「ご想像通り、そのストーカー被害の話ではありません」

桐生がそう言って首を竦めてみせた。

ＣＱＣ訓練施設の二重の防音ドアを目の前にして、南條は〝刑事ごっこ〟のすべてが終わったことを自覚していた。

だが、湯川明日香の、あの最期の、凄まじい形相が頭からなかなか拭い去れないでいる自分もいた。

それもそうだろう、と南條は苦笑しながら開き直った。

あんな状況下で、あんな凄惨な顔を間近で見せつけられたのだ。誰だって、簡単に忘れられるものではないだろう。

それでも、和倉先輩が言うとおり、すべてが終わったことを悟らなければならない、とも理解していた。

南條は、必死に頭を切り換える努力を行った。

ここから先は、実弾を使った訓練が待っている。邪念があればミスを誘発する。しかもそのミスとは、生命の危険と直結するのだ。

大きく深呼吸し、拳で胸の防弾ベストを二度叩いた南條は、勢いよく二重の防音ドアを開け、ＣＱＣ訓練施設の中に足を踏み入れた。

すでに桐生と隊員たちがフル装備で、南條の到着を待っていた。

「よし、昨日の実動を思い出し、自分なりの教訓を意識しろ」

南條のその言葉で、隊員たちはアサルトライフルを据銃した。身を寄せ合って縦列隊形で進む隊員たちの最後尾に南條は続いた。

「昨夜の実動は、すべてスピード感で決まった。その感覚をもう一度、頭と体に刻みつける」

「了解！」

隊員たちが声を張り上げた。

「ゴー！」

南條がそう叫んだ直後、ドアに設置された爆発物が爆発してドアが破壊され、隊員たちが次々と飛び込んで行った。

「まず空間認知力！　次にスピード感を全員で合わせろ！」

ルームエントリーする隊員たちの最後尾にへばり付きながら、南條は声をかけ続けた。迷路の如く張り巡らされた部屋ごとで、マルタイと人質を一瞬で識別し、射撃とストレートダウンを繰り返して進んだ。

桐生を始めとする隊員たちの動きは最初、スムーズだった。

しかし、間もなくそのスピードが失われていった。南條は、幾つかの部屋に椅子や机でバリケードを作っていたからだ。

羽黒がまずそれに引っかかり、バランスを崩した。

跳弾《ちょうだん》（跳ね返り）防止用の航空機タイヤのラバーで覆われた壁に激しくぶつかって、床に転がった。

しかし、羽黒はすぐに突破術を探し出し、続く隊員たちもそう時間をかけずに順応した。

「常に対処できる態勢！　ドア、窓、人、あらゆる脅威、死角を把握せよ！」

隊員たちの後を追いながら南條はさらに続けた。

「互いの背中を守れ！　仲間を脅威に晒すな！」

隊員たちは一歩も足を止めることなく突き進み、射撃を続けた。

「レーザールールの厳守！　識別可能な速度を保て！　脅威の軽重、状況により展開速度を使い分けろ！　相互が同じ認識で展開せよ！」

隊員たちの行動を見つめる南條は、二年前の光景を思い出した。

二年前、本部勤務からSATに戻ってきた南條は、トツの後身である制圧班長に抜擢された。

本隊に戻って真っ先に足を向けたのは、ランドクルーザーと防弾装甲車を遮蔽物とした接近隊形訓練中の隊員たちのところだった。

そして、自分よりも半年早く、副班長として戻っていた桐生とともに、その訓練を、キャットウォークス（天井付近に設置された歩行スペース）から見つめていた。

「チームワークが、各班ごとでムチャクチャいい」

隊員たちを見下ろしながら南條が言った。広大な訓練施設を所狭しと、羽黒、駿河や柴崎たちが、他の制圧班の隊員とともにスムーズに動き回っていた。

「私も同感です」

桐生が素直に言った。

「しかも、個々で求めてくるものが強烈です。『それはどういう意味か教えてください！』『もっと方法があるなら教えてください！』など、激しく熱心に迫ってくる――」

「そりゃ強烈だな」

南條が隊員たちの動きを見つめながら言った。

「こいつら、羽黒、駿河と柴崎は、常にいろいろなことを考えながら、最高の技術と知識をもちたいという気持ちが壮絶です」

桐生はそう言って南條の顔を覗き込むようにして言った。「昔の自分を見ているようだ、と？」

「まさか」

南條は苦笑した。

「基礎訓練競技会で、基礎体力と射撃の両方で何度も総合優勝しまくった南條渡――若い奴らの間ではレジェンド（伝説）となってますよ」

桐生が言った。

「古株《ふるかぶ》は誰だって伝説になるさ」

南條が自嘲気味に応えてから桐生を見つめた。

「お前だって、ASC（全国SAT部隊競技会）で連覇しやがって、そんな奴なんてどこにも――」

南條は再び苦笑しながら頭を振った。

「止めよう。互いに褒め合うなんぞ、井の中の蛙《かわず》もいいところだ」

「どうしようもないアホですね」

そう言って桐生も笑った。

「オレなんか、清濁《せいだく》併せ飲むことが重要な本部を経験したことで毒気を抜かれてさ。今の隊員たちを見て、もっと柔軟に考えればいいじゃないか、みたいなことを思うようになっちゃったよ」

南條は快活に笑ってからさらに話を続けた。

「とにかく、今の奴らがまとまっていることは分かった」

「ええ、昔のように、副班長たちが対立するっていうこともありませんし……」

「昔のようにか……」

南條は思い出した。その時、南條は組長を務め、桐生はその下で巡査の隊員だった。

「一人のフクハン（副班長）は、GSG9《ゲーエスゲー・ノイン》（ドイツ特殊部隊）のように識別を何より重視し、人命を最優先とする日本とよく似たタイプ――」

桐生が言った。

「もう一人のフクハンは――」

南條が継いだ。

「アメリカの特殊部隊のように、隊員が殺されないように、とにかく撃ち込んでゆく、というハードさを追求していた――」

「私は今でも、後者の副班長の考え方は危うい、と思います。一発一発の射撃に法的なものをまったく考えていないからです」

桐生がキッパリ言った。

「いろいろな思いの中、常に試行錯誤する、というのは正常な環境だ」

そう言った南條が続けた。

「しかし、あの時、問題だったのは、二人の副班長の間で意見の極端な違いがあったことで、じゃあ自分たちはどちらをやんなきゃいけないんだ、と隊員たちが混乱したことだ」

「そんな事態は絶対に避けなければなりませんね」

桐生の言葉に南條は大きく頷いた。

南條は、羽黒たちの訓練を再び見下ろした。


ＣＱＣ訓練施設を突破して出口から出てきた隊員たちは、防弾ヘルメットを脱いで、汗をまき散らしながらウォーターターンクに飛びつくように走った。

防弾装備を脱ぎ取って最後にウォーターターンクからの水をガブ飲みした南條は、強い緊張感から抜け出たことでの溜息を吐き出した。

しかしそのことは同時に、封じ込めていた映像を思い出させることとなった。

自宅に遊びに来ていた時の湯川明日香の笑顔と、昨夜のあの凄まじい形相とが頭の中で何度もフラッシュバックした。そしてあの言葉がまたしても脳裡に浮かんだ。

〈あなたが……そしして……ころされる……けいしさん……〉

南條は両手の掌を目の前で広げた。

未だにその感触は残っている。湯川明日香の体の重さ……。

だから、背後から自分の名前が呼ばれていることにずっと気づかなかった。

肩を摑まれて強引に振り向かされたことで、やっと桐生の姿に気づいた。

「班長、また、湯川明日香、ですか？」

桐生が言った。

「いや、なんでもない。何だ？」

南條は誤魔化した。

「隊長がお呼びです」

桐生の言葉に、南條は黙って頷いた。

管理棟へ歩いて行く南條の背中に、桐生がたまらず声をかけた。

「班長、この際、率直にお聞きしたいことがあるんです」

南條が立ち止まった。

「明日香については、班長が看取られ、幾つかの謎があり、しかも班長と家族ぐるみのお付き合いをされていたとのことなので、お気持ちは分かります」

南條は振り向かずに黙って聞いていた。

「それでも、なぜそれほど拘るんです？　部隊として何らかの関係があることですか？　それとも明日香の最期が余りにも凄絶だったのでそのことに呪縛されているからか、または単なる個人的な興味ですか？」

一瞬の間を置いてから南條が振り返った。

「今でも引っ掛かることがあるからだ」

「引っ掛かる？」

「彼女の、最期の言葉のうちの、〝阻止して〟という部分だ。それが、制圧直後からずっと気になって仕方がなかった」

「それなら、危険なストーカーを制止しろ、という意味であることはすでに明らかになりましたし、〝ケイシさん〟という名前にしても、〝ケイさん〟と明日香が言ったのを班長が聞き間違いされたということで――」

「明日香が、最期の言葉を口にする直前――」

桐生の言葉を遮った南條は自分の話を強引に進めた。

「オレが身につけていた強化トワロン防弾衣の、右手の上腕にある、部隊ワッペンを見つめたんだ……」

南條はその時の湯川明日香の姿を思い出した。

「ヘルメットを脱いではいたが、バラクラバ帽は被っていたので、目の前の男が、家族ぐるみの付き合いをしている相手だとは彼女は気づかなかっただろう。しかし、彼女は、オレを、特殊な部隊の者だと認識したんじゃないか？　だからこそ〝阻止して〟と言った――」

桐生は黙って南條を見つめていた。

だが南條はさらに続けた。

「もしそうであれば、チイキ（地域課）かセイアン（生活安全課）の所掌《しょしょう》であるストーカー事件のことを、畑違いの者、つまりSATであるオレに託すと思うか？」

「何を仰りたいのですか？」

桐生が怪訝な表情で訊いた。

「〝あなたが阻止して〟に続く〝ケイシさん〟という者は、これから発生する、SATが対処すべき重大犯罪の被害者もしくは容疑者の可能性があるかもしれない、ということだ。つまり、明日香にまつわる謎は、まさしくSATの者としては絶対に解明しなければならないことではないか、そう思うんだ。だから――」

「班長――」

桐生が窘めるように南條の言葉を遮った。

「さっき、和倉さんが最後になんて言ったか、敢えて口にしませんでしたが――」

「分かってる」

顔を歪めながら南條が続けた。

「〝これで諦めろ。刑事ごっこはもう完全に終わりだ〟――そういうことだろ」

警視庁本部

警備情報係の管理官である風見は、部下から渡された数枚の写真を見つめながら、硬いソファの上で低い唸り声を引き摺った。

「まさか、彼女がな……」

風見が言った。

「人は見かけでは分からない、その象徴みたいなもんですね」

風見の前に座る部下が首を竦めた。

傍らに置いていた小さくて丸いピークスケールルーペを手に取った風見はそれを片目にあて、写真に顔を近づけてそこに写る人物を見つめた。

「しかし、断定できるか？」

風見が写真を見ながら言った。

「防犯カメラが撮影した日時、人着《にんちゃく》、そして顔貌……そのすべてにおいて、当該の人物にまず間違いないかと」

部下が応えた。

写真から顔を上げた風見が頭に浮かべたのは、南條の顔だった。

SAT本隊

管理棟に戻った南條は、三階の隊長室を目指した。

桐生に向かって言った幾つかの言葉を頭から拭い去ったわけではなかった。

それどころか、さらに重く心の底に沈んだままであることを自覚していた。

隊長室のドアをノックして開けると、打ち合わせ机の前で栗竹隊長がすでに待っていた。

そこに座れ、という風に栗竹は目の前の椅子を身振りで示した。

栗竹が真っ先にやったことは、身を乗り出して南條の目を見つめることだった。

数分間、南條の目を無言のままじっと見つめていた栗竹は、一人頷いてから口を開いた。

「みんなどうだ？」

栗竹のその言葉で、彼が今、自分に何をしたのかが南條には分かった。初めての実動での精神状態を測るために、目が彷徨っていないか、それを探ったのだ。

「昨日、実動に就いた全員が、平常心を取り戻しています」

「それにしても――」

栗竹が身を乗り出した。

「お前の班は、今日はハンクン（班訓練）を休め、そう言ったはずだな」

「自分も、隊員たちに強要したわけではありません。訓練の継続こそ重要、それが班全員の総意です」

「アホだな、お前ら。つまり、昔ながらのトツの見本というわけだ」

栗竹は声に出して笑った。

その言葉は、南條にとっては最も喜ばしいものだった。

南條は、栗竹の背後の壁に掛けられている二つの額へ目をやった。

一つには、部隊標語の「日本の命運は我々にあり」との達筆な文字、もう一つには、隊訓である「技術は方針を左右する」という言葉がそれもまた見事な筆の運び方で書き込まれている。

——まさに、昨夜の実動は、この標語と隊訓に適ったものだった。

南條は強くそう思った。

ただ、同時に、昨夜のことは、あらためて不安材料でもあることが分かった。

「前からお聞きしたかったことがあります」

南條の言葉に、栗竹は黙って頷いた。

「本部のお偉いさん方は、進行型殺傷事案の凄絶さをどこまで真剣に捉えていらっしゃるんでしょうか？」

南條が訊いた。

大きく息を吸った栗竹は言った。

「正直な話をしなきゃならない」

栗竹が続けた。

「91《キュウイチ》（警視庁）の幹部から、進行型殺傷事案に対する危機感のようなものは、正直言って、私は肌感覚として感じたことは一度としてない」

南條は、その実態について、本部に詰める何人かのＳＡＴのＯＢから薄々は聞いていた。しかし、常に警備実施の中核で仕事をしてきた、いわば警備部の底の底まで知り尽くした栗竹から、あらためて〝実態〟を聞かされることは余りにもショックだった。

フラッシュの点滅に気づいた南條は、部屋の隅にあるテレビに目をやった。

警視庁幹部たちの記者会見の様子が流れていた。

「今回、三名の犠牲者と三十二名の負傷者が出たことに深い悲しみを抱きながらも、警察の総合力を発揮し、迅速な対処によってさらなる犠牲者を抑止できたことは――」

用意したペーパーから幹部が顔を上げる度に、何度もフラッシュが焚かれた。

テレビ画面を見つめる栗竹が冷静な口調で口を開いた。

「昨日の事案は、我々にとってまったく困難なものではなかった」

栗竹が冷静な口調で続けた。

「数年前に発生した、パリ同時多発テロ事件、つまり進行型殺傷事案がこの日本で発生した時こそ、我々にとって深刻なアサルトとなる」

腕時計に目を落とした栗竹が勢いよく立ち上がった。

「さあ、急ごう。みんな、腹を空かせて待ってるぞ」

ドアの前で栗竹が突然、振り返った。

「ところで　お前、湯川明日香に執着しているようだな？」

「いえ、さきほど、頭の中から消えました」

南條はぎこちない口調で言った。

「嘘つき野郎め」

吐き捨てるようにそう言ってニヤッとした栗竹は先にドアから出ていった。

隊長を追って通路を進んでいた南條の胸ポケットでスマートフォンが電話の着信を伝えた。

「真実を知るということは、すべてが良いこととは限らない」

警備情報係の風見管理官にしては珍しい、持って回った言葉が真っ先に聞こえた。

「お前にとって酷な話になる」

風見のその言葉に南條は、

「大丈夫です。お願いします」

と勢い込んで言った。

「捜査本部に送ったこっちのリエゾンからの報告によれば、マルヒの足取りを追ってゆく中で、被害者であり、お前の知人の湯川明日香の、事件前の足取りが判明した――」

「何か特異なことがあったんですね？」

南條が慎重な口調で訊いた。

「事件現場周辺の防犯カメラを集めての解析の結果、渋谷円山町《まるやまちょう》のラブホテルの防犯カメラに、ある画像が残っていた」

南條は、風見が何を言いたいのか分からなかった。

「湯川明日香が襲われる二時間ほど前、そのラブホテルに、彼女と、氏名不詳の外国人風の男が出入りする姿が映っていたんだ」

「ちょ、ちょっと待ってください。それ、本当に湯川明日香なんですか？」

南條は混乱する頭のまま訊いた。

「画像解析のプロチームがそう鑑定したんだ、間違いない」

風見のその言葉でも、南條はまったく信じられなかった。

「娘の美玲ちゃんを深夜遅くまで一人にさせておいて、自分は男と遊んでいた？　考えられません！」

南條は思わず声を張り上げて、さらに続けた。

「自分が知る彼女とは、まったく結びつけられません！」

「今、捜査第1課では、結論として――」

風見が言い淀んだ。

「いいんです。お願いします」

「湯川明日香は、売春をしていた、そんな風に結論づけている」

「売春？　まさか……」

「男が先に入って、先に出たのは湯川明日香。画面の下には彼女を迎えに来たような車の一部が映っていた。ホテトル組織に入っていた可能性が指摘されている――」

南條は言葉が出なかった。

「円山町のラブホテルから、彼女が襲われた代々木公園までは、そんなに遠くはない」

風見が付け加えた。

南條は余りの衝撃的な話に、言葉がそれ以上、継げなかった。

風見は構わずに続けた。

「これについては警察としては公表しない。事件とは関係ないからな。しかも、彼女は、犠牲者を出さないように市民を避難誘導したヒーローだし、会見でも幹部たちがそんな風に口にしている。だから逆に、湯川明日香の素行についてマスコミに洩れないか、上層部はそっちの方にピリピリしている」

南條の脳裡に、今朝のテレビニュースで報じられていた、代々木公園の中に自然と作られた献花台に並ぶ市民の行列が蘇った。

「今日の事件は、偶然での事案だろうが、お前が拘っている湯川明日香の最期の言葉、〝けいしさん〟にしても、不倫相手の名前なんてことじゃねえのか。で、その男が奥さんに殺される、そんなところじゃねえのか……」

そこまで結論付けた風見が最後に言った。

「南條、湯川明日香がお前の手の中で亡くなったんで、お前は特別な感情を引き摺り過ぎている」

風見のその言葉は、南條の頭には入ってこなかった。

南條は、これまで、湯川明日香のことを詮索してきた自分を罵った。

その結果、こんな結末がもたらされようとは想像もしなかった。

南條は、愕然とする思いの中で、ひとり立ち尽くしているような感覚に陥った。

南條は思った。この結末に辿り着いてはいけなかったのだ。

このことは、ずっと自分の中で封印しなければならない、と南條は決めた。

美玲ちゃんにはもちろん、真紀にも言うべきことではない、と南條は自分に誓った。

そして、これで本当に、湯川明日香のことは頭から完全に消し去ろうとも決めた。

風見は構わず最後に言った。

「もう、刑事ごっこはこれで終わりにしろ。お前には――」

「分かってます。自分がやるべきことはキントツに備えること、それだけです！」

「まあ、分かってるならいい……」

風見は不安げな口調で口にした。


「さあ～飲んだくれの皆さん！　お魚ちゃんたちがやってきましたよ～」

魚のイラストを手描きした鉢巻きをした駿河は、両手で抱えた大きな寿司桶《すしおけ》を武道場の畳の上に置いた。

続いて姿を見せた桐生、羽黒、柴崎もそれぞれ同じサイズの寿司桶を運んできた。

「オレの奢《おご》りだ。遠慮なくやってくれ」

車座となっている二個制圧班の中で、隊長の栗竹が言った。

和気藹々《わきあいあい》という雰囲気の栗竹は、昨夜の姿とはまるで別人だ、と思った。

栗竹の姿を見つめた南條は、部隊のＯＢではないのに完全に特殊部隊の指揮官となっている、とあらためて思った。

隊長のポストは、初期の頃は、初代の隊員でもまだ昇任が追いつかず、幹部になりきれていなかった。ゆえに、しばらくは機動隊の幹部が就任してきた。しかし、生え抜きのSAT隊員が初めて隊長となった頃から、SAT出身者が隊長に抜擢されることが続いていた。

栗竹は久しぶりのOBではない指揮官だった。任せられるには任せられるだけの理由があるのだと南條はあらためて思った。

コンビニエンスストアで買ってきた缶ビールを若い隊員たちが全員に配った。

栗竹が集めたのは、南條たち制圧1班に加え、もう一つの制圧2班の面々だった。

「みなさん！　栄誉ある、わが部隊を祝して乾杯を！」

駿河が素っ頓狂な声をあげた。

「バカ！」

羽黒が、その愚かな言葉の意味を知って叱った。

「まず、亡くなった湯川明日香巡査長と犠牲になられた方々に黙禱《もくとう》だ」

「ちょっと待て。湯川明日香は、何人かの通行人の避難誘導をして命を救ったじゃないか。殉職扱いで二階級特進だろ？」

南條が声を上げた。

だが誰も応じる者はなかった。

真っ先に立ち上がった栗竹は、神妙な顔つきとなり、目を瞑《つむ》って頭《こうべ》を垂れた。

慌てて全員が起立して直立不動となった。

「黙禱！」

そう叫んだのは羽黒だった。

目を閉じた南條の頭の中に、またしても、湯川明日香のあの謎の言葉、あの凄まじい形相が浮かび上がった。

湯川明日香は、自分の胸ぐらを摑み、限界まで見開いた目を向けて言った。

南條は、溜息が出そうだった。

情けない、と自分を叱った。

封印すべきだ、とつい今し方、風見との電話の直後、そう決めたのに、愚かな頭は、こんなにも、まだ引き摺っているのだ。

考えるのはもうよそう、触れてはいけない、と南條は葛藤した。

しかしその思いとは逆に、南條の脳裡には、様々な思いが堰《せき》を切ったようにあふれ出した。

真っ先に浮かんだのは、もちろん、風見の口から飛び出した、あの信じられない言葉だった。

だから、一度は心の奥底に沈めたはずの明日香についての様々な謎についても思い出さずにはいられなかった。

――ラブホテル……売春……。

湯川明日香があんな時間にあんなところにいたのはどうしてか？

なぜ、彼女は、仕事を休んでいたことを、娘の美玲ちゃんに言わなかったのか？

そして、夜遅くまで美玲ちゃんを一人っきりにしたのはなぜなのか？

さらに、朝出かけた時の服を着替えて、あんな派手な服装をしていた理由は？

南條の脳裡に、様々な疑問が浮かび上がる一方で、母親を失って一人になってしまった美玲ちゃんの悲しげな顔も蘇った。

四日後にお通夜、その翌日に告別式が行われるが、美玲ちゃんにとってそれがどんな辛いものとなるのか、考えると居たたまれない気分にも襲われた。

「なおれ！」

南條は、未だに自分を呪縛する想いを振り払うようにそう告げた。

ビール缶を手にした栗竹は、それを自分の顔の前に掲げた。

「湯川明日香巡査長の、警察官としての魂を思い、献杯《けんぱい》する」

栗竹が言った。

「献杯！」

栗竹の声は静かだった。

全員が毅然とした言葉で復唱した。


ハゲ頭のカツラとステテコ姿で、奇妙な手品を披露して笑いをとっていた駿河のその向こうの、制圧2班の隊員たちが集まる空間から、班長の渡辺《わたなべ》警部補が、いつになく神妙な表情で、自分に向けて目配せしているのが南條の目に入った。

渡辺は、管理棟の南側にある、地下一階、地上二階建てで延べ床面積六百平方メートルの潜水訓練施設まで南條を連れていった。

「今、どんな感じだ？」

渡辺は、プールを見渡すプラスチック製の椅子に先に座ると、南條を隣の椅子に誘った。

「感じ？」

椅子に腰を落としながら南條は訝った。

「初めての実動を経験した、そのことだ」

渡辺が応えた。

「あんなもんかって感じさ」

南條は首を竦めてみせた。

「亡くなった、湯川明日香という本官、お前の知り合いだってな?」

渡辺が神妙な表情を向けた。

「ああ」

南條は短く答えた。

その話を長くはしたくなかった。

売春の疑いということまで出て来た以上、もう触れるべきではない、封印しろ、と心のブレーキを踏んだ。

「で、何だ?」南條は話題を変えた。「そんなことを聞くためだけにここに呼んだわけじゃないんだろ?」

「いや、それと関係があることだ」

そう言ってから渡辺は真剣な表情で南條を見つめた。

「実は、ウチのフクハン(副班長)のことでな……」

「先月、五人目の子供が誕生したタフな奴だな。そいつがどうかしたか?」

南條が訊いた。

渡辺は頷いてから言った。

「昨日の事案後、悩みをオレに打ち明けてきてな」

「悩み？」

「ああ。今朝、こんなことを口にしやがったんだ。〝我々は、国民からスーパーマンとして捉えられている。そういった国民の期待にちゃんと応えられるかどうか不安です〟――」

南條は理解する風に小刻みに頷いた。

「どう思う？」

渡辺が訊いた。

「お前らしくもなく弱気じゃねえか」

南條が言った。

「やっぱり、初めての実動があって、みんないろいろ考え出している」

渡辺が神妙に言った。

南條は黙って渡辺の言葉を待った。

「だからこそ、実動を指揮した、お前に聞きたいんだ」

渡辺が真剣な眼差しを南條に向けた。

しばらくの沈黙後、南條が口を開いた。

「率直に言っていいか？」

「頼む」

渡辺が即答した。

「そのフクハンは、物事を割り切れずに、理想ばかりを追ってる奴だ」

渡辺は低く唸った。

「もっと言えば――」

南條がさらに続けた。

「自分は一生懸命がんばる、やんなきゃいけない。全力を尽くしてやる――。しかし、やってもできないこともある、と思っている。もしできなかった場合は……といつも不安に苛《さいな》まれている――」

「つまり……」

渡辺が慎重に促した。

「情緒が不安定すぎる」南條は躊躇わずに続けた。「外すべきだ」

渡辺は黙り込んだ。

しばらくしてから口を開いた渡辺は勢い込んで訊いた。

「お前はどうだった？　今回、グリーン（出動）の決断がなされた時——」

「格好をつければ、信念だけだった」

一度、首を竦めてから南條は続けた。

「なにがあっても、困難であろうが、国民の意に沿うようにやんなきゃいけない、その一念はあった」

「なるほどな」

渡辺がひとり頷いた。

「だが一つ、付け加えておくが、そのフクハンだけが悪いんじゃない」

南條が続けた。

「今、世界で様々な進行型殺傷事案が現実的に起きていることで、隊員の気持ちにも影響を与えているんだ。だからこそ隊員たちには、さらなる強さを目指す、その信念を植え付けないといけない」

そう言い切った南條の脳裡に、血だらけとなった父を見下ろす自分の姿が突然、蘇った。

父を助けられなかった、自分は弱かった、だから強くなるんだという思いで警察に入り、機動隊員となり、特殊部隊の隊員として今、さらに高みを目指している……。

「南條、オレはな——」

渡辺のその言葉で南條は現実に戻った。

「――P班、K班があった、あの頃のようになればいい、と最近、そんなことを考えているんだ」

南條の記憶の中にも、渡辺が言ったそのことは歴然と残っていた。

今のこの部隊が、別の名称で呼ばれていた頃、一つの突入中隊の元に、専門とする銃器と任務ごとに、P班とK班と呼ばれた二つの小隊が存在していた。

P班は、ハンドガン専門隊員たちで構成され、ビル屋上からの戦闘降下によって、立てこもり部屋の窓への突入などを行うレンジャー技能を有していた。

一方、K班は、MP5という機関拳銃を専門とするチームで、人質立てこもり事案でのブリーチングによる突入や、ハイジャック事案対処を行う専門部隊だった。

「P班とK班は、それぞれ競いながら、最高レベルの技術、技能、そして知力を常に追求していた――」

渡辺が遠くを見る目をして言った。

「二十年前、それらがSATとして一つにまとめられ、ライバル視する存在がなくなり、結果、最高レベルを求める伝統は継承されなかった――」

「しかし、十年前、当時の隊長のあの言葉、〝最強を目指す!〟――そのひと言でかつての伝統が復活したじゃないか——」

南條が反論した。

「とにかく——」

南條が、プールの向こう側にある潜水槽を見据えて言った。

「我々は、なにがあってもやり遂げないといけない。そのためにさらなる強さを目指す。部下たちに動揺などさせておく暇はない」

「確かに。お前の言う通りだ」

渡辺が天井を見上げながら言った。

「実はな、さっきは格好をつけたが、今回の実動で、オレは心底、思ったことがあった」

南條が真剣な表情で言った。

「何だ？」

渡辺が近づいた。

「昨夜、あの時、部下を守りたい、と強く思った。想像していたよりも強烈にそう思った。そしてあらためて確信した。自分がもっと強くなければ部下を守れないと——」

そして南條を振り返った渡辺が続けた。

「南條——。昨日は、〝みんな帰った〟。本当に良かった——」

和やかな表情となった渡辺は南條の肩を何度も叩いた。

「似合わねえよ、お前のその笑顔」

南條はそう言って表情を緩めた。


武道場に戻った南條は、栗竹隊長の姿がないことに気づいた。

「すでにお帰りに」

桐生が声をかけた。

「気を遣われたようです」

桐生のその言葉に頷いた南條は、思い出話に花を咲かせている隊員たちのところに腰を落とした。

そこには、ベンチの若狭副班長の姿もあった。

隊員たちが話題にしていたのは、歴代隊長の〝伝説〟についてだった。

「まず思い出すのは、とにかく体力だ！　との哲学を持たれていた根本《ねもと》隊長だ。体力がない奴はダメだという人。だから耐久訓練ばっかりだった――」

羽黒がそう言って笑った。

「そうそう、百キロのマラソンしたり、富士山も走って登ったり、むちゃくちゃだったよな」

ついさっき、その根本隊長の顔を浮かべたばかりの南條もさっそく話に加わって続けた。

「それも、登山装備じゃなくて、ジャージ姿で――」

そう言って南條は快活に笑った。

もはや湯川明日香のことは意識下に潜り込ませていた――そのつもりだった。

ショッピングモール

九月十二日

「さっきから、私の話、聞いてるの？」

エスカレーターの前で振り返った真紀が、不機嫌な声を上げた。

「あっ、悪い」

南條は我に返って謝った。

「じゃあ、私が、これから行こうと言った場所、分かった？」

真紀が南條の顔を覗き込むようにして言った。

「なんだっけ？」

南條は苦笑した。

「美玲ちゃんのお洋服、買いに行くのよ。ねえ〜美玲ちゃん」

そう言った真紀は、湯川明日香の一人娘、美玲の元にしゃがみ込み、両手で小さな頬をそっと包み込んだ。

さっきまでずっと暗い表情のままだった美玲がやっと小さな笑顔を返した。

南條は、つい今し方まで、美玲のもっと明るい笑顔を思い出していた。

亡くなった湯川明日香が最後まで見つめていたスマートフォンの画像、そこにあった、微笑みを――。

明日香は、自分の死を意識し、最期に娘の笑顔を目に焼き付けたかったのだろう……。

そんな明日香が、ラブホテル？　売春？　南條はまったく納得できなかった。

「ママ、美玲ちゃんと、サーティワン、行っていい？」

美玲と同じ歳の胡桃が、真紀に言った。

「いいけど、その前に――」

真紀は、胡桃と美玲ちゃんを背中合わせに立たせた。

「あら、まあ、サイズ、ちょうど一緒ね」

真紀のその言葉が終わらないうちに、胡桃は美玲の手をとって走り出そうとした。

「ちょっと待って。お金を――」

バッグから財布を取ろうとした南條に、胡桃は「いいの！」と元気よく言って続けた。

「ここにあるよ。ママからもらっていたお小遣いをずっと貯めていたから」

金と銀色の星の刺繍が入ったリュックサックを、胡桃は笑顔で叩いてみせた。

我が子ながら、この子は本当に強い子だ、と南條はあらためて思った。

小学校一年生になってからはいわゆる〝鍵っ子〟の胡桃。両親の出勤時間が早いので、毎朝、一人で朝ご飯を食べて、自分で鍵をかけて家を出て学校へ行き、そして一人で帰ってきて、鍵を開けて、おやつをたべて宿題をする胡桃――。

胡桃は、泣き言も一切言わず、それを毎日こなしていた。「サーティワンから絶対に離れないでね！」

真紀は駆けて行く二人に声をかけた。

土曜日の大型ショッピングモールは、午前中にもかかわらずすでに大勢の客で混み合っていた。

人混みで溢れそうな通路の奥へと消えてゆく二人の小さな背中を見つめながら、南條は不思議な感覚に襲われた。

ここにいる誰もが幸せいっぱいとは言えないにしろ、多くの人たちが、いつもと変わりのない日常を楽しんでいる。

ここにあるのは、ごく普通の日常だ。悲鳴も、血も、銃弾も、硝煙の臭いも、そして恐ろしいまでの形相も存在しないのだ。

南條の頭の中で、目の前の光景が一変した。

横たわる多数の犠牲者が眼前に広がるという進行型殺傷事案の凄惨な状況下、悲鳴を上げながら逃げ惑う客たち、焦って倒れ込む子供たち、そこへ、銃を構えた数人のマルタイが追いかけてゆき——。

「胡桃！」

南條は思わず声を上げた。

「なによ、大声出して。どうしたの？」

真紀が怪訝な表情で見つめた。

「いや、転ぶなよ、と言おうと思って……」

南條は誤魔化した。

だが真紀は南條の言葉には応えず、

「私、美玲ちゃんの前で涙を我慢するの大変よ」

真紀は手にしたバッグからハンカチを取り出した。

「あの子、私たちの前では、涙ひとつ見せずに堪えているんだけど、夜、寝るとき、布団の中で声に出さずにずっと泣いていたの。だから、私が美玲ちゃんをぎゅっと抱き締めて、ずっと背中を擦ってあげて……」

真紀はハンカチを目にあてた。

「オレも、美玲ちゃんを見ていると痛々しくて……」

「でも、美玲ちゃん――」

真紀が暗い声で続けた。

「どうしてなんだろう……」

「なんのこと？」

南條が訊いた。

「今朝、美玲ちゃんと一緒にお風呂に入った時ね。着替えを取りに家に戻ろうって言ったら、帰りたくないって言って、しかも体を震わせて――」

「母親の思い出があるのが辛いのか？」

南條が訊いた。

「そうだろうと思うけど……でも……」

真紀が言い淀んだ。

「でもなんだ？」

南條が訝った。

「上手く言えないんだけど、美玲ちゃん、なにかを怖がっているような気がするの……」

「怖がっている？」

「……そう、あれは、何かを見た、そんな風な怖がりかただったわ……」

「いったい何を見たと？」

南條はそう関心もなさそうに訊いた。

「それがね、聞いても、美玲ちゃん、それ以上何も言わなくて……」

真紀は肩を落とす風にして続けた。

「それだけじゃないわ。胡桃とは話すんだけど、一日じゅう、私には何も話そうとしないの。まるで、硬い殻に閉じこもっているような……」

「なんにしても、母親を突然、なくしたんだから……」

南條がしんみりと言った。

「それもそうだろうけど、ちょっと違う……」

「違う？」

「あなた、そういうところ、無頓着なんだから」

南條は首を竦めてみせた。

「大人を信用しなくなった、とか、そんな風に思えて……」

「信用しなくなった？」

「うん、それに、明日香さんのことにも、なにか、苛立っているような……」

「どういう意味？」

「もちろん、美玲ちゃんの前では、明日香さんの話はしないようにしているんだけど、それにしても、なにか、話したくないような雰囲気も感じるの……」

真紀が顎の下に手を置いて考える風に言葉を濁した。

その時、南條のスマートフォンが鳴った。

スマートフォンでの会話を終えた南條は、しきりにハンカチで涙を拭いている真紀を振り返って言った。

「明日、司法解剖だ。だから、通夜は、暦の関係などから早くても三日後、家族葬はその翌日になるようだ」

「え？　本部葬じゃないの？」

真紀が声を張り上げた。

「公務中じゃなかったからな……」

そう言って南條は溜息をついた。

「だって、事件現場には、花束が山積みになっているの、知ってるでしょ？　今日なんか、彼女が勤務していた府中警察署に記帳台も設けられたのよ」

「本部には、頭がカチカチの奴が多い」

南條は、当たり障りなくそう言った。昨日の風見の話からすれば、湯川明日香の素行が露見した場合の世間の反応に上層部はビクビクしているのだろうが、そんなことは真紀には到底言えたものじゃなかった。

「どちらにしたって、美玲ちゃんのことは、当分、ウチで面倒みましょう」

溜息をついた真紀は、じっと南條を見つめた。

「ありがとう、真紀――。とにかく、横浜にいる、お祖父ちゃんとお祖母ちゃんは、彼女の突然の死に動揺し、今は、とても引き取れる状態じゃないみたいだ……」

真紀は、その言葉に小さく微笑み、南條とともに子供服ショップへと向かった。

だが途中で足を止めた。

「ごめん、もう一階、上だった――」

そう言って踵《きびす》を返した真紀は、婦人服ショップの次の角を折れた。

ついて行った南條が角を曲がった、その時だった。

目の前に出現したものに、南條は思わず息が止まった。

南條の目に飛び込んできたのは、新しく塗装がなされたことで透明シートで被われた階段であり、そこには、近づくことを規制した円錐形をした赤色のセーフティコーンが並べられていた。

一昨日、代々木公園の、あの改装中のレストランで見た光景とまったく同じだった。

あの時、自分は無茶をした、ということを南條は思い出した。階段上りには、プロフェッショナルな戦術がある。これまでの訓練でそれをさんざんやってきたのに、倒れ込んだ湯川明日香が気になり焦ってしまい、一人で上るという無謀なことをしてしまったのである。

階段を上り始めた真紀を見送りながら、南條は一段目のステップの前で立ち止まった。

代々木公園事案でのあの時、もし、あの階段でアサルトがあったら自分はどうなっていただろうか……。

南條はその答えを知っていた。

階段でアサルトがあったとしたら、自分は受傷していたかもしれない。

階段という場所は、遮蔽物のない空間なので、階上からの銃撃を受けて受傷するリスクが非常に高く、その戦術は極めて難しいのだ。

ゆえに、その動きは、南條にとっては自然の流れだった。

あのレストランの階段でのアサルトをイメージせざるを得なかった。

一度、辺りを見渡した南條は、片手に持っていたビニール傘を、ストレートダウンに構え、そして階段の上を見上げた。

南條は、ビニール傘を〝構えた〟手を、ゆっくりと上げていった。

そして、銃身を安定させるための動作である〝目つけ、頬つけ、肩つけ〟をしながら最後には目線の位置で〝据銃〟した。

階段の上へ視線を保ちながら階段を上り、体の曲げ具合、目線の位置、ダットサイトからの照準方法――それらを幾つも検討し、実際の動作を行った。

ぐるっと階段を回った時だった。

ビニール傘の先で、三人の中年女性が目を見開いた驚愕の表情で南條を見つめていた。

咄嗟にビニール傘を下ろした南條は、咳払いで誤魔化し、慌てて階段を駆け上った。

「なにかあった？」

階段を上り切った先から真紀が尋ねた。

「別に」

南條は誤魔化した。

もしさっきの行動が見つかったら、真紀からどれだけ叱られるか容易に想像できた。先月も、別のショッピングモールで同じようなことをしでかし、恥ずかしいから絶対にしないで、と念を押されていたからだ。

でも最近では、小学校二年生となった胡桃がすっかり大人ぶって、

「今、ママが見ていないよ。クンレン、どうぞ」

と囁《ささや》いてくれる。

南條が何より嬉しかったのは、胡桃が〝クンレン〟と表現してくれたことだった。

ショッピングモールのみならず、旅行に行っても、プライベートな時間でも――いや、はっきり言えば、いつどんな時も、傘を手にしたら、アサルトライフルやMP5をイメージし、戦術プランを考え、それに基づいた〝エアーアサルト〟を傘を使ってやってしまうのだ。

壁があれば、どうやって登ろうかとも考える。珍しいドアを見たら、どのようなブリーチングを選択すればベストかを思案する。そして、部屋が幾つもあるホテルに行ったらそれでもまた、どの部屋を優先すべきかという戦術を考え、傘を使ってその戦術を実際にやってみ

る――そんなバカなことを常にやってきたのだ。

「やっぱり、これも、買わないとね」

子供服店の中で服の品定めをしていた真紀が言った。

その言葉で南條は我に返った。

「何を買うの？」

南條が訊いた。

「胡桃と、それに美玲ちゃんの……喪服……」

「そうだな……」

南條はそう言って、人形が着ている服を指さした。

「あれなんかどう？」

南條が真紀に声をかけた。

「どれ？　えっ？　あれ？　なんか、スカートの裾がふわふわしすぎてて喪服には合わないし、第一、なんか幽霊みたいだし……」

真紀のその言葉で、南條は、突然、あることが脳裡に蘇った。

それは、桐生が昨日、口にした、あの言葉だった。

〈日野署管内のある交番から、先週、奇妙な取扱報告書が本署に上がっているんです。骨子

は、幽霊がいる、との住民からの通報です〉

さらに、ついさっき真紀が口にした言葉が頭に浮かんだ。

〈上手く言えないんだけど、美玲ちゃん、なにかを怖がっているような気がするの……〉

〈そう、あれは、何かを見た、そんな風な怖がりかただったわ……〉

南條は、急いでスマートフォンをズボンのポケットから取り出した。呼び出したのは、副班長の桐生だった。

「この間、湯川明日香のマンションに出現する、幽霊の話をしていたな？」

南條がいきなり訊いた。

「またその話ですか……」

戸惑う桐生の声が聞こえた。

「いいから聞け。それって、和倉先輩が言ってたストーカーのことか？」

「あの写真で見る限りは、髪の毛が長く、色白の痩せた、暗い雰囲気の男でしたからね。見る人によっては……」

南條は、無言のまましばらく考え込んだ。

「班長――」

桐生の声が聞こえた。

だが南條は応えなかった。

「班長、聞いてますか？」

桐生がたまらず聞いてきた。

「ああ、すまん。分かった。ありがとう。ちょっと動いてみるよ」

自分でも、その最後の言葉が出たことに驚いた。

「えっ？　今、なんと？」

「いや、別に……」

南條は誤魔化した。

「今、動いてみる、そう仰いましたよね？」

「お前の聞き間違いだ」

南條は押し通した。

「班長、私も、明日香について大きな関心を持っています。ですがそれは、あくまでも情報ベースに限ったものです。ですので、もし実際に、調査みたいなことをされるとしたら、話がガラッと変わってきます。それはいくらなんでも越権行為です。ですから――」

「解せないことがある。いや謎と言っていい――」

桐生の言葉を遮って南條が言った。

「殺すことだけが目的だったとされている、代々木公園事案の犯人。その時、犯人たちは、なぜ、明日香をすぐに殺さず、人質にしたんだ？」

考えるような間があったあと、桐生は口を開いた。

「逃走する時に、利用しようとしたんじゃありませんか？　つまり、弾避《たまよ》け、として――」

「なら、この疑問にはどう答える？　さっき初めて記憶に残っていることに気づいたんだが、犯人は、明日香の右足を一度撃ったあとで、明日香になにかを語りかけていた。お前は見ていないか？」

「あの時、私がいた場所は、明日香に対峙していたマルタイからはちょうど死角になっていまして。ゆえに、エントリー前、マルタイの位置について班長から詳しく説明をもらったくらいです」

「オレが言いたいことはだな、捜査第1課の見立て通り、偶然で襲われたはずなのに、何を話す必要があったのか、ということだ」

「……と言われましても……」

「謎はもう一つある。犯人は、なぜ、明日香の足を撃った？」

桐生が言い淀むと、南條がさらに続けた。

「これらのことからオレがイメージするのは、犯人は、明日香から何かを聞き出す必要があった――」

「まさか犯人たちと明日香に、鑑《かん》（交友関係）があったと？　まさか、そんなこと……」

　桐生が苦笑する声が聞こえた。

「その可能性がある、ということだ」

　南條は平然と言った。

「でも、捜査本部は、明日香は何かしらの目的で、偶然、そこを歩いていて、犯人たちと鉢合わせ、犯人は逃げるために明日香を人質にした、そう見立てているんですよ」

　桐生が反論した。

「捜査本部のモトダチ（捜査主体）である捜査第1課は、あの時、あの現場にはいなかった。いたのは、オレたちだけだ」

「確かにそうですが……」

「犯人たちは、明日香から、何かを聞き出そうとしていた。つまり、殺す前に、尋問をしていた――」

「もし班長が仰る通りだとすれば、あの進行型殺傷事案は、明日香を最初から狙ったものだと？　さすがにそれは考え過ぎかと……」

「確証はない。ただオレはそう思う」

桐生は困惑しているのか、応えがなかった。

だが南條は勝手に話を進めた。

「この謎は、事件の解明に繋がると、オレはそんな気がしてならないんだ」

「しかし、それは班長の思い込みかもしれ――」

「結果、それでもいい」

南條は桐生の言葉を遮ってさらに諦めずに続けた。

「この謎を解くためには、明日香のことをもっと知る必要がある。だから、さっきの、明日香の自宅の周辺で目撃された〝幽霊〟の話が妙に気にかかるんだ」

桐生が大きく息を吐き出す音が聞こえた。

「ショウタ、お前がさっき言ったことは分かってるさ。オレは、銃器を扱うことが任務の部隊の一員であり、任務は、救命のためのオペレーションを行うこと――」

南條はそう言って大きく息を吸い込んだ。

「だから、明日からのハンクン、その翌日からのダイイチシュツジュン（第一出動準備待機）の宿直、そしてその次の週の、ソウクン（総合訓練）、それらにすべての思考を集中させる――」

南條は言葉を一旦切ってからなおも桐生に語りかけた。

「つまり、自由に動けて、フリーな頭になるのは、今日、あと数時間だけなんだ」

その言葉は自分に向けてのものだと南條は意識した。

「待ってください」

桐生が諭すような口ぶりで続けた。

「今夜は、家族がもっとも楽しみにしているバーベキュー大会があるんですよ。お忘れじゃありませんよね？」

もちろん、南條はそれを忘れていたわけではなかった。

臨海エリアの高層ビル群と広大な海を見渡すことができる、SAT本隊の訓練棟前のヘリポートを開放し、隊員たちの家族とともに、目の前で上がる東京湾花火大会の豪華な花火を見ながらのバーベキューを行うのだ。

今回は、真紀に言って、美玲ちゃんも一緒に連れていくことになっていた。

バーベキューのための食材をそれぞれの家族で持ち寄ることになっており、今、ショッピングモールに来ているのも、そのための買い出し、というわけだった。

「だから、夕方までだ」

南條が、もう一度自分に言い聞かせるようにそう言った。

「それが終われば、今度こそ、本当に、明日香のことを頭からすべて消し去る」

頭からなかなか拭い去れない、などと往生際の悪いことは決して頭に浮かべない――それは自分自身への誓いだった。

「では、自分も一緒に行きます」

桐生が語気強く言った。

「気持ちだけもらう。越権行為でオレが処分を受けたら、お前が班を仕切れ」

南條は、冗談めかしてそう言ったが、内心は本気だった。


子供服店で喪服を選んでいる真紀の後ろから南條は声をかけた。

「真紀、悪いが――」

「まさか……」

素早く振り向いた真紀は緊迫した表情で見つめた。

「いや、そうじゃないよ」

南條の言葉に、真紀は安堵した風に溜息をついた。

「ちょっと事務的な用があって、本隊に行かなきゃならなくなったんだ」

「今日、非番でしょ？　報告書の作成も昨日終わったって言ってたじゃない？」

真紀が不満げに言った。

「桐生とちょっと話さなければならないことができちゃって……」

南條は嘘をついた。

真紀に笑顔はなかった。

「で、私に、これから買う食材を全部一人で持って帰って、一人で花火大会に持って行けって、そう言うわけ？」

「午後五時までには帰るからさ」

「それって、始まる一時間前じゃない。そんなバタバタして――」

「すまん」

頭を下げた南條は、真紀に向かって両手を合わせた。

さらに口を開こうとした真紀は、呆れたように顔を左右に振った。

「分かった」

真紀が笑顔に変わった。

「でも、胡桃と美玲ちゃんには、仕事だからって、ちゃんとワタルから話して行ってよ」

笑顔で頷いた南條だったが、すでに湯川明日香の自宅までの交通手段に思いを巡らせていた。

東京都日野市

家族と共に何度か訪れたことのある明日香の自宅は、ＪＲ中央線の日野駅からバスで十分ほど行った住宅街の中にある、十階建てのマンションである。

煉瓦《レンガ》模様のマンションを南條は見上げた。

辺りを見渡した南條は大きく息を吐き出した。

卒業配置直後の一年間の交番勤務以外はほとんど機動隊、ＳＡＴというオペレーション部門にいたので、自分は実地調査ということにはまったく馴れていない。

――とにかくやるしかねえな。

そう腹を括《くく》った南條は、まずマンションのオートロック装置の前に立った。

何軒かのチャイムを押したが、なかなか反応してくれる家はなかった。

しばらくするとインターフォンに出てくれる家が何軒か出てきたが、ちょっと忙しいので、と断られることが続いた。

やっと応対してくれたのは、湯川明日香の娘と同じ小学校に通う四年生の息子を持つという、三浦紗英《みうらさえ》という女性だった。

オートロックを解除してもらって部屋の前まで行くと、紗英はドアチェーンを掛けたままで、少しだけドアを開けた。

南條は、〝幽霊〟のことをさっそく尋ねた。

「知ってます。でも、私は直接見てないんです。子供たちがね、なんか、男の幽霊が出るって……」

「昔からその幽霊を？」

「確か……二、三ヶ月ほど前からかしら……」

「二、三ヶ月前から……」

「でもね、変な話なんですよ」

紗英はケラケラ笑い出した。

「その幽霊は車に乗って現れるって。変な話でしょ？」

「幽霊が車に？」

「そんなくらいの話です。じゃあいいですか――」

紗英はそう言ってドアを閉めかけた。

「ちょっと、もう一つ、よろしいですか？」

南條の言葉に、紗英は面倒くさそうに頷いた。

「上の階の湯川さんのことなんですが――」

「ああ、そうそう、大変なことになっちゃってねぇ」

紗英は急に声を落とした。

「どんな方でした？」

南條が訊いた。

だが紗英はそれには応えず、

「美玲ちゃん、かわいそうにね。あの親子は本当に仲良しだったのに……」

紗英は目を潤《うる》ませた。

「仲良し？」

南條は、ここは話を合わせてみようと思った。

「もう、とってもね。二人はいつも手をつないで笑っていたわ……それがね、あんなことに……本当にかわいそうに……」

紗英は指で目尻を拭った。

「湯川さんについて、最近、何か気になったことはありませんでした？」

南條が訊いた。

紗英が怪訝な表情で南條をあらためて見つめた。

「あなた、刑事さん？」

南條は上着のポケットから取り出した警察手帳を広げて見せた。

警察手帳を見せたことで紗英の表情が和らいだ。

「もし、彼女のことを詳しく知りたければ、駅前のガーデンハウスっていう花屋さんのオーナーにお会いになってみたら。湯川さんが随分前に、昔からの知り合いだって、そんなこと言ってたわ」


南條が「ガーデンハウス」の看板を見つけて店内に足を踏み入れた時、すぐにその姿が目についた。

声を掛けると、しゃがんで花々にスプレーをかけていた女性が、きょとんとした表情で立ち上がった。

今度は最初から警察手帳を提示した南條が、ついさっき、三浦紗英から聞いた話を口にすると、女性は沈んだ面持ちとなった。

女性が先んじて鈴木《すずき》皐月《さつき》と名乗ってから心配そうな表情をして質問した。

「警察の方でしたらご存じですよね。美玲ちゃん、今、どうしてます？」

「実は、私の自宅で預かってるんです」

「えっ？　あなたの家で？」

「ええ。実は、私も、湯川さんと家族ぐるみで親しくして頂いていたんです」

「そうですか……。で、美玲ちゃん、大丈夫ですか？」

目に涙を溜めた皐月が訊いた。

「私たちの前では元気にしていますが、お母さんが亡くなったので、やはり……」

南條は言い淀んだ。

皐月は力なく項垂《うなだ》れた。

「でしょうね……悲しまないわけはないですよね……」

少し間を置いてから南條は口を開いた。

「それで、湯川さんとは親しくされていたとか？」

「ええ、明日香さんとは、短大の同じクラスで。勤めだしてからは疎遠になっていたんですけど、それが五年前、街で偶然に再会しましてね。それで、互いに近くに住んでいるって分かって、それからは親しく付き合って……」

そう言って皐月は大きく息を吐き出した。

「その明日香さんについて、最近、何か気がつかれたことはありませんでしたか？」

南條のその言葉で目を彷徨わせた皐月は、南條を店の奥へと誘った。

「それが……」

皐月は暗い表情で話し始めた。

「あの事件の、たしか一週間前くらいのことです。突然、私のところに来て――」

目を輝かせた南條は黙って頷いて先を促した。

「それが……いつもの明るい明日香さんじゃなくて、思い詰めた雰囲気でこんなことを言ったんです。『自分にもし何かあったら、娘をよろしく』なんて……」

南條は、想像してみた。明日香は、それほどストーカーから危害を受けることを現実視していたのだ。

だが、時間が限られていることを思い出した南條は頭を切り換えた。

「ところで、明日香さん、最近、ストーカーのことを怖がっていた、そんな話はされていませんでした？」

「ストーカー？」

皐月は激しく目を彷徨わせた。

南條はそれが気になったが先を続けた。

「ええ、出勤時や帰宅時も、車に乗ったストーカーに尾けられていたとか――」

「私は何も知りません」

皐月は一瞬、視線を逸《そ》らした。

「あっ、それよりも――」

皐月が遠い目をして言った。

「何です？」

南條が急いで訊いた。

「明日香さん、前に、妹のように可愛がっていた女性について、悩んでいることがあると、ぽつりと、そんなことを……」

「妹のように？」

「その女性って、たぶんあの方じゃないかと――」

皐月が小さい声で言った。

「あの方？」

南條は急いで訊いた。

「立川の児童養護施設で小さい頃から一緒に生活していた女性――」

「児童養護施設？」

「あっ、ご存じなかったですか？　私、余計なことを……」

皐月は目を彷徨わせた。

「いえ、明日香さんのプライバシーは守ります」

しばらく考える風にしてから皐月は口を開いた。

「明日香さん、自分の身の上について、一度、私に話してくれたことがあったんです」

皐月は、近くにあるパイプ椅子を南條に勧め、自分は丸い椅子に座った。

「幼い時に亡くなられたと聞いてます」

南條が言った。

「ええ、幼稚園の頃に、お父さんがご病気で――。お母さんも小学校一年生の時に交通事故で亡くなられて……。その時は、ただ泣き暮らすだけの毎日が苦しくて苦しくて何度も死のうと思ったと、涙ながらに仰っていましたね。それで、おじいさんがご病気で入院され、おばあさんはその介護で付きっきりだったこともあり、結局、児童養護施設に――」

南條は、生前の湯川明日香の姿を思い出した。

南條の自宅に、娘の美玲ちゃんと遊びに来る時はいつも屈託ない笑顔を見せ、時には大笑いもしていた湯川明日香――。

しかしその心の奥底には、やりきれない悲しみがあったのだ。

「そうそう、思い出しました」

皐月が慌てて言った。

「明日香さんが悩んでいた、とさっき、私、言いましたが、そのことを児童養護施設のある先生に相談されに行く、と言ってました」

「相談に行く、と言ったのは、そこの先生に、ということですか？」

「たぶん」

「そしてその相談の内容とは、その、妹のように可愛がっていた女性のことだと？」

南條が訊いた。

「たぶん……」

「その女性の名前は聞かれています？」

南條は皐月の顔を覗き込むようにして言った。

「そこまでは……」

当惑した表情で皐月が言った。

「では、相談に行くと言っていた、その児童養護施設の名前は憶えてますか？」

皐月は頭を振った。

だが皐月は、思い出した風に口を開いた。

「確か、みどり園だったと……」

東京都立川市

ＪＲ立川駅に降り立った南條は、腕時計に目を落とした。

真紀と約束した時間まで、余裕があるとは言えなかった。しかも、越権行為をするとしてもこれくらいが限界だとさすがに南條は悟っていたし、自分でも、ここまでやるか、という思いがあった。しかも、〝妹のように可愛がっていた〟女性と、湯川明日香のあの最期の言葉を結びつける具体的なものは何もない。

だが、事件直前に、湯川明日香が悩んでいた、という、その〝妹のように可愛がっていた〟女性のことをもっと知りたいと思った。

そのことによって、湯川明日香のあの最期の言葉の謎が解け、ＳＡＴの任務とリンクする、そんな感じがしてならなかった。

さらに言えば、その衝動は、南條の中ではもはや抗《あらが》うことができないものとなっていたのである。

代々木公園事案の解明は捜査部門がやっているだろうし、自分とは関係がない。ゆえに、あと数時間だけは、このことに没頭しようと南條は決めた。

タクシー乗り場に近づきながら、南條は、ふと、さっき話を聞いた皐月のことを頭に思い浮かべていた。

南條は、皐月の態度に、わだかまりを感じていた。

彼女は、ストーカーのことに触れた時、激しく目を彷徨わせた。理由は分からないが、何らかの隠し事があるからこその反応だ、と南條は思った。

南條は、腕時計に目を落とした。みどり園に寄ってから、そのあと、もう一度、皐月のところに寄って、その疑問に答えを出したい、と思った。

立川駅の北口からタクシーに乗った南條は、十分ほどして目的地に着いたことを運転手から告げられた。

タクシーを降りた南條は、コンクリート造りの二階建てで、屋根がグリーン一色に塗られた建物を見つめてから、正門の傍らにある「みどり園」という看板を確認した。

インターフォンで用件を簡単に伝えた南條に返ってきたのは、戸惑う男の声だった。

「とりあえず、事務室までお越しください」

子供たちの歓声を聞きながら南條は事務室の受付に足を運んだ。

南條がふと妙に思ったのは、職員室にいる者たちのいずれもそわそわしている様子だった。南條の前に出て来たのは、伏し目がちな五十がらみの矢口《やぐち》という男で、事務長をしていると自己紹介した。矢口は落ち着かなげに別の会議室に誘った。

「何かあったんですか？」

南條はたまらず訊いてみた。

「いや、いろいろ……それより、もう一度、ご用の向きを？」

矢口は伏し目がちのまま言った。

「かなり前のことなんで恐縮ですが、ここで生活していた、二人の女の子のことで教えて頂きたいことがありまして──」

黙って頷いた矢口は、しばらく離席した後、六十代くらいの女性を連れて再び現れた。

「当時も、ここに勤めておりました、当園の副園長、坂本良子《さかもとよしこ》先生です」

矢口が紹介した。

「さっそくですが先生──」

南條はいきなり本題を切り出した。

「二十五年以上も前、明日香さんという女の子がこの園にいたと思うのですが、その時、彼女が妹のように可愛がっていた女の子がいて、二人は、とっても仲良くしていた──。その女の子について思い出されることはありませんか？」

しばらく考え込んでいた良子は、「ああ――」と、思い出した風な声を出して南條を見つめた。

「覚えていますよ」良子は小さな笑みで続けた。「その女の子、明日香ちゃんを、実のお姉さんのように慕っていてね。二人は、本当にとっても仲が良かったことを覚えています――」

良子は遠くを見つめるような雰囲気で続けた。

「そう言えば、いつも、こんな言葉を二人は口にしていました。〝二人で一緒にいる時がとっても楽しいの。こんなに楽しいことは今までなかった。二人はずうっと一緒にいるの。ずうっと、ずうっとこのまま楽しい時間が続くのよ〟――」

「その妹のように可愛がっていた女の子、名前は覚えてらっしゃいませんか？」

「もちろん覚えてます。帆足凜子《ほあしりんこ》ちゃんです」

良子がすぐに答えた。

――帆足凜子……。

南條はその名前を頭の中に刻み込んだ。

「品川のお家の近くのスーパーで、パートのお仕事をやってらっしゃるとか」

その言葉からは特異なことを南條は何も感じなかった。

「二人は、本当に仲良しだったんですね？」

南條が訊いた。

良子はしんみりとした表情で頷いた。

「明日香ちゃんとほぼ同じ頃でした。凜子ちゃんがここに来たのは。母親を病気で亡くして、父親からの虐待で児童相談所に保護されてきた四歳の凜子ちゃんをウチが引き受けたんです」

「二人とも小さい時から苦労したんですね」

南條がしんみりと言った。

「ええ。二人とも、ここに来た時は、とっても怯《おび》えていて、先生に口もきかなかったことを覚えています。それまでの辛い日々で、心を閉ざしてきたのだと思います」

良子は遠い目をして続けた。

「それが、不思議なことに、私たちが気がついた時には、二人はいつの間にか、仲良く遊ぶようになっていたんです。それからです。二人は――。あっ、さきほど、姉妹のよう、って言いましたが、違います。ようではなく、まったく姉と妹でした」

「二人はまだ小さいのに、辛い生い立ちを背負って生きていたというわけですか……」

「そうですね……」

良子は小さく頷いた。

「当時の写真、どこかに残ってるってこと、ありませんか？」

南條はダメモトで訊いてみた。

だが良子は平然と言った。

「ございます」

南條はもう少しで声を上げるところだった。

席を立った良子は、会議室から一旦、姿を消してから、冊子のような物を手にして戻ってきた。

「園では、数年に一度、記念の集合写真を撮って必ずアルバムにしているのです。ですから開園の時からのものがあるんです」

アルバムを捲って良子が指さしたのは、五人ほどの小学生が並ぶ写真だった。

「まず、これが、明日香ちゃん――」

髪をポニーテールにして笑顔でウインクする明日香は、赤いセーターの下に穿いた白っぽいズボンが泥だらけで、いかにも活発な女の子のイメージだった。

南條は、美玲ちゃんを連れて自宅に遊びに来た時の明日香の笑顔を思い出した。ここに写る幼い女の子には彼女の面影があった。

「その横に立っている、この子が凜子ちゃん。かわいいわね——」

白いカーディガンにギンガムチェックのスカート姿で、短い白いストッキングに黒っぽい靴を履いた凜子の体つきは、明日香よりひと回り小さい感じがした。

お下げ髪の凜子は、満面の笑みでカメラを見つめ、明日香の手をギュッと握り、半身にした体をピタッと彼女に寄せている。それだけで二人の関係がどのようなものであったのかが容易に分かった。

花屋の皐月が語ってくれた通り、二人は本当の姉妹のように仲が良かったのだ。特に、年下の凜子が年上の明日香を頼り切っている光景が想像できた。二人の心の深い結びつきを感じないではいられなかった。

「あっ、そうそう」

と言って再び立ち上がった良子は、事務机の引き出しを開けて、スナップ写真の束から一枚の写真を持ってきた。

「去年のことなんですが、ウチの運動会に、明日香ちゃんと凜子ちゃん、二人、お手伝いに来てくれたんです」

南條の目の前に置いた写真には、Vサインをする明日香の笑顔と、彼女に寄り添うように立って伏し目がちで寂しい笑顔を向ける凜子がいた。その目や口元は、さっき見せてくれた小さい頃の凜子の面影があった。

「これでも、凜子ちゃん、元気になった方なんです……」

南條が怪訝な表情を向けると、

「かわいそうに、三年前、お子さんが亡くなられてね……まだ四歳だったのに……」

良子が伏し目がちに言った。

「ご病気かなにか？」

「まあ……」

良子は項垂れて口を噤んだ。

それ以上、聞くのが憚《はばか》られた南條は、話題を切り替えた。

「それで明日香さん、最近、こちらに来ましたね？」

良子は小さく頷いた。

「その時、こちらの、どなたかに、帆足凜子さんのことについての悩みを相談された、と明日香さんの知人の方から伺ったんですが、どんな相談を？」

良子の表情が暗いものへと変わった。

「どうかされました？」

南條が、良子の顔を覗き込むようにして訊いた。

「私は、園を留守にすることが多いので……ただ、もし、何かの相談に来られたとしたら、私ではなく、藤谷《ふじたに》園長を訪ねられたかと――」

「では、今日は、藤谷先生はどちらに？」

良子はそれには応えず、隣に座る矢口と顔を突き合わせた。

その時、一人の若い女性が会議室に入ってきた。

「あっ、末永《すえなが》先生、ちょっと」

良子が手招きで呼んだ。

「こちら、末永咲月《さつき》先生です」

良子がそう紹介すると、咲月はぎこちなく頭を下げた。

「あなたは湯川明日香さんと帆足凜子さんのこと知らないわよね？」

良子が訊いた。

「そのお二人、最近、こちらに来られたことがあるんです」

咲月は躊躇いがちに言った。

咲月があっさり認めた。

「えっ、そうなの？　私は聞いてないわ」

良子は咎めるような表情を咲月に投げかけた。

「でも、その時は、藤谷園長がお会いになったので、てっきり、坂本先生にも伝わっているかと……」

咲月が慌てて言い訳した。

溜息をついた良子が続けた。

「で、あなたは、園長先生と明日香さんがどんな話をされたかご存じ？」

「お話の内容までは聞いていません……」

咲月が小さな声で応えた。

「そうですか……」

南條はさすがに残念さを隠せなかった。

「ただ、湯川さんと帆足さん、帰り際、門の近くで言い争いをされていたんです」

「聞かれましたね、その内容を――」

南條は穏やかな口調で誘導した。

「ええ……」

咲月は言い淀んだ。

南條は黙って待った。

「断片的なんですが……」

咲月がボソッと口を開いた。

「お願いします」

南條は丁寧に言った。

「まず、湯川さんが、〝凜子ちゃんがそんなことするなんて信じられない〟というような言葉を帆足さんに――」

咲月は記憶を辿るように続けた。

「あっそれと、確か、湯川さんは続けて、〝私がその人に直接言ってあげるから、そんなことはもう止めて〟――みたいな……」

「対して、帆足さんはなんと？」

南條が訊いた。

「彼女は、怒った風に、〝お姉ちゃんは何も分かっていない！〟というようなことを強い口調で言っていました。でも、それ以上は……」

南條は良子に訊いた。

「藤谷園長は、いつ頃、お帰りになられますか？」

良子は大きく息を吸い込んでから口を開いた。

「入院中です……」

良子が小さく応えた。

「入院？」

南條が驚いて尋ねた。

「一昨日のあの事件で、明日香ちゃんが亡くなったことをニュースで知った園長先生は強いショックを受け、そのまま倒れられて……」

良子の視線が南條の背後に向けられた。

ふと振り向いた南條の目に入ったのは、壁に掛けられた、初老の女性が写るスナップ写真を収めた額縁だった。

「じゃあ、面会も――」

南條が言い淀んだ。

目を閉じた良子が力なく頷いた。

「ずっと意識がなく、ＩＣＵに入ったきりです……」

みどり園を後にした南條の頭を占領していたのは、湯川明日香は、帆足凜子がやろうとしている何かを制止しようとしていた、それが何か、ということだった。

しかしそれを推察する材料は何もなかった。

たまたま見つけた立川駅北口行きのバスに飛び乗った南條は駅に着くと、中央線に乗り、再び、皐月の店へと足を向けた。

これが本当に最後だ、と南條は自分に言い聞かせた。明日から、頭をすっかり入れ替えて、訓練に没頭するのだ。

皐月の店の前に立った南條は、ガラス窓から中の様子を窺《うかが》った。

皐月の姿は見えなかった。

溜息をついて南條が引き上げようとした時だった。

店のロゴマークが貼られた軽自動車が戻ってきて、運転席から一人の男が出てきた。

その顔を見て、南條は呼吸が止まった。

南條は、桐生から見せられた、ストーカーの男の写真をスマートフォンの画面に出した。

その画像と、目の前の店主らしき男の顔を急いで見比べた。

——間違いない！　あのストーカーだ！

南條は意を決した。

「あなたは、こちらのご主人ですか？」

南條は男に声をかけた。

荷台から段ボール箱を降ろしていた男は怪訝な表情で南條を見つめた。

「ええ、そうです。お花をお求めですか？」

男は愛想笑いを作った。

南條は短時間勝負に出た。

警察手帳を翳《かざ》してからいきなり本題に切り込んだ。

「あなたのストーカー行為について、ちょっとお話をお伺いしたいんです」

目を見開いた男は、抱えていた段ボール箱を地面に落とした。

「すみません！」

男は突然、頭を下げて謝った。

「あなたのお名前は？」

南條が静かな口調で聞いた。

「鈴木啓《けい》です……」

南條は、あらためて目の前の男を見つめた。

この男が、湯川明日香が口にした、けいさん、なのか……。

「では、鈴木さん、ストーカー行為を認めるんですね？」

これこそ完全に越権行為だと南條は分かっていたが、今更引けなかった。

「は、はい……し、しかし、私は……」

「執拗に電話やメールで罵詈雑言を浴びせ、そして、殺してやる、などと脅迫を――」

「ちょ、ちょっと待ってください」

鈴木は慌てた。

「私は、彼女の後を尾けたりは確かに何度かしました。それは認めます。でも、今、刑事さんが仰ったようなことは私は何も……」

「いえ確かです」

南條が言い放った。

「本当に違うんです！　そんなことは絶対にやっていません！」

「あなた以外の容疑者は挙がっていません。ですから――」

「容疑者なんて……」

「そうです。ストーカー規制法違反の容疑者です」

やりすぎだ、と南條は思った。しかし、もはや突き進むしかない、と投げやりな思いとなった。

しかし、南條のその言葉で、鈴木の表情が一変した。

「実は――」

鈴木が言った。

「どうぞ」

南條が促した。

「妻が……」

南條は黙ってその先を待った。

「妻が、したんだと思います」

「奥さんが？」

南條の脳裡に、自分の相手になってくれた、あの親切な笑顔が浮かんだ。

「妻は知っていたんです。私の浮気を。それで、何度となくケンカもしました」

南條は黙って鈴木の顔を見つめた。

「だって、私は、彼女を心から愛していたんですよ。だから、何度か尾けては、そのことばかり言っていました。ですから、罵詈雑言なんて、言うはずがありません」

鈴木は必死になって弁明を繰り返した。

「妻は、彼女を憎んでいました。殺してやりたいと――」

鈴木の言葉には説得力がある、と南條は思った。

「皐月は、嫉妬していたんです。だから、彼女への激しい敵意を私の前でも隠そうとはしませんでした」

鈴木のその言葉で、ずっと抱いていた、わだかまりが氷解する気がした。

だが、南條にとっては、溜息が出そうな結末だった。

湯川明日香が自分に言い残した、〝阻止して〟という言葉の謎について、ストーカー事件以外に、なにか理由があると思ってここまで来たが、やはり結末は何も変わらなかったのだ。

これで、自分が追い求めてきたことがすべて終わった、と南條は思った。

帆足凜子とかいう女性についての話にしても、先へ延ばす材料がなにもない以上、もはや腹を決めなければならない。

それより何より、もう許された時間がないのである。

――刑事ごっこは終わった……。

「どうか分かってください！　私、酷いことは何もやっていないんです！」

鈴木は何度も頭を下げた。

「分かりました。今日のところはこのへんで――」

もはやここは迅速に撤収するしかない、と南條は思った。

「とにかく、後を尾けることは、止めてからもう随分、経つんです。ですからどうか――」

すがるように話を続ける鈴木を制して、この場から早く立ち去ろうとした。

「だって、私以外にも、明日香さんのストーカーがいたんです。ですから……」

「えっ！　どういう意味です？」

南條が急いで訊いた。

「ええ。そいつらは、何人かいて、車で行動していました。で、三ヶ月ほど前、湯川さんを尾けていたら、いきなり車の中に引き摺り込まれ、そいつらから顔をさんざん殴られた挙げ句、外へ放り出されたんです。それでもう怖くなって……」

「何人か？　どんな奴らでした？」

南條は関心を持った。

「サングラスをかけていたんで……よくは……」

南條はしばらく考え込んだ。

「あの、湯川さんは、亡くなったんですよね。だったら、私の罪はどうなりますか……」

南條はもはや鈴木の言葉を聞いていなかった。

南條は、我慢しきれずにスマートフォンを握った。

頭の中を占領していたのは、湯川明日香のストーカーだった鈴木啓の言葉だった。

〈私以外にも、明日香さんのストーカーがいたんです〉

「南條、もういい加減にしろ」

急いで説明した南條に、警備情報係の風見管理官が不機嫌そうに口にした。

「自分の〝刑事ごっこ〟は、もはやタイムリミットです」

南條は神妙に言った。

「刑事ごっこ？」

「ですので最後のお願いがあります」

「いったい何の話だ？」

風見がそうぶっきらぼうに言った。

「管理官、これが最後です」南條が遮って続けた。「もう二度と、この件で何かをお願いすることはありません。どうか、何卒、お願いします！」

南條は、具体的な頼み事を早口で伝えた。

「それでなくても、一昨日の事案に関する、外国機関との情報交換で忙しくしてるってのに――」

通話口で、風見の大きな溜息が聞こえた。

しばらくの沈黙後、風見が口を開いた。

「で、湯川明日香の自宅マンション周辺の防犯カメラ、そこに映っている、彼女の後を尾ける男たちが乗った車の映像の解析、それをやればいいんだな？」

南條は何度もお礼の言葉を述べた。

「いいか、覚えておけよ。これで本当に終わりだぞ」

南條はスマートフォンに向かって頭を下げた。

南條は、この〝調査〟がどこへ向かおうとしているのか自分でも分からなかった。だから、今度こそ、風見からの答えが出たならすべてを忘れようと固く決意した。

「ところで――」

風見の口調が変わって、重苦しいものとなった。

南條は嫌な予感がした。

「まだ見ていないか？」

風見が訊いた。

南條は、風見が何を言いたいのか分からなかった。

「今朝発売の週刊誌で、湯川明日香のことが書かれた」

「週刊誌？」

南條が訊いた。

「事件当日、湯川明日香が、子供を置いて売春をしていた疑いと――」

風見のその言葉に、南條は激しく毒づいた。

南條の気持ちは怒りに満ちた。なぜ、湯川明日香のプライバシーが暴かれなくてはならないのか！　いや、その情報さえ絶対に間違ってる！

南條の脳裡に、美玲ちゃんの涙顔が蘇った。

――美玲ちゃんに、悪い影響がなければいいが……。

SAT本隊

西洋料理人が着るような真っ白なコックコート姿の駿河の登場に、集まった家族たちがざわめいた。

バーベキュー大会の開始時間に遅れて到着した南條は、すぐに真紀の姿を見つけた。真紀は、胡桃と美玲ちゃんを両腕で抱き締めて、駿河がいる方向を指さして笑顔で何かを語りかけていた。

駿河は、訳の分からない外国語の歌を口にしながら、大きなバーベキューグリルを運んできた。

そして、訓練場の前に広がる駐車場エリアに所狭しと並べられたディレクターズチェアの前にグリルを置くと、集まった隊員とその家族たちを見渡して言った。

「みなさん、お待ちどおさまでした！」

駿河が声を上げた。

「ただいまから、シーサイドレストラン、〝東京ベイ・フール〟をオープンします！」

「なんで、フールなんだよ？」

「アホってことで――」

笑顔の駿河は首を竦めてみせた。

「オマエがアホだ」

南條はそう言って苦笑した。

駿河はそれにには構わず、突拍子もない行動に出た。

コックコートを一気に脱ぎ捨てた駿河は、ビキニタイプのカラフルな水着パンツ一枚となった。そして、お笑い芸人の真似をして言った。

「ここにある肉はバーゲンセールで買った一番安いやつ、そんなの関係ねえ！　そんなの関係ねえ！」

他の班の家族の子供たちが大勢集まってきて喝采を浴びせかけた。

「駿河、お前が、去年のCTC（ドイツ特殊部隊が主催する国際特殊部隊競技会）に参加していたら、大阪SATに負けるはずはなかったな」

羽黒が笑い飛ばした。

「それも、ホンチャンの競技会じゃなく、あの余興で――」

そう言って笑ったのは桐生だった。

「もう一回、もう一回！」

そう声を上げてさらなる〝芸〟をねだる子供たちに、駿河が声を張り上げながら言った。

「いや、組長、まったくそうなんですよ。あの時、ダイイチシュツジュン（第一出勤準備待機）に就いていなかったらドイツに行けましたよ。それが今でも残念で仕方がないんです」

「そうですよ。駿河さんがいれば、キュウイチ（警視庁公安部、警備部）は大阪のあんな相撲芸になんて負けるはずなかったですよ、絶対に――」

柴崎が、自分の娘、綾菜《あやな》を膝の上であやしながらケラケラ笑った。

「しかし、お前、本当に不思議だな」

羽黒が言った。

「オレがフシギちゃん、ですか？」

駿河がケラケラ笑った。

「かつて強面《こわもて》で売っていた俳優、川谷拓三《かわたにたくぞう》とそっくりな顔立ちなのに、いつも子供たちから慕われる――」

「自分の〝魂〟の根源は、ナニワ育ち、それでっせ！」

駿河がふざけた口調で言った。

「環境じゃない。お前の変態的ＤＮＡが原因だ」

「お褒めの言葉と受け止めさせて頂きます」

駿河が大げさな身振りで頭を下げた。

「さっ、始めよう！」

集まった者たちに南條が手を叩きながら声をかけた。

ドドーン！

三百メートルほど先の東京湾上空で、一発目の花火があがった。迫力は満点だった。隊員や家族たちの視線が一斉にそこへ向けられ、大きな歓声が広がった。

妻の真紀に駆け寄ろうとした南條は、その表情に戸惑った。

せっかくの一年に一回の家族会なのに、暗い表情をしていたからだ。

案の定、真紀は、妙な目配せを南條に送った。

南條が近寄ると、真紀は、胡桃に向かって「美玲ちゃんと一緒にここにいてね」と言ってから、少し離れた訓練棟の近くに南條を誘った。

「実は心配なことがあるの」

真紀は真顔で言った。

「心配なこと？」

「ええ。実は、あなたが仕事に出かけた後、美玲ちゃんの学校の担任の先生から、警察を通じて電話があってね」

「土曜日なのに？」

「今日は、子供たちが造った図工作品の展示会の日なの」

「そっか、学校も心配してくれているんだな」

「そうなの。で、先生、お悔やみの言葉を仰ってから、〝しばらく休まれるのでしょうから、美玲ちゃんが戻ってきた時に本人が困らないように、こちらに残した教材を送りますので、ご住所を〟って聞かれたの……」

「いいじゃないか。ウチの住所、教えたんだろ？」

「でもね、一度、学校にも事情をきちんと話さないといけないと思っていたんで、スマホで見たら首都高速も空いていたから、行ったの、学校へ」

「それは大変だったな」

「話はこれからよ」

真紀は周りを見渡してから話を続けた。

「美玲ちゃんも一緒に行ってね、図工作品を展示していて、友達もたくさん来ているクラスにも顔を出したんだけど、しばらくすると校庭で先生と話をしていた私のところへ来て泣き出したの……」

「泣き出した？　なんで？」

「どうも、クラスの友達から、お母さんのことをからかわれた、つまりイジメられたみたいなの」

「イジメ？」

「ええ、なんか週刊誌に載ったんでしょ？」

「ああ……」

南條は風見から聞かされた話を思い出した。

「しかし、先生はいたんだろ？　守ってくれなかったのか？」

「そうなのよ！　だからさ、私は母親じゃないけど、頭に来たから、校長先生との面会を求めたの」

「校長先生？」

南條の目が彷徨った。

「そう、で、校長先生と会って、子供を救わない教育者って最低だ！　と言って、教育委員会にも訴えると言ってやったの」

真紀は興奮気味に言い放った。

呆気にとられた南條は、まじまじと真紀を見つめた。

勝ち気な女だとは分かっていた。だが、ここまで正義感に溢れた女だとは今まで知らなかった。

「で、どうなんだ？　それからの美玲ちゃん……」

南條が訊いた。

真紀はまず溜息をついてから口を開いた。

「……それが……ずっとふさぎ込んで……かわいそうに思ったのか、胡桃まで笑わなくなって……」

「ヒデエ話だ！」

毒づいた南條は頭を振った。

「朝はね、何か私に言いたそうにしてたんだけどね……」

真紀が思い出すように言った。

「何かを言いたそうに？」

南條は、真紀の顔を覗き込むようにして訊いた。

「でももう……」

真紀が肩を落とした。

「週刊誌のせいか？」

「それもあるだろうけど、なにか、もっと別な思いがどうもあるような気がしてならないの……」

「別の思い？」

南條が訊いた。

「分からない。とにかく、美玲ちゃんを見ていて、もう居たたまれなくて……」

真紀が涙を指で拭った後、バッグから一枚の紙を取り出した。

手渡されたその紙を南條はそっと広げた。

〈ママ、私を捨てたの？　私を捨ててどこへ行ったの？　ひどいよ、ママ〉

南條は驚いた表情で真紀を見つめた。

「美玲ちゃんが、今朝、一人で書いてたの……」

真紀の言葉に、南條は大きく息を吐きだした。

「何とかしないと……とにかく、さっきの件は、来週、オレが学校へ行って話す。このまま放ってはおけない」

さらに南條は続けた。

「オレも帰ったら、美玲ちゃんとしっかり話してみる。このまま、腫れ物に触るようにしておくのは逆効果だから」

南條が毅然とした口調でそう言ってから、美玲ちゃんに近寄ってしゃがみ込んだ。

「美玲ちゃん」

南條は、できるだけ穏やかな口調で声をかけた。

だが、美玲ちゃんは、南條に視線を合わせず俯いている。

――マズイな……。

南條はそう思った。

今朝までの美玲ちゃんは、確かに母親が亡くなったことで悲しんでおり、心が沈んでいるようだった。

しかし、今の美玲ちゃんは、それよりさらに深刻で、見た目も憔悴しきって、心も折れているように思えたからだ。

「今日はね、花火を観て、バーベキューを楽しんで、お笑い芸人と遊んで、あっそうだ、ゲームもあるよ」

そう言って南條は胡桃へ目を向けて声をかけた。

「胡桃、美玲ちゃんをよろしくね」

「パパ、言わなくていい。分かってるから」

いつもの生意気な雰囲気でそう口にした胡桃は、暗い表情のままの美玲ちゃんの手を取って、すっかり子供たちの人気者となった駿河の方へ走り出した。

立ち上がった南條は真紀にゆっくりと振り返った。

寂しそうな表情を浮かべた真紀は、無言のまま頭を左右に振った。

そこに、南條班の隊員の妻たちが駆け寄ってきた。

「昨日までは、雨って予報でしたけど、良かったですね！」

髪をポニーテールにしていかにも活発そうな桐生の妻、優香《ゆうか》が、小学校三年生の娘と手をつなぎながら笑顔で言った。

「ほんと、私なんて、これ持ってきちゃった」

真紀がバッグから折りたたみ傘をちらっと出して見せながら、妻たちとともにテーブルの前のディレクターズチェアに座った。

「山梨の親が、これ送ってきたんです。やりましょう！」

ふんわりカールした髪の毛がよく似合うお嬢さん風の駿河の妻、香里《かおり》は、三本の赤ワインのボトルを両手で抱えながら言った。

「そのワインにちょうど合うと思うなぁ」

かつては剣道特練《トクレン》（警察官の全国大会や全日本剣道選手権大会で優勝を目指す剣道のプロ）だった元警察官の羽黒の妻、千絵《ちえ》は太い声でそう言って、幼稚園児の息子を傍らに立たせたまま、紙袋から生ハムの詰め合わせの大きな塊を逞しい腕で取り出した。

「私も、ちょっと評判のお店で、こ、れ、を――」

ケーキボックスをテーブルの上に置いた柴崎の妻、琴美《ことみ》が悪戯《いたずら》っぽい笑顔をみせた。

「それ、琴美の好きなやつじゃねえか」

近寄ってきた柴崎が、五歳の娘、綾菜を抱っこして、琴美と笑顔を交わし合った。

「このままで変わらないでいいから」

綾菜をじっと見つめる柴崎が言った。

「そんなわけにいかないでしょ」

琴美が呆れ返った。

「いや、今の五歳のままでいい」

綾菜を見つめる柴崎が頑なに言った。

「この世のものとは思えないよ、このかわいさ……」

柴崎は甘ったるい声を出した。

「親バカ大魔王！」

琴美が嬉しそうにからかった。

「綾菜ちゃんが、カレシ、できたって言ったら、どないするねん？」

駿河が顔を見せた。

「もちろん、即時介入、排除します！」

柴崎が語気強く言った。

「排除？　アホか」

駿河がそう言って笑った。

「だって、綾菜ちゃんは、パパが好きだもんね」

柴崎が甘えた声で娘に語りかけた。

綾菜が柴崎の頬にそっとキスをした。

「綾菜ちゃん！」

感動した風の柴崎が綾菜をぎゅっと抱き締めた。

「バカ親！」

駿河は苦笑しながら顔を左右に振った。

トングで炭を摑んでバーベキューコンロに火を足していた南條は、その手を止めて柴崎たち家族の姿を微笑んで見つめた。

子煩悩揃いの南條班の中でも、柴崎の家族の仲の良さは、微笑ましいとしか言いようがなかった。

柴崎は、事務室にある自分の机の上に、家族三人の写真立てを幾つも並べ、スマートフォンの呼び出し音は娘の綾菜ちゃんのかわいい声に設定しているほどである。

「〝酔いどれワイフチーム〟にはこれもお似合いでは？」

そう言って真紀は、グラッパ（ブドウの搾りカスを発酵させたアルコール度数が高いブランデー）のボトルを、ワインボトルの横に並べて舌を出した。

「それって、真紀さん独占、じゃないっすか？」

香里のその軽口で妻たちから爆笑が起こった。

南條班の妻たちが囲むテーブルに、それぞれの夫たちが集まってくると、表情を緩めた南條は、あらためてここにいるすべての隊員たちとその家族を見渡した。

二つの制圧班は、それぞれで〝島《シマ》〟を作ってグリルを囲んでいる。

ベンチ（指揮）班、スナイパー（狙撃）班、偵察制圧班それぞれのシマでも笑いが絶えなかった。

ひと際大きなディレクターズチェアに座る栗竹隊長は大きな笑い声をあげ、その隣に座る妻の夏美《なつみ》は、ベンチの妻たちとの会話に夢中になっている――。

自分を呼ぶ声がして南條が振り返ると、羽黒が立っていた。

羽黒の後ろには、新隊員の、月野颯斗《はやと》が一人の女性を連れて立っていた。

「本部筋から内々に聞いたところ、月野は、来週、ウチの班に配置されます」

羽黒が言った。

「さすがウチの〝ＣＩＡ〟だ」

南條が苦笑した。

「班長のご努力の結果です」

羽黒の言葉に、南條は満足そうに頷いた。

「よろしく頼むぞ」

南條は月野に力強い声をかけて握手を交わした。

月野はかしこまって敬礼した。

「で、そちらにいらっしゃるお嬢さんは？」

南條は、月野の少し後ろで不安そうに立つ若い女性へ視線を向けた。

「月野のフィアンセです」

羽黒が紹介した。

「初めまして。警部補の南條です」

「瀬名杏里《せなあんり》と申します。よろしくお願い致します」

杏里は肩ほどまである髪の毛を揺らしながら、丁寧な動作で頭を深く下げた。

頷いた南條は羽黒に目配せし、詳しい説明を促した。

「月野は、杏里さんに、一週間前、プロポーズしました。と同時に、本当の所属について、彼女に真実を告げました」

羽黒がチラッと月野へ視線を向けた。

月野は慌てて頷いた。

「それについて、自分は月野からある相談を受けたんですが、いち早く班長に話をした方がいい、との自分の判断で、今日、ここへ二人を呼びました」

「いち早くとは？」

南條は、羽黒のその言葉が気にかかった。

「ストレートに言えば、杏里さんは、この仕事について強い不安を抱いていて、二人は朝からずっとケンカをしているんです」

そこに羽黒の妻、千絵がそっと近寄ってきた。

千絵は、杏里について、大学のサークルの二年後輩で、自分の紹介によって約二年前に月野と交際を始めた、と説明した。

「それにしても、千絵さんのキューピッドぶりはいつもながら感心するよ」

南條が笑顔で言った。

それが生き甲斐とも言っていいほどに千絵は、ＳＡＴの若い隊員の〝出会いの場〟をこれまで何度となく設定していた。

千絵は笑うだけで何も応えなかった。

南條は、駆け回る子供たちを羽黒とともにかき分けるようにして、月野と杏里を、片隅の空いたテーブルに連れて行った。

余っていたディレクターズチェアに二人を座らせた南條は、まず杏里を見つめて訊いた。

「今の率直なお気持ち、どうか話してもらえませんか？」

杏里は目を彷徨わせた。

「今、すべてのお気持ちをここで出してください。そうしないと絶対に後悔します」

南條は優しい表情で語りかけた。

一度俯いて目を閉じた杏里が、次に顔を上げた時、覚悟の目をしていることに南條は気づいた。

「彼から本当の所属を聞かされた時、私は自分で調べて知りました。ＳＡＴという組織は、出動の時、死ぬ、ことが前提だということを――」

口を挟もうとした羽黒を、南條は身振りで制した。

杏里は続けた。

「でも私は理解しました。そんな立派な仕事に就いている彼のことも尊敬しましたし、彼がどれほどの誇りをもってこの仕事に臨んでいるのか、それも理解しました。ですから、私が、妻として彼を支えなければならない、とも思いました……」

杏里はこみ上げてくる何かを堪えるように、言葉を止めて空を見つめた。

杏里は再び南條を見つめた。

南條は小さく頷いて先を促した。

杏里の表情が歪んでいった。

「でも、私は思ってしまったんです。死んでゆく人のために私は何ができるの？って……」

杏里は顔を伏せた。肩が小刻みに震えていた。

再び杏里が南條に顔を向けた時、涙目となっていた。

だが南條は、杏里のなすがままにさせた。

「頭では分かっているんです……こんなことを言うなんて最低だとも……でも……将来、子供ができて、楽しい家庭を、と夢見ているけど、いつも、夫が死ぬことを意識して家族で生きてゆかなければならないのかと思うと、もう居たたまれなくなって……」

杏里は涙を流すことを堪えるように唇を噛んだ。

「一昨日の、あの事件だって、もし彼が、夫が出動してたら、子供とともにどんな気持ちで待つことになるのか……私には自信がないんです……」

南條はしばらく口を開かなかった。

重い沈黙が流れた。

「杏里さん、私は、一切のことを誤魔化さずに言います」

ハンカチを目にあてる杏里は反応しなかった。

「今は昔と違い、ＳＡＴ隊員であることを奥さんには必ず言ってくれ、と指導しています。訓練や実際の出動で負傷をしたり、長期間、訓練で家を空ける時もありますので、それが必要なんです」

杏里の目が彷徨わないことを確認してから南條は続けた。

「また、一般の警察官とは違って当直の順番によっては、旅行に行けない、酒も飲めない、そういった期間が、一定のサイクルで回ってくるので、奥さんの理解がなければ務まりません。よって、すべてを明らかにした上で家庭を築くことが重要だと私は考えています」

南條は、自分の思いを隠さず語ることを心がけながら続けた。

「しかし、我々は絶対に死にません」

一度言葉を切ってから南條は続けた。

「無理矢理に安心させるためにそう言っているんじゃありません。我々を含め、全世界の警察の特殊部隊は、死なずに戻って来る、その標語を抱え、誰もがそう思って訓練しています」

杏里の顔が徐々に上がっていった。

「ですので、朝、普通に現場に出動して、夜、普通に帰って来る。そして、普通に戻って来るために、仲間たちみんながそれぞれの隊員を支え合っているんです」

その時、南條はある光景を思い出した。

一年前、実弾訓練で、左手に大ケガをし、心配する胡桃に、きちんと話した時のことを――。

〝お父さんの仕事は、人の命を救うことなんだ。そのためには、危険なこともある。でも、必ず元気で戻って来るために、毎日、すごい訓練をしているんだ。だから安心していいんだよ〟

現実に戻った南條は、羽黒に顔を近づけ小声で囁いた。

「しかし、それは……」

羽黒は戸惑った。

「いいんだ。隊員たちは必ず理解してくれる。早く持って来い」

杏里が少し落ち着いた頃、ちょうど羽黒が戻ってきた。

羽黒は躊躇しながら、外国語と鷲の紋章が中心に描かれた小さくて丸い物を南條に手渡した。

「これは、GSG9と呼ばれるドイツの特殊部隊の各班の部屋に実際に飾られていたものを、訓練に行った時にもらったものです。そこの中央に書かれている文字は、『みんなで必ず帰る』というドイツ語です」

南條はその〝丸い物〟を杏里の手の中に握らせた。

「一見、単なる記念品に見えますが、これは『御守り』です。〝みんなで必ず帰る〟――そのためのものです」

杏里は驚いた表情で『御守り』と南條の顔とを見比べた。

「そんな大切なものを私なんかが……」

杏里は目を彷徨わせた。

南條は微笑んで頷いた。

「あなたは、彼のことを心から愛しているからこそ葛藤していた――」

南條は敢えて〝過去形〟で締め括った。

杏里の表情が徐々に緩んでゆくのに南條は気づいた。

「私は、あなたにこそ、この『御守り』をもらって欲しい、と確信しました」

南條は、『御守り』を握る杏里の両手を上から力強く包み込んだ。

笑顔を取り戻した杏里は力強く頷いた。

南條は、じっと杏里の瞳を見つめた。

「月野は、私の班の隊員全員で必ず守ります」

「班の結束は鉄壁です！」

羽黒が言葉を継いだ。

「班が必ず月野を守る！　絶対に守る。必ず無事に連れて帰ります！」

笑顔を見せた杏里は涙目のままだったが、それでも一生懸命に何度も頷いた。

「自分も一生懸命がんばります！」

ただひたすら直立不動となっている月野が威勢良く言った。

「我々の班は、正式には、制圧班と命名されていますが、かつてトツ、と呼ばれていた時の、任務への強い気持ちを今でも引き継いでいることから、今でも自分たちのことを、トツと呼ぶこともあります。今、羽黒が言ったように、そのトッの隊員全員で月野を守ります」

大きく頷いた杏里は目に新たな涙を浮かべた。

「ありがとうございます」

杏里は涙を拭って頭を下げた。

「杏里さん、見てください」

一歩退いた南條は、賑やかな隊員たちとその家族を身振りで示した。

「ここにいる皆が仲間であり、家族なんです。あなたは、今日、この家族の仲間入りをしたんです」

何度も頷いた杏里は、月野の手を強く握った。

「ただ、あなたもあなたの仕事があるでしょう。ですから、互いに支え合う、それが大切だと思います」

杏里は泣き顔ながらも満面の笑みを浮かべた。

南條は、視界に入った真紀を近くに呼んだ。

「来週からオレの班に正式に配属になる、月野巡査長だ」

「おめでとうございます。南條の妻、真紀です。よろしくお願いします」

真紀は微笑んで月野に頭を下げた。

「こ、こちらこそ、よ、よろしくお願い致します」

月野は慌ててお辞儀をした。

「それだけじゃない。もうひとつの、おめでとう、がある」

そう言った南條は、月野の隣に杏里を並ばせた。

「新婚さんだ」

南條が自分のことのように誇らしげに言った。

「あらまあ、それは本当におめでとうございます」

驚いた風にそう言った真紀は、杏里に満面の笑みを送った。

「あなた方は今日から私たち家族の一員です。困ったことがあったら何でも言ってね」

真紀は笑みを浮かべたまま杏里の腕を摩《さす》った。

その隣で月野は短い頭髪をかきながら、

「でも入籍は未定です」

「未定？」

南條が驚いた。

「彼女のお父さんからはまだ……」

月野のその言葉に、南條は杏里を振り返った。

「この一週間、自分自身でいろいろ考えてしまっていたので、父にはどこか強く言えなかったのだろうと思います。ですが、今日、班長さんや組長さんから頂いた言葉で、私は変わりました。父を説得します」

真紀とともに笑みを作った南條は黙って大きく頷いた。

「ウチの班の結束は、家族共々、この部隊ではナンバーワンよ」

真紀は笑顔のまま杏里にそう言った。

「酒豪奥様たちの結束こそナンバーワンって正確に言えよ」

南條は声に出して笑った。

「私もお酒、結構、いけます」

杏里が楽しそうに小声でそう言った。

「またかよ、飲み助ばっかじゃん！」

南條が呆れた。

「披露宴はされるの？」

真紀が、月野と杏里の顔を微笑ましく見比べながら訊いた。

「ささやかに――」

二人は同時にそう言った。

「なら期待していてくださいね。月野さんの先輩たち、いずれも余興のプロですから」

真紀が言った。

「余興のプロ？」

杏里は不思議そうな表情で訊いた。

「飲んでも楽しい人たちばかり」

そう言って真紀は小首を傾《かし》げた。

「楽しい人たちっていうか――」

南條が言いかけた。

「アホ揃いっていう方が正しい」

羽黒が代わりに継いだ。

杏里は声に出して笑った。

「アホ集団のトツにようこそ！」

羽黒が高らかに声を上げた。

「とにかく、今夜は、おめでたい日だ。さっ、食べて飲もう、楽しもう！」

杏里を連れた真紀が、他の妻たちの元へ向かって行ったのを南條が微笑ましく見つめていた時、羽黒が傍らに立った。

「さすが！　班長に相談して良かったです」

「『御守り』が利いただけさ」

南條が首を竦めてみせた。

「そのことは隊員たちには、私から――」

「オレが言うよ。怒るだろうな、みんな。何しろ、世界の特殊部隊でアレをもらったのはウチだけだからな」

南條がこともなげに言った。

「えっ？　さっき、みんなは理解してくれると……」

羽黒が驚いた表情で南條の顔を覗き込んだ。

だが南條はそれには応えず、隊員たちの家族を見渡しながらひっそりと口を開いた。

「結婚はいいことだ」

「仰るとおりです」

羽黒は、南條が何を言いたいかを悟ったように真顔で頷いた。

「自らの死を厭《いと》わず脅威に立ち向かう、強固な意志と覚悟を持って任務に就く中で、重要なことは、子孫を残すことだ。子孫ができれば安心して死ねる――」

羽黒は無言のまま、ただじっと月野と杏里、若い二人を見つめた。

南條班の隊員たちとその家族が集まるスペースに戻った南條たちを迎えたのは、突然の、駿河の大声だった。

「これ見て！」

南條が目を向けると、駿河は手にするタブレット端末の画面を柴崎に見せていた。

「あっ、班長も組長も、ほら早く見てください！」

駿河が手招きで呼び寄せた。

駿河が向けたタブレット画面に映っていたのは、ＮＨＫのニュース番組で、一昨日の現場で視察を行う、橋本《はしもと》警備部長の姿だった。

「これ、〝ギャランドゥ〟っすよ！」

駿河が声を張り上げた。

南條もさすがに声をあげて笑った。

本部警備部の部下たちや渋谷署幹部たちを引き連れた橋本警備部長は、真っ黒なサングラスをかけ、白いシャツのボタンを三つほど大胆に外し、乳首が見えるほどに胸を大きくはだけていた。

「原宿署、普通、こんな格好、止めさすで！　ホンマ！」

駿河が呆れたように言った。

橋本警備部長のその姿が、花火が破裂するその音と妙にタイミングが合ったので、集まってきた他の隊員たちも大爆笑した。

その背後にいた駿河は、柴崎がテーブルに置いていた真っ黒なサングラスを奪い、シャツの胸元をはだけ、刺身の盛り合わせパックに残っている海藻を胸にテープで貼りつけた。

そして、ディレクターズチェアの上に飛び乗り、往年の歌手、西城秀樹の名曲である「ギャランドゥ」をスマートフォンからユーチューブで流すとともに、輪ゴムで束ねた割り箸をマイクに見立てて歌い始めた。

すべての班の隊員や家族たちが駿河の元に駆け寄った。

大きな喝采が起こり、大声で〝ギャランドゥ〟の合唱も始まった。

「ここまでアホをやるか」

ビール缶を片手にした桐生が、隣に座る南條に呆れた風に言った。

「ユーモアのセンスは必要。心にゆとりがなきゃ。お前も知っての通り、海外の特殊部隊との交流では特に遊び心がないとな」

大きく足を組んだ南條は軽い調子でそう言って、コップに入った日本酒を喉に流し込んだ。

「それにしても、駿河のアホは、そこまでせんでええわ、みたいな——」

そう言った桐生が苦笑しながら左右に頭を振った。

「あれ？　他の奴らはどこへ？」

南條が辺りを見渡した。

その時だった。西城秀樹のヒット曲、ヤングマンの前奏が大音量で流れ始めた。

ざわつく家族たちの中から、突然、西城秀樹のトレードマークだった星条旗を模した衣装を身につけた羽黒が出現し、ミラーサングラスをつけ、キレのいい機敏な動作でポーズを決めた。

さらに続いて、駿河と柴崎が、チアガールのような赤いジャケットと白いフレアのミニスカート姿で登場し、両手に警視庁の名前が入った旗を持って曲に合わせて踊り始めた。

「あれ、メック（警視庁音楽隊カラーガード）のコスチュームですよ。いったいどこで……」

真紀は呆れた表情で笑った。

「お前ら、救いようのないアホだ！」

思わず立ち上がった南條が叫んだ。

しかしそれには構わず駿河や羽黒たちは、派手なダンスを続けながらマイクに向かって熱唱を続けた。

南條は、自分の夫を囃《はや》し立てる家族たち一人一人を微笑ましい思いで見つめた。

すっかり元気になった杏里も腹を抱えるようにして笑っている。

自分の名前を呼ぶ声がして振り向くと栗竹隊長が立っていた。

栗竹は、冷えた缶ビールを南條に手渡しながら言った。

「こいつら、アホでも最強を目指している――」

そう笑顔で言った栗竹は、満足するように一人頷いた。

だが栗竹は真剣な表情となって、はしゃぐ隊員や家族たちへ視線をやった。

「トツの魂を継承する野郎たちは、〝人の命を救いたい〟という強い思いだけで厳しい訓練に耐え抜き、家族たちは必死にそれを支えている……」

力強く頷いてから南條は口を開いた。

「すべての部下たちの命を、班長の自分が必ず守る、その思いを、今回、実動を経験して、あらためて強烈に決意しました」

栗竹は黙って頷いた。

南條が続けた。

「そのためにも、自分は、もっと強くならなければならない、それもまた強く思いました」

しばらくの沈黙の後、栗竹が口を開いた。

「お前、なぜ、最初、トツを選んだ？」

あらためてそんなことを聞かれたことで、南條は驚いた表情で栗竹を見つめた。

しかし、その答えは、南條の中で何年も前から揺るぎのない確信となっていた。

「生きた現場での、近接、アサルトライフル、ＭＰ５、ハンドガン、それらができる自分を常に求めていたからです」

ただ、父への思いもそこにあったことは口にしなかった。

「で、二年前、なぜトツに戻った？」

栗竹が訊いた。

「自分が、この頭、この技能とこの体力で指揮をするなら、トツでこそ能力を発揮できる、その確信からです」

栗竹が声に出して笑ってから言った。

「いろいろ難しい言葉を並べたが、早い話、つまり、根っからのトツ、そういうことか」

南條はただ苦笑するしかなかった。

栗竹が呆れたような表情で南條を見つめた。

「お前、本当に、頭からつま先まで、すべてが、昔のトツのまま、それもまた事実だな」

九月十三日

SAT本隊

本隊に出勤した南條が、今日のメニューで真っ先に意識したのは、部隊内で〝キソレン〟と略して呼ぶ、基礎体力訓練のためのスペースに向かうことだった。

数日内に行われる人事で、自分の班に入る予定の新隊員の、そこで行われる最終訓練を南條は見たかったからだ。

しかしまずその前に南條は、一旦、管理棟二階の事務室に足を向け、自分のデスクの上の充電器にスマートフォンを接続した後、引き出しから新隊員の人事記録が入ったファイルを手にした。

その時、机の上に置いている家族写真にふと目がいった。

真紀と自分との間で、まだ三歳の頃の胡桃がちょこんと椅子に座っている。

南條の脳裡に、みどり園にいた頃の、湯川明日香と姉妹のように育ったとされる、帆足凜子の寂しげな笑顔が蘇り、さらに運動会に手伝いに来た時に撮られたという写真に写る、凜子の目の暗さを思い出した。

南條は、凜子のその目の暗さがずっと気になっていた。

南條の頭の中に、自分でも思ってもみない意外な言葉が浮かんだ。

——死を見つめている……。

しかし、その言葉がピッタリだ、と南條は思った。

帆足凜子という女性が見つめる死とは、いったいどこにあるのだろうか……。

だが、南條は溜息をついて、そのことを悟った。

間もなく、〝刑事ごっこ〟は終わるのだ。

風見管理官には、湯川明日香を尾けていたとする、第二のストーカーについての調査依頼をしていたが、期待は抱いていなかった。

しょせん、ダメもとでお願いしたのだ。

というより、諦めるのが嫌で、ただしつこく拘っているだけであることも分かっていた。

南條が、持ってゆくべき人事記録をもう一度確認した、その時、机の片隅で充電中だったスマートフォンの着信ランプが点滅していることに気づいた。

ディスプレイを見つめた南條は溜息が出そうだった。

警備情報係の風見管理官の名前があった。

こんなにも早く結果がもたらされるということは、何の成果もなかったんだ、と南條は全身から力が抜ける思いだった。

通路に出た南條は、階段を下り、管理棟の外に出てから着信相手に電話をかけた。

南條が声を出す前に、警備情報係の風見管理官の押し殺した声が聞こえた。

「お前が頼んできたやつだがな――」

風見の声はさらに低くなって続けた。

「妙な方向に向かってる」

「妙な方向？」

南條は自分の鼓動が激しくなるのを自覚した。

「お前の希望通り、湯川明日香の自宅周辺の防犯カメラの映像を集めたら、彼女を尾行し監視している不審な男と車が浮上した――」

興奮を必死に抑え込んだ南條は風見の言葉を待った。

「車はレンタカーで、その手続きにおいて、中東のC国が発行した旅券と国際免許証が使われていた。その旅券に関して、つい今し方、03《ゼロサン》（警察庁）から欧州の対テロのネットワークを通じ、C国に照会していた、その回答がもたらされた」

いつになくもったいぶった風見の言い方が南條は気になった。風見の言葉の先には、重大な意味があると南條は確信した。

「まず、決定的なことがある」

風見はさらに引き延ばした。

「レンタカー会社で提示されたC国の旅券は偽造だった」

なぜかそれを予想していた南條は驚きの声は上げなかった。

だが風見は興奮気味に続けた。

「その偽造旅券が関西国際空港の入国時に行使されたのとは別の日、同じC国の旅券で、しかも発行番号が連番となっているものが、十日間のうちに日本全国の空港で使われた。その人数は、関空で使われたものを含めて実に十六名だ」

全身に鳥肌が立つのを南條ははっきりと感じた。

「その十六名の旅券のうち、二名の旅券の顔写真が、代々木公園事案のマルヒの顔と酷似していた――」

風見が今、語ったことは南條にとってまったく想像もしていない事実だった。

「組織的な背景がありながら、バラバラに入国している。これはプロだ」

「つまり、組織的なグループが、十六名、日本に密入国し、そのうち二名が代々木公園事案で犯行を行い、残り、十四名がまだ見つからずにいる、そういうことですか？」

「南條、先走るな」

南條自身、自分でそんな言葉を口にしたことが信じられなかった。

「ただ、その十六名は、一つの組織、グ、ル、ー、プ、だと認定してもおかしくないだろう」

「グループ？」

南條は、自分が制圧した犯人の顔を思い出した。

「南條、これは、〝情勢《ジョウセイ》〟（事案発生の蓋然性が高い状況）だ」

風見は低く押し殺した声でそう言った。


風見との通話を終えても、南條は、想像もしていなかった展開の余韻にずっと浸っていた。

——十六名の密入国者……。

それが何を意味するのかは分からないし、湯川明日香と繋がるのかどうかもまた不明だ。

ただ、不気味な感触が体の隅々に行き渡るような気がしてならなかった。

しかし、南條は、ここでこそ、湯川明日香の、あの言葉を蘇らせるべきだと思った。

〈あなたが……そしして……ころされる……けいしさん……〉

〝阻止して〟というのは、この十六人のことを指すのか……。

また、〝殺される〟〝けいしさん〟とは、この十六人が、〝けいしさん〟を殺すということなのか……。

そのことに気づいて慌てて腕時計に目を落とした南條は、今は、興奮を抑え、頭を切り換える必要がある、と自分に言い聞かせた。

ここから先は、一切の余計な思考を切り捨てなければならないのだ。

基礎体力訓練場に足を踏み入れた南條は、すぐに部屋の左奥に造られた査関及び視察用ブースに入った。

大きなガラス窓越しに、数人のベンチの隊員たちが真剣な眼差しで訓練場を睨《にら》み付けている。

南條は、その背後から訓練場を見つめた。

「それにしても、あの月野という男――」

その声に気づいた南條が振り向くと、ベンチ副班長で、訓練担当の若狭がすぐ脇に立っていた。

フル装備を身につけた月野は、床に貼った幾つかのテープの前で身構えていた。

月野を見つめたまま南條が続けた。

「まず挙げるべきはやはり俊敏性。その点、こいつは、部隊標準のレベルを遥かに超えている――」

南條の視線の先には、フローリングの床に二メートル間隔で何本もの線が縦に引かれている光景があった。

「小学校の体育測定でやった反復横跳び、それを改良した、この、ゴーバックという訓練を考案したのは私です」

若狭は誇らしげな表情を向けた。

若狭の部下が号令をかけた。

その瞬間、構えていた月野が、まず一番手前の横線を越えて戻り、次は二つ目の線を飛び越えて元に戻った後、三本線を一気に越えて戻って続けて四本線、さらに五本線という跳躍を繰り返していった――。

「いかに短い時間で、かつ、体を器用に動かして、無駄な動きなく戻れるか――コイツは、ウチの桐生と何ら遜色ない」

南條が感心した。

「確かに――。他の二名の新隊員は、線を行き過ぎたり、大振りだったり、しかも何回か止まってしまってます――」

若狭が応じた。

「お分かりかと思いますが、重要なのは速さだけじゃありません。いかにいい姿勢、体勢でやっているか、それによって俊敏性が一目瞭然で分かります」

若狭がさらに続けた。

「さらにハイレベルで絶対的な体力を支える胆力、そして動きの中で精密射撃が必要であることは、何十年経っても同じです」

若狭が言い切った。

「あいつを見てください」

若狭が、ガラス越しに見える新隊員の一人を指さした。

「気をつけ（直立不動）、をした時、体側《たいそく》に両手がきちんとついていません」

若狭が言った。

「確かに、アレではダメだな。腕の筋肉が余計に発達し、出っ張りすぎてしまってる。あれでは、効率的な動きや射撃はできない」

南條が細かく観察した結果を告げた。

「おい、プロテインを飲ませない件、ちゃんと守らせているんだろうな？」

厳しい表情となった南條が若狭を振り返った。

「言ってはいるんですが……まあ、そこは、奴らもガキじゃないんで、いちいち咎めるのも……」

「仕方ねえな……」

大きく息を吸い込んでから南條が再び口を開いた。

「ただ、お前には何度も言ってるとおり、必要以上の筋肉をつけたら関節がついていかなくなって必ず故障する。つまり、自分の持っている力を発揮できなくなり――」

言葉を止めた南條は、ガラス窓に向かって急に身を乗り出した。

「おい、アイツも――」

南條が向けた指のその先で一人の新隊員が、団子ロープの下で苦悶の表情を浮かべ、その場にしゃがみ込んでいる。

「アレは、もはや、ダメでしょう……」

若狭が決めつけた。

「オレも、〝登りモノ〟は苦手だったよ。だから、肩や背中の痛みにいつも悩まされた」

そう言って南條は、苦悶する新隊員をじっと見つめた。

「たとえ三分間でも、据銃したままの姿勢でいること自体、結構、キツイ。据銃は、腕の力が強いからといって、できるもんじゃないですからね。で、班長もご経験された通り、一番くるのは腕ではなく、腰です」

若狭が据銃の真似をしながら言った。

「腰や背中に痛みがくる、ということは、昔のオレたちみたいに、そこの筋肉が足りない、ということだ」

南條がそう言って苦笑した。

「かつて私の同期も、酷い腰痛で泣く泣く離隊《りたい》しました」

若狭が言った。

「スタートダッシュや長距離走とかを急激にやって腰を痛めたりする奴は多い――」

南條の言葉に頷いた若狭が続けた。

「自分も、SATに着隊して、最初の一年間、肩や腰が痛かったです。それも、ただの肩こりじゃないんですよね。張っている、という感じの痛さ――」

若狭の言葉に、今度は南條が大きく頷いてから口を開いた。

「オレなんか、シップ、マッサージ、鍼灸《しんきゅう》、温泉――何でもやったり行ったりしたよ。でも、結局、完全に効くものはなかった。で、医者に言われたのは、〝何にもしないことがベスト〃――」

南條のその言葉に、若狭は声を出して笑った。

「あの、腰の痛みにやられている新隊員、月野と同じ、まだ二十三歳なんですが、あれではもはや――」

若狭が大きく息を吐き出してから続けた。

「実は、あいつから、個人的に相談を受けてましてね――」

「そうだったか――」

「自分は先輩たちについてゆけるかどうか自信がないと――」

「そんな奴、前にもいたな」

南條は記憶を辿りながら続けた。

「そいつは、新隊員になる直前まで、自分は機動隊の中でナンバーワンの体力を持っていると豪語していた。ところが、現役メンバーの訓練を見て腰を抜かした。とてもついてゆけないと――」

「分かります。二十五キロの完全フル装備での懸垂を百五十回とか、ＣＱＣの強烈なスピード感とか、そんな先輩たちの姿を見て、多くの新隊員は圧倒されるんです」

若狭のその言葉に頷いた南條は腕時計に目を落とした。

「連絡を入れなければならないことを思い出した。次のメニューは？」

「長距離走です」

若狭が答えた。

「なら、グラウンドだな？　分かった。そっちで合流する」

そう言って南條は、基礎訓練場の外に出てからスマートフォンを手にした。

「桐生、重要な話がある。今どこにいる？」

東京都江東区

真紀の毎日は忙しいものとなった。

二日後に行われる明日香さんの葬儀の準備をする一方で、夕食は、子供二人分の料理を作ることとなった。

それでも美玲は、本当に礼儀正しい子で、真紀の言うこともきちんときいてくれている。

明日香が愛情を持ってきちんと教育していたことがよく分かった。

真紀が、その泣き声に気づいたのは、シンク台のお湯の栓を閉めた時だった。

振り返ると、リビングの真ん中で、胡桃が声を出して泣いていた。

キッチンタオル掛けのタオルで両手の水分を拭った真紀は、リビングに足を向けた。

「胡桃、どうしたの？」

その傍らに膝をついて真紀が聞いた。

隣では、美玲が背を向けて座っていた。

「貸してくれないの……」

そう言った胡桃の涙声は大きくなった。

「なんのこと？」

真紀が穏やかな口調で尋ねた。

「あれ、美玲ちゃんが貸すの嫌だって――」

胡桃が美玲の背中を指さした。

珍しいこと、と真紀は思った。

胡桃と美玲ちゃんは、これまで、まったくケンカもせずに、いつも仲良しで、一緒に遊んだり、勉強したり、夜も隣同士で寝ていた。

真紀が、美玲の手元へそっと目をやると、スマートフォンがぎゅっと握られている。

真紀は訝った。

そんなスマートフォン、持ってたっけ？

だが、真紀は美玲のその姿に声をかけられなかった。

美玲の二つの瞳は絨毯《じゅうたん》の一点を厳しい表情で見つめていた。

真紀は、理由を聞くことはやめておこう、と思った。

恐らく母親の明日香さんから持たされていたもので、ずっとバッグに仕舞い込んでいたから、真紀の目に触れることはなかったのだ。

真紀は想像した。事件のあの日、美玲は、このスマートフォンをずっと握って、ひと晩中、ママからの電話を待っていた……。

突然、美玲が口を開いた。

「ママは、きっとここに電話をかけてくれるの」

真紀は言葉が継げなかった。

だが、美玲の顔が徐々に歪んでいった。

「でも、ママは、私を、捨てた……だからここには……」

美玲は泣いてはいなかった。

真顔でそう言った。

体の奥から込み上げてくる思いを真紀は必死で堪えた。

そして、夫のワタルが言っていた、進行型殺傷事案、という言葉を思い出した。真紀には詳しく分からなくても、人を殺すことだけが目的の犯人による進行型殺傷事案で命を奪われるという悲劇は、家族をもどん底に陥れる――そのことを思い知らされた真紀は、美玲の寂しそうな顔を見つめて涙が溢れそうになった。

それを誤魔化すように、真紀は、二人に元気に語りかけた。

「二人にね、手伝って欲しいことがあるんだぁ」

胡桃は泣くことはやめたが涙を目に浮かべたままで、美玲も振り返ることはなかった。

それでも真紀は構わず続けた。

「アイスクリーム入りのチョコパフェ作り、どっちが上手にできるかな？」

「わたし！」

胡桃と美玲が同時に声を上げた。

胡桃に近づいた美玲が、無言のまま握っていたスマートフォンをそっと胡桃に差し出した。

真紀は驚いて二人の顔を見比べた。

一度、受け取った胡桃だったが、すぐに美玲の手の中に返した。

「大切なものだもんね」

胡桃は微笑みながらそう言った。

二人を立たせた真紀は、まだ華奢な二つの体を抱き寄せた。

「二人ともとっても素敵な子！」

真紀は零れ落ちる涙を二人に分からないように指で拭った。

臨海エリア

通勤用の自転車で駆けつけた桐生の表情が緊張したものであることに南條は気づいた。

「班長、私は謝らなければなりません。これまで湯川明日香のことについて――」

南條は身振りで桐生の言葉を制した。

「そんなことより、オレは新隊員訓練でやらなければならないことがあるんで、さっきオレが話したことを、ショウタ、お前が、隊長やベンチに言って、すべての隊員に伝えてもらうようにしてもらえ」

神妙な表情で桐生は頷いた。

「何が目的か分かるな。全員の心を身構えさせるんだ」

南條はそれだけを言うとグラウンドに向かって駆け出した。

「じゃあ、走りに行こうか」

訓練場の前に新隊員を並ばせた若狭が軽くそう言った。新隊員を追走する車の後部座席に乗り込んだ南條が真っ先に訊いた。

「どれくらい走らせる？」

「彼らには伝えませんが、二十キロです」

「今はそんなもんか……。オレの頃は――」

「まず二十キロということです」

若狭が言った。

「まず？」

「新隊員たちにとって過酷なのは、走る距離を伝えられないことで終わりがわからないこと、さらに初めてのコースを走らされることです」

「初めてのコース？　なるほど」南條が続けた。「二十キロを走るにしても、走る距離やコースを知らなければ、体力の調整ができない――」

「そうです。ペース配分ができなくなり、体力を相当消耗する――」

「オレたちの頃より過酷だな」

新隊員を追走する車の後部座席で苦笑した。

「本番はこれからです」

若狭はニヤッとした。

「ペースを変えるぞ」

若狭は、開け放った助手席の窓から、走る新隊員たちに声をかけた。

若狭が新隊員に指示したのは、全速力で走る、いわゆる、ダッシュだった。

「中には、ペースを計算できる奴もいるだろ？」

南條が訊いた。

「それもまた完全に崩壊させます」

若狭はニヤついたまま言い放った。

——コイツは本当のサディストだ。

南條は、その言葉が脳裡に浮かんだ。

「わざとペースを何度も変えたり、インターバルを短くしたりと、いろんなことを絡めてゆくと、新隊員にとっては訳が分からなくなります。で、訳わかんなくなって、ヘトヘトになって帰ってきた新隊員に——」

若狭は途中で言葉を切って新隊員たちに、今度は、ペースダウンしろ、と怒声を浴びせた。

二十キロを走りきって、疲れてヘトヘトで戻ってきた新隊員に、「お疲れさま」と声をかけた若狭は、水分と必要な塩分を十分に補給させた。

しかし、その休みも三分間だけだった。

もう一度、整列させた若狭がその言葉を言い放った。

「じゃ、別のルートでもう一回、行こうか」

月野を始めとする新隊員たちを見送った南條が言った。

「イジメだな」

若狭は恐ろしいまでの冷たい表情でニヤついた。

苦笑した南條はすぐに真顔となった。

「若狭、月野を入れる」

「入れる？」

若狭が怪訝な表情で訊いた。

「オレの元に配置する。サンガタ（特殊銃Ⅲ型）つまり、ＭＰ５のレベルも高い」

南條がキッパリと言った。

「班長、しかしそれは来週からでは？」

「そんな場合じゃなくなったんだ」

南條が遮って続けた。

「お前にも間もなく伝えられるが、〝情勢〟が出現した可能性がある――」

SAT本隊

ＣＱＣ訓練施設を前にして、南條は腕時計に何度も目をやった。

頭にあったのは、隊長やベンチの柚木《ゆずき》班長がどんな反応をしているかとの思いだった。

しかし、急ぐ必要はない、と自分でも思った。

〝情勢〟と明確に判断されていない以上、〝心を身構える〟ことは必要だが、冷静になることこそ今は重要だと思った。

だからこそ今は、自分の仕事に集中しなければならないとの意識を南條は強くした。

「とにかく、自分の射撃スタイルをいち早く構築することが何より重要だ」

若狭から空弾倉のＭＰ５を受け取った南條は、ストレートダウンの銃姿勢と据銃とを何度も繰り返した。

「据銃がしっかりできるようになると、命中させるための自分の射撃の形、射撃スタイルができあがる」

南條は、新隊員たちの反応を窺ってから続けた。

「そうすると、実動において、突発的なこと、瞬間の動きが要求されても、また照準から射撃までの時間がどんなに短くとも命中する。つまり、相手より先に撃って命中させることができる」

南條は新隊員たちを見渡した。

南條は続けた。

「忘れてはならない重要なことがある」

「今、お前たちがやっていることは、射撃だけに特化した訓練であるということだ」

南條は、三日前の実動で、自分が経験したことが脳裡に蘇った。

「本番では、考えることは射撃だけじゃない。ターゲットの特性と武器、人質の状態、また現場の環境など様々な情報を理解し、対処方針を選択してすぐさま決断しなければならない。

何を言いたいか分かるか？」

南條は、月野の隣に立つ新隊員に視線を向けた。

その新隊員は身を固くして口を開いた。

「実動においては、それらすべてが、射撃の集中力に影響を与える、そういうことです」

満足そうに頷いた南條が継いだ。

「しかし、〝見だし（照準）〟〝握り〟〝引き（トリガー）〟――これさえできていれば、どんな姿勢でも当たる。忘れるな」

そう言い切った南條が、後方の視察ブースへと足を向けた、ちょうどその時、隊長伝令の若い隊員が駆け込んできた。

「大光寺対策官とベンチの柚木班長が先ほどからお待ちです」

「よし、密入国者の件だな？」

南條は威勢良く聞いた。

「密入国者？　いえ、明日、来日する、中国のヤン国家主席に対する警備実施の件かと――」

「えっ？　中国？」

南條は眉間に皺を刻んだ。

「はい、警備計画の変更があると」

伝令が言った。

「それなら、もう決まってるじゃないか。いつもと変わらず、竹橋《たけばし》（千代田区）の第1機動隊本部に前進配備し、キントツ（緊急突発事案）に備える――。今になって何を話すことがあるって言うんだ？」

南條は苛立った。

「日程の一部変更があるようです」

「変更？　何だよ、それ！」

声を上げた南條の前で、若い伝令はただ身を固くするしかなかった。


中国首脳の警備実施に関する細かい部分について意見を交わしながら事務室に足を踏み入れた南條は、制圧3スナイパー班の班長、秋山《あきやま》警部補を前にして不機嫌なままだった。

「中国側にとっては日程の〝ごく一部の変更〟かもしれないが、こっちは、全体のオペレーションと部隊配置を作り替えなければならない。勘弁してくれよ、まったく！」

南條は不満を隠さずぶちまけた。

「粛々とやるまでだ」

決して感情を表に出さない秋山はいつもの冷静さで応じた。

だが南條は気分が収まらなかった。

中国側が無理矢理に追加させたオプションとは、ＪＲ東京駅での新幹線の視察だった。中国首脳の関心事は、車両ではなく、世界に例を見ない、一分のダイヤの乱れもなく運行している、そのシステムであった。しかも運行センターではなく、ナマの現場――新幹線ホームで実感したいという無理な要請をしてきたのだった。

しかも、それより何より、〝十六人の密入国者〟の件はどうなったのか、そのことこそ南條の苛立ちの原因だった。

さらに、さっきから隊長とベンチの柚木班長を探しているのだがなかなか見つけられないでいた、そのこともまた苛立つ原因だった。

警察庁

目指すドアに足早に向かいながら、与田《よだ》は嫌な予感がしていた。

外事課の９係、通称ＩＳ班から送付されてきた資料の中にあった、警視庁警備情報係からの情報報告がずっと頭から離れなかった。

すでに三日前に、警備情報係から総合指揮所へ上げられた報告であると知っていたが、今頃、参考としてウチの課へ流されてきたということは、外事課では関心が薄い情報だということを物語っていた。

しかし、十六名の外国人の密入国という状況は余りにも特異情報だった。

ドアの脇にあるインターフォンで自分の名前を名乗った与田は、ノックをしてから、直属の上司である警備第2課長の部屋に足を踏み入れた。

「報告書は読んだ」

与田の説明を聞くまでもなく国友課長は、そう関心もなさそうな表情で言った上で続けた。

「なんだか、キュウイチ（警視庁）の警備情報係が、テロ情勢を把握したとしているらしいが、警備2課の谷川《たにがわ》課長は、その情報はどうも確度は高くないとしているがどうも気になる。外事《がいじ》の本室とコクテロ（国際テロ対策課）に聞いてみたら、何の反応もしてこないことが奇妙なんだ」

「しかし――」

「しかも谷川課長は、警備情報係が生き残りのために何でも話を誇大に言っているのだろう、と言うばかりなんだな……」

「明日、来日するヤン国家主席のこともあり、慎重を期して念のため指示を出しておくべきかと存じますが如何でしょうか？」

与田が具申した。

「ヤン国家主席に対する一般部隊による警備実施は、キュウイチで甲号警備本部も立ち上がり、すべてにおいて万全だと言っているんだ。どう納得させる？」

「いえ、そうではありませんで、ＳＡＴについてです」

「ＳＡＴ？」

国友は驚いた表情を向けた。

「例えば、車列の中に、ＳＡＴの遊撃車を編入させるとか――」

「無理だ」

国友は遮ってなおも続けた。

「通常は、アメリカやロシアなど国際テロ情勢が厳しいと思われる国の車列しか遊撃車は編入されないこととなっている」

そう言って国友は身を乗り出して続けた。

「そもそも、中国首脳がターゲットにされているという〝情勢〟からしてない」

「本隊の前進配備くらいはせめて――」

「警備情報係からの情報をまったく信じないわけではない。しかし、今も言ったように一般部隊がガチガチに固めている。ＳＡＴの運用を見直すまでもない。今のところは、いつもの、イッキ（第1機動隊）での突発待機で十分だ」

なおも口を開こうとした与田の前で、卓上電話が鳴った。

受話器を取り上げた国友の表情が一瞬で緊張した。

「はい、はい！　もとより局長のお考え通りにさせて頂こうと思っておりました」

相手は、警備公安の最高トップである警備局長だ、と与田はすぐに分かった。

その国友のへりくだった表情を見つめながら、ビキョク（警備局）内での、自分を始めとするジカタ（地方警察本部採用の巡査からスタートする警察官であり、警察庁への出向者）たちの、国友への最近の評を思い出した。

京都大学法学部出身の国友は、上昇志向が非常に強く、周囲に弱みを見せるのは自身の失態と考えている。いつでも強気であるが、自分の今後がかかる決断の際には、常に上層部の意向を忖度して事に当たる慎重さがある。

ただし、それを横や下には悟られないように立ち振る舞う。職責上、部隊の能力や特性は理解しているものの、敢えて上の意向に沿うようにしながら、実はその裏では巧みにコントロールする糸を引くという狡猾《こうかつ》な一面もある。

ジカタの者たちの中には、国友は部下たちを踏み台にしてのし上がってきた、そう口さがなく言う者もいたりする――。

そんな国友を見つめながら与田は腹決めした。

国友は、事が大きくならないと、ＳＡＴの運用を変えようとはしないだろう。だからこそ自分にはやるべきことがある、と確信した。

自席に戻った与田は、警視庁ＳＡＴの栗竹隊長のスマートフォンを呼び出した。

十六名の密入国者、そしてうち十四名が潜伏したままであるとする警備情報係からの情報について栗竹と話し合いながら、与田は、やはりＳＡＴの運用の見直しの必要性を強く感じることとなった。

「まだ、何が起きたというわけではありませんが、とにかく、中国首脳の来日が明日であると考えると、嫌な予感がしてなりません」

「私も同感だ」

「代々木公園事案の被疑者が、密入国者のうちの二名だとすると、現場に残された自動小銃と予備弾倉の数からして、潜伏している者のその脅威度は、刑事部やＥＲＴはもはや対処は絶対不可能で、ＳＡＴが対処するにしても非常に危険度が高いと言わざるを得ません」

淀みなくそう言った与田はさらに続けた。

「しかし、今、国友課長と話をしたんですがやはり動く気はないようです。外事情報部がどうも煮え切らないことから、キュウイチの警備情報係からの情報を軽視しています」

「そうだろうな」

栗竹が冷静に応じた。

「恐らく、政治的な思惑が働き、脅威評価が正しく行われていない可能性もあります。例えば、ハデな動きをして中国側に知られては困る、という政治的なことが――」

「で、こっちがやるべきことはなんだ？」

栗竹が訊いた。

「部隊の初動対応が遅れては困るので、警視庁の中で対応可能な範囲で、緊急展開はもちろんのこと、最悪の事態に備えての準備、例えば、車列での遊撃任務が突然に付与された時など、すべてに備え、必要な準備を行っておく必要があるかと思います」

「確かに」

そう応えた栗竹は、実務家が抜擢される警察庁の係長としての与田の助言は的確なものだ、と真剣に受け止めた。

栗竹は、与田の顔を思い出した。

年齢は、確か、三十八、九歳。福岡県警のＳＡＴに若い隊員の頃から所属し、トッ班長をしていた警部補時代に警察庁に引っ張られた。

ＳＡＴ隊員時代には、ＡＳＣ（全国ＳＡＴ部隊競技会）にも出場し、優秀な成績を残した伝説の男であることを栗竹はよく知っていた。

小柄な体格ながらも、屈強な肉体と精神を有しているとの評判の与田係長。意志は強固で、全国ＳＡＴの練度や装備の向上に日々腐心し、ＳＡＴ部隊への熱い思いとは裏腹に冷静沈着に事に当たる姿は、警察庁の警備局長を始めとする幹部たちからの信頼が厚いと評判である。

彼が、今、そのポジションにいることは、御仏《みほとけ》の施し、という言葉が相応《ふさわ》しい、とさえ栗竹は思った。

「お願いしたいことがある」

栗竹が言った。

「何なりと」

与田が素早く応じた。

「中国首脳のみならず、国内のハードもしくはソフトターゲットに対し、万が一、攻撃があった場合に備え、カウンターアサルトを主な任務とし、少なくとも二個分隊は遊撃配置する。よって支援をお願いしたい」

「こちらもキントツに備える態勢を敷きます」

与田は語気強くそう言った。

与田と話をするために通路に出ていた栗竹は、会議室に戻ると、緊急に集めていた部隊全員を見渡して言った。

「さっきも話したが、警備情報係からもたらされたその情報は、新たな〝情勢〟と考える」

隊員たちから真剣な眼差しが向けられていることを意識しながら栗竹は続けた。

「まず、明日、来日する中国首脳に対する脅威だが、具体的なものは何もない。ゆえに、我々は、ヤン国家主席の車列に入っての遊撃警戒はできない」

「まったく残念です」

南條は悔しがった。

「しかし、十六名ものグループが何らかの目的をもって密入国し、そのうち二名が、代々木公園事案の実行犯の疑いがあり、そしてまだ十四名が潜伏しているこの状況は、中国首脳の来日を考えれば脅威度はすこぶる高い」

栗竹はそう言って全員を見渡した。

「よって、我々は直ちにキントツ対処態勢を強化する」

栗竹のその言葉で、南條は目を輝かせた。

「すでに承知の如く、明日、羽田に着くヤン国家主席は、真っ直ぐ迎賓館に向かう。突発対処車のランドクルーザーと防弾装甲車を、警備車列のルートの幾つかのポイントで遊撃待機させる。とにかく明日一日はそれでゆく」

ふと南條が駿河に目をやると、いつになく真剣な眼差しで栗竹を見つめていた。

「で、いざ車列の中に編入されての遊撃任務が下命されれば直ちにその任務に就く。大光寺対策官を通じて、ジッシ（警備実施係）の別府《べっぷ》係長にこの運用を伝えるが、あくまでもオレの判断だ」

栗竹の視線が、隊員たちへ向けられた。

「制圧1班、2班から、それぞれ二個ユニットを出せ」

そう命じてから栗竹は南條を見つめた。

「制圧1班のユニットは、永田町と霞ヶ関への攻撃に備え、国会正門前の並木通りに遊撃配置しろ」

栗竹は、ベンチの班長、柚木へ視線を送った。

「狙撃対策として、車列が走行する沿道や行き先地に配置する場所の選定とその戦術プランを、スナイパー班と協議の上、急ぎ作成しろ。すべての班がキントツに備えろ」

「直ちに」

柚木は緊迫した表情で応じた。

九月十四日

東京都千代田区

昨日、聞かされた栗竹からの言葉に、南條は苛立ったままだった。

風見が〝これは情勢だ〟と言い切っているにもかかわらず、まともに取り上げようとしない警察庁の態度がまったく信じられなかった。

腹立たしい気分で顔を左右に振った時、車内に置いていたデジタルの温度計がふと目に入った。

東京都千代田区の気温は朝からぐんぐんと上昇していた。

ここ数年、九月の気候は、初秋とは表現できないものとなっている通り、午前十時には三十五度という、真夏のような猛暑日となっていた。

「警視319（ヤン国家主席を示す無線符号）、ポイントA（迎賓館）を出発――」

第1方面の基幹系無線をイヤホンでモニターしていた駿河が報告した。

その三分後、アスファルトが溶けているかのように見えるその熱波の中、数台の先導パトカーと白バイに続き、ミニバン風のゲリラ対策車、さらに何台もの黒塗りの警護車が内堀通りをスピードを上げて過ぎてゆくのを南條は見つめた。

南條は、カーナビゲーション画面の端に表示された時刻を見つめた。予定よりも十五分も遅れている――。

フロントボディの左右に五星紅旗《ごせいこうき》がはためく、車列の中でひときわ大きなリムジンの後部座席には、ヤン国家主席がいるはずだったが、その様子を、うかがい知ることはできなかった。ただ、冷房がよく効いた車内が快適であろうことは南條には容易に想像できた。

しかし、警視庁本部裏の警察総合庁舎の駐車場に遊撃配置されている、このランドクルーザーの中だけは、一番低い温度に冷房が設定されていても快適とはまったく言えなかった。

それどころか、フロントガラスから突き刺す厳しい日差しが灼熱となって南條たちを襲っている――そんな表現をしてもいい状態だった。

「ふう～」

駿河はもう何度となく同じ溜息をついて、重い防弾装備の隙間から出た活動服の袖で乱暴に汗を拭った。

　ペットボトルを手に取った駿河は、最後の一滴を飲み干した。

「自民党本部の近くにあるコンビニ行って来いよ。冷たいの、たんまり買ってこい」

　汗でびしょ濡れの頭を掻きむしりながら、ハンドルを握る桐生が軽口を叩いた。

「アイスキャンディも袋一杯に買ってきます！」

　駿河もそれに応じて言った。

「防弾ヘルメット被っていけよ。すぐにSNSで拡散してくれるぞ」

　羽黒が熱い息を吐きながら言った。

　隣に座る柴崎は、顔の汗を拭ったタオルを見て頭を左右に振った。吸い込んだ汗でびしゃびしゃとなって使い物にならなかったからだ。

　しかもそれを思い出して柴崎は顔を歪めた。下着もすでに何時間も前からびしょ濡れとなっている感触をすでに味わっていた。

　柴崎は、少しだけ上半身を動かして息苦しさを改善しようとした。

　しかし、防弾ヘルメットはさすがに外して荷台に置いているとは言え、三十キロの、着ぐるみのような分厚い防弾装備を身につけている上に、吊り紐で肩からかけたアサルトライフルのフォアグリップを握り、しかもハンドガンとそのホルダーを腰に付けている。

こんな状態なので座っているだけでも余りにも車内が狭く、ほとんど身動きさえできない状態だった。

しかし、隊長の栗竹と相談した結果、制圧班に配置されたばかりの月野を実動に投入する決断を南條は行っていた。

三列目の座席を振り返った南條は月野の様子を窺った。

月野は、隣の座席に置いた資機材ボックスとドアとの間に挟まれて身動きできない風だった。

「月野、頭痛や体の痺れはないか？」

南條は熱中症を心配した。

「大丈夫です」

そう力強く言った月野の顔が紅潮していることが南條は気になった。

南條は、駿河に目配せして、余分に持ってきたペットボトルを月野に渡すよう指示した。

「これまで二時間、さらに六時間――この灼熱の時間はまだまだ続くぞ」

桐生が喘《あえ》ぐような口調で言った。

駿河が、防弾装備の一部のボタンを外して息を吐き出してから言った。

「容易いもんです。去年のあの歴史的な猛暑、アメちゃんの大統領警護の車列の中で、十一時間、経験していますから」

柴崎が、無理矢理に体を反転させ、背後の荷台をまさぐった。

助手席に座る南條は、ルームミラー越しに、柴崎が摑んでいるものに気がついた。

「今日もう、三回目じゃねえか？」

南條が言った。

柴崎は、携帯ミニトイレ「プルプル」を掲げて見せた。

「これだけはワンサカ持ってきました」

「大便の方は迎賓館の豪華トイレを貸してもらえ」

南條の言葉に、柴崎は首を竦めてみせた。

「お願いします、班長！　機動隊《マルキ》のように、トイレ車、ウチでも調達、お願いします！」

駿河が南條の背中に言った。

「警護の車列の中で、便器を積んだリヤカーをけん引しろと？　まったくいい考えだ」

桐生が真顔でそう言った。

「警視３１９、祝田橋交差点、通過――」

桐生が基幹系無線をイヤホンで聞きながら復唱した。

「月野、十分に水分、補給しろ」

南條が言った。

「分かりました！」

火照《ほて》った顔でそう力強く言った月野の顔を見つめながら、南條は、再び、風見の言葉を脳裡に蘇らせた。

〈南條、これは、明らかに〝情勢〟だ〉

南條は、溜息をつかざるを得なかった。

神奈川県箱根町

「問題は何かある？」

女はフランス語で言った。

「ない」

男も同じ言語で応えた。

「荷物はすべて揃ったでしょ？」

「確認した」

「つまりはすべて順調ということね？」

「いや、露見することがないか、それだけが心配だ」

男が言った。

「それなら何にも心配ない」

女は硬い口調でそう言い切った。

「明日、また電話を入れるわ。サリュー（じゃあまた）」

女が最後に言った。

男は同じ言葉を繰り返した。

警視庁本部

天井をぶち抜いた十八階のマッピング室まで含めると総面積約七百平方メートルもある巨大な空間を、警備実施係の筆頭係長である別府警部は見渡した。

重要な警備や警衛、またテロや災害などの緊急事態対処において稼働するこの総合指揮所には、九個から十個のデスクで固まる各部門ごとの〝島《シマ》〟が、至るところに所狭しと展開していた。

左側の壁には、六種類の分割表示が可能な、二百インチと百インチの大型プロジェクターが計四台並べられ、その周りには、航空隊ヘリコプターからのライブ映像を映すテレヘリ画面がある。

さらにその前には二十九インチのモニターテレビが三十台置かれ、マスコミのテレビ映像のほか、都内の大規模繁華街や主要交差点など約三百箇所を、切り替え式で常時監視することが可能な映像が流れていた。

そしてこの総合指揮所の多様なシステムを運営するために各部門から集まった者たち以外にも、約百名もの職員たちが忙しく業務に就いていた。

ヤン国家主席は、ＪＲ東京駅の視察を終えた後、日中首脳会談や晩餐会などのスケジュールでの外出があり、夕方に迎賓館に戻るまで緊張感が低下することはない。

用意されたミネラルウォーターで喉を潤わせた別府は、右手の、〝雛壇《ひなだん》〟と呼ばれる幹部席を見つめた。

甲号警備本部が立ち上がっているので、幹部たちが揃っているが、そのどの表情からも余裕が生まれている。

自分を呼ぶ声がしてそこへ視線を向けると、警視庁の警備実施部門の熊田《くまだ》課長が身振りで自分を呼んでいる。

　別府が駆け寄ると、熊田が囁くように言った。

「橋本警備部長、さっきから姿が見えないんだ。間もなく、総監がお見えになる。ちょっと探してくれないか？」

〝雛壇〟を駆け下りた別府は、自分の部下である、一人の係員を捕まえた。

「橋本部長を見ていないか？」

　別府が急いで訊いた。

「いえ」

　係員は左右に頭を振った。

「そう言えば……」

　係員がポツリと言った。

「どうした？　なんだ？」

　別府が急かした。

「先週、恐ろしい光景を見たんです……」

「恐ろしい？　なんだよ、早く言え！」

　別府は声を上げた。

「チェーンスモーカーの部長ですが、自分のお部屋でも、会議室でもタバコはお吸いになりません」

「知ってるよ。だから喫煙ルームに行かれるんだ。廊下の一番奥の――」

苛立つような表情で別府が言った。

「それが、お忙しくなられて喫煙ルームに行かれる時間が惜しいと思われたのか、昨日、非常に危険な場所でお吸いになっているのを見たんです」

「危険な場所？」

別府が右眉を上げた。

「部長室の執務机の右奥にドアがあって、そこから外に出られる小さなスペースがあるのはご存じですね？」

係員が別府の目を見据えて言った。

「そのスペースの存在は知ってるが、あそこは非常脱出用だろ。しかも余りにも狭くて危険すぎる場所で――」


総合指揮所を飛び出た別府は、エレベーターではなく階段を駆け下り、一つ下のフロアにある警備部長室に急いで足を踏み入れた。秘書に断って執務室のドアを開けた別府は、その光景に思わず息が止まった。

緊急脱出用の狭いスペースで、髪の毛を風に遊ばせながら、橋本部長がゆったりとタバコを燻《くゆ》らせている。

別府はゾッとした。カラビナで体を括り付けでもしないと、ちょっとでも体のバランスを崩したら十六階から真っ逆さま、地上約八十メートルから、歩道のアスファルトに全身を叩きつけられて即死するのは目に見えていた。

別府の姿に気づいた橋本部長は、タバコの火を慌てて消した。

「どうした？」

どうしたもクソもないだろう、と別府は呆れてモノが言えなかった。

しかしすぐにそのことを思い出した。

「総監が間もなく総合指揮所に来られます」

「分かった。すぐ行く！」

橋本部長は、別府に向かって語気強くそう言って後ろ手にドアを閉めた。

「何してんだ、急ごう！」

橋本部長は、その場に別府を残したまま執務室を足早に後にした。

通信指令センターの受理台の一つに座る、ヘッドセットを被った受理員は、入電した一一〇番通報に、はっきりとした滑舌で応じた。

「警視庁です。事故ですか？　事件ですか？」

聞こえたのは涙声だった。

「もしもし聞こえますか？」

だが、涙声は悲鳴となって、まったく聞き取れない。

「落ち着いてください。何がありました？」

受理員は冷静な口調で尋ねた。

「た、たいへんなんです！　ウ〜、ウ〜」

やっと判別できたのはその言葉だった。しかし最後には涙声を聞かされることとなった。

「なにが、たいへん、なんですか？　ゆっくりと話をしてください」

受理員は穏やかに声をかけた。

「いま、となりのひとが、ちだらけで……」

「何があったんです？　事件ですか？」

「うたれたんです！　おおぜいのひとがじゅうで！」

「うたれた？　銃で撃たれた、そういうことですか？」

ただならぬ雰囲気を察知した受理員は、「一一〇番情報表示」モードのディスプレイのガイドボタンを操作して該当事案の通報場所を特定した。

ディスプレイの中で、マップが自動的に移動し、そこに赤い★マークが固定された。

――ＪＲ東京駅？

受理員は一気に緊張した。

――ＪＲ東京駅で発砲？

受理員がさらに詳細を確認しようとマイクを口に押し当てた、その時だった。

すべての受理台で入電ランプが一斉に点滅した。そしてすぐにセンター内は怒声が飛び交うこととなった。

「異常通報入電中！」

「ＪＲ東京駅で、発砲事案発生！」

「犠牲者多数の模様！」

現場の警察官に指示を送る無線指令員たちの声があちこちであがった。

統括する通信指令官が指令台からマイクで声を張り上げた。

「JR東京駅構内で、発砲事案発生！　直ちに総合警戒とする！」

橋本警備部長が総合指揮所に辿り着いた時、総監の姿はまだなかった。

自席に座った警備実施第1係長の別府は、中国首脳の国賓警備の真正面の仕事に忙殺されていた。二つの受話器を両耳にあて、さらに三個の受話器を通話を切らずに目の前に転がしていた。

複数の電話に対応する別府は、視線の片隅で、警備情報担当の風見が自分に向かって駆け寄ってくるのが分かった。

「〝情勢〟が発生した」

風見が深刻な表情で囁いた。

「情勢？」

「中東地域からの武装グループが、十六名、密入国している。しかも自動小銃で武装している。うち二名は、四日前の、代々木公園事案の犯人だ」

「どこからの情報です？」

「最終的には、ゼロサン（警察庁）が確認した」

風見が即答した。

「しかし……現下の情勢は、国賓警備で……」

別府は激しく目を彷徨わせた。

「東京駅で発砲！　1《イチ》方面系（第1方面基幹系無線）聞け！」

誰かが張り上げたその声で、別府と風見は顔を見合わせた。別府の目に入ったのは、刑事企画課のリエゾンたちが座る〝シマ〟から一人の課員が受話器を耳に当てたまま立ち上がっている姿だった。

通話をすべて切った別府は、雛壇の刑事部幹部の元へ一気に駆け上がると、自分が書き殴った「三校複写」（決裁文書）を掲げ、警備本部の格上げについて説明している。

その直後、九十二回線の警察電話、加入電話九回線、ホットライン二十回線、東京都行政無線電話二回線のあらゆる電話が一斉に鳴り響いた。

別府はただならぬ雰囲気を悟った。

「突発事案発生！」

マイクを握る刑事企画課員の声が総合指揮所に響き渡った。

「了解！」

総合指揮所の全員が叫んだ。

「ＪＲ東京駅で発砲事件、発生！　ただ今、入電中！　多数の負傷者が出ている模様！　詳細は不明！」

「了解！」

再びすべての職員が声を張り上げた。

キントツ発生時のいつもの光景に別府は満足した。

別府は、目の前にあるジャックに繋がったイヤホンを慌てて耳に押し込んだ。モニターした第1方面基幹系無線には、警視庁本部と部隊との指令と報告が洪水となっていた。

〈至急、至急、マルヒ（被疑者）の所在を最優先で確認せよ！　こちら警視庁！〉

〈丸の内ＰＳ（警察署）、小林ＰＭ（警察官）より警視庁！〉

〈警視庁です。どうぞ！〉

〈目撃情報によれば、マルヒは、東海道新幹線改札口へ向かった模様！〉

「東京駅、防犯カメラの映像、ディスプレイに出せ！」

同じ無線をモニターしていたと思われる雛壇の幹部から声が上がった。

「警視３１９（ヤン国家主席）を戻せ！　早く迎賓館に戻せ！」

橋本部長の怒声が上がった。

「機動隊突発、ＥＲＴ、部隊を東京駅へ出せ！」

その数秒後、二台の二百インチと同じく二台の百インチの大型プロジェクターが六分割され、そのすべてにＪＲ東京駅に設置しているカメラ映像が映し出された。

その映像に気づいた別府は、イヤホンをしたまま思わず立ち上がった。

ＪＲ東京駅構内の、どこかの通路を映した映像に、突然、大勢の人たちが走って行く光景が流れた。

よほど慌てているのか、足が絡んで倒れたり、ぶつかり合ったりする駅職員の姿も目に入った。

「逃げている、その逆の方向の映像を探せ！」

画面が切り替わった時、総合指揮所内で大きなざわめきが起こった。

バラクラバ帽を頭から被り、自動小銃らしき武器を構えながら、人々を追いかけている二名の男の姿が見えたからだ。

今、発生したことは、新たな情勢とされていた中国国家主席へのテロ情勢ではない。

しかし、不気味な感触を別府は抱いた。

これは刑事事件ではない、との思いが別府の中で確信となった。

別府は、雛壇の橋本部長の下へ走っていき大声で言った。

「ＳＡＴのキントツ班が、現場近くにいます。行かせます！」

ランドクルーザーのドアを開けた南條は、すでに汗を拭きすぎて使い物にならなくなったタオルをアスファルトの上で絞った。

「今、ジュッ、という音、聞こえましたよ」

駿河が汗を拭きながら言った。

「ジュッ?」

南條が呆れ顔でそう訊いた。

「灼けつくアスファルトで、汗が一瞬で蒸発した音ですよ」

駿河がそう言って笑った。

「バカな」

南條がひとり苦笑した、その時、背後で柴崎が叫んだ。

「班長、キントツです!」

南條が振り返ると、柴崎がイヤホンを左手で押さえ、右手でメモに走り書きしていた。

「ＪＲ東京駅で発砲事案発生！　１方面系無線です！」

無線に集中する柴崎が声を張り上げた。

「聞かせろ！」

そう声を上げた桐生が、柴崎に顔を寄せてきた。

「負傷者、多数の模様、しかし人数不明——」

柴崎が続けた。

「マルタイの人数、武器、現在地、いずれも不明！」

「現場は東京駅のどこだ？」

南條が冷静な口調で訊いた。

「東海道新幹線ホーム、山手線、構内……情報が錯綜しています！」

「アクティブ・シューター、進行型殺傷事案か？」

南條が訊いた。

「そのようです！」

柴崎が素早く応えた。

南條の頭に、代々木公園事案が過《よ》ぎった時、無線の呼び出し音が車内搭載のスピーカーに流れた。

「キントツだ！」

ベンチの班長、柚木の緊迫した声が聞こえた。

「事案概要をお願いします」

助手席に戻って勢いよくドアを閉めた南條が、落ち着いた口調で訊いた。

「今から十五分ほど前、午前十時二十分頃、ＪＲ東京駅の東海道・山陽新幹線、中央改札口付近で、複数の男が、自動小銃を乱射。多数の負傷者が出ている模様だ」

柚木が早口で伝えた。

「了解」

そう言った南條は、隊員たちに、出動態勢に入ることを身振りで指示した。

「隊長からの指示を伝える」

柚木が続けた。

「渡辺の制圧２班は警視３１９の遊撃警戒任務を継続。南條の制圧１班は、遊撃配置を解除。ＪＲ東京駅の八重洲口へ最優先で向かえ！　現着したら報告を！」

「了解！」

そう応じた南條は、目の前のダッシュボードから赤色回転灯を取り出して助手席の窓を開け、腕を伸ばして車体の上に張り付けてから、フットペダルを踏みつけた。

けたたましいサイレン音を放って発進したランドクルーザーが、反転するために急角度でUターンした。

南條はその遠心力に耐えながら無線に喰らいついた。

「マルタイの人数と火力は？」

南條が訊いた。

「人数は複数」柚木が続けた。「火力は判明分として自動小銃だ」

「複数のマルタイ、しかも自動小銃なら、ＥＲＴの火力では無理です。我々の介入しかありません。本部指揮にそう伝えてください」

南條は意を決してそう言い放った。

「すでに総合指揮所の幹部室が立ち上がって、警備部の参事官が、警備部長や刑事部の幹部に意見具申している！」

柚木が続けた。

「よって、ＳＡＴ対策官経由にて、栗竹隊長に下命があるかもしれない。しかし、当面は、捜査第1課がＬ２《エルツー》（現地警備本部）を仕切る」

「早く、警備部《こっち》が仕切る必要があります！」

「分かってる。だが、近隣署にＬ２を立ち上げる時間はないだろう！　よって、東京駅の八重洲口前、規制線の中に入れた多重無線車に、我々、ベンチがヘッド（先行班）として入る」

「了解です！」

南條は力強く言った。

「着いたら、ベンチを呼べ！　オレも行く。以上だ。急げ！」

臨海エリア

装甲ヘリコプターのキャビンに飛び込むようにして入った栗竹隊長は、シートベルトとヘッドセットを装着してからすぐに、衛星回線用スマートフォンを手に取った。

栗竹隊長が呼び出したのは、警察庁運用係の与田係長だった。

「こちらも総合対策室が立ち上がりました。幹部が一斉に押し寄せています」

そう言った与田の言葉の背後から、ざわめく様子が分かった。

「しかし、こちらも捜査第1課が仕切っています。幹部たちは、事案の裏側にまだ気づいていません」

与田が続けた。

「我々の即時介入が絶対に必要だ。そのためにも、刑事部から早期の指揮権限の移行について何とかならないか？」

栗竹が促した。

「私も、本事案は、刑事事件ではなく、公安事案と確信しています。よって、ＳＡＴ、ＥＲＴや銃器対策部隊をどのように展開させるのか、展開に必要なインフラをどのように整えるのか、警備局全体でそれらを最優先にやっている最中です。しかし幹部はいまだに……」

「ゼロサン（警察庁）では、運用係《そっち》がメインとなるんだろうな？」

栗竹が与田に期待したのは、全国ＳＡＴ部隊のＯＢで構成されている警察庁運用係であれば、より現実的な話が可能となるからだ。

「もちろん、ＳＡＴ運用となれば、私の運用係《ウチ》が主体となりますのでご安心を——」

「で、この有事において、そっちは何をやる？」

栗竹が聞いた。

「私は、現在の通り、そちらとの連絡調整です。もう一人の係長は、警察庁刑事局捜査一課の特殊事案対策室へリエゾンとして派遣されて情報収集中です。また、運用係の補佐が、スリーエス（ＳＡＴ支援チーム）として警視庁の総合指揮所に向かっています」

「支援として欲しいものがある。新幹線の平面図だ」

栗竹が要求した。

「新幹線……しかしそのような事態ではなく……」

与田が戸惑った。

「すべてに備える」

栗竹はそれだけを語気強く言った。

「分かりました」

与田は、余計なことは口にせず、短くそれだけ応えてから、その質問をした。

「どのタイプですか？」

「全部だ」

それにもまた与田はひと言で応じた。

「了解です」

警視庁本部

幾つもの電話にかかりっきりになっていた別府は、雛壇に座る幹部たちが声を張り上げる度に、走り回る職員が多くなるような気がした。

〝シマ〟と雛壇との怒声が交錯し、まさに戦場そのものだ、とも別府は思った。

飛び交う怒声で通話の声を何度も聞き逃した。

自分を呼ぶ声がして振り返ると、雛壇から、直々の上司である、熊田課長が身振りで自分を呼んでいる。

「別府係長！」

通話状態である幾つもの電話の対応をどうするか別府が困惑していると、熊田が雛壇からさらに声を張り上げた。仕方なく、すべての受話器に向かってそのまま待機するよう言ってから、別府は熊田の元へ駆け上がった。

「ゼロサン（警察庁）の、警備第2課長の国友さんがさっきから、君のところに電話を入れているが繋がらない、と言ってるんだ」

別府は唖然とした。

なぜ、警察庁の幹部が、自分に電話を寄越すのか、指揮系統を越えたその行動に、別府は納得できなかった。

熊田課長も困惑しているようで、頼むよ、という風に困惑した顔を別府に向けていた。

自席に戻った別府は、仕方なく、他の電話をさらに待たせたまま、国友に電話を入れた。

想像通り、国友の不機嫌な口調が聞こえた。

「さきほど、橋本警備部長にも、〝早く刑事部から引き取って警備部で仕切らないと、大変なことになります〟と申し上げたんだが、どうなっている？」

別府は溜息が出そうだった。警察庁側が、現場である警視庁の担当者に直接電話を入れることは完全にルール破りである。直《ちょく》でやり取りをしてしまうと、指揮系統が乱れ、オペレーションに齟齬《そご》をきたすおそれが生じるのだ。

年次が下にもかかわらず、橋本警備部長に意見するなど、スタンドプレー以外の何物でもない、と別府は思った。

「早くすべてのＳＡＴ部隊を展開させて、現場に対応しろ」

国友の、ありきたりな指示は愕然とするものだった。指揮系統を無視した国友のこの行動は、我慢しきれずに直接電話してしまった、ということなんだろうと別府は容易に想像できた。国友のその言葉を聞きながら、重大事案の発生を、自身の評価を上げるチャンスと捉えているということもまた分かった。

別府は、国友に慇懃《いんぎん》な口調で断ってから電話を切った。

しかし、国友は再び、総合指揮所に電話を入れてきた。

だが、その電話に真剣に対応する者はもはや誰もいなかった。

東京都中央区

ＪＲ東京駅の八重洲口側の駅ビルを視線の先に見通した南條は、無線マイクからの、ベンチの班長、柚木の緊迫した声を聞いていた。

「マルタイの現在地に関する情報はさらに混迷している。山手線のホームという情報がある一方、八重洲地下街という情報もある。総合指揮所に派遣したリエゾンからも、東京駅のカメラ映像を見ているがなかなか特定できない、との報告が総合指揮所にきている」

「つまりは、現場に入るしかない、そういうことですね？」

南條が訊いた。

「そういうことだ。しかし、まだ、本部指揮は、ＳＡＴの出動を決めていない。しかも、スナイパー班や偵察班の到着にもまだ時間が――」

「まずは装備をつけずに偵察、やります」

柚木との通信を終えた南條は、ハンドルを握る桐生に言って、ＪＲ東京駅の八重洲口の先にランドクルーザーを停めさせた。

「初動に遅れは許されない。よって、今、防弾装備と銃器を完全装備せよ」

ジュラルミンケースから銃器を取り出した全員は、銃の最終点検を行った。

銃口が安全な方向にあることと安全装置がかかっていることをまず確認した南條は、槓桿《こうかん》を引いて、薬室及び遊底の弾の有無の点検をした上で、自ら完璧にカスタムしたマグポーチの弾嚢《だんのう》からフル弾倉を取り出し、銃の弾倉挿入口に取り付け、止めていた槓桿を開放して弾の装填《そうてん》を完了させた。

そして、アサルトライフルを肩からぶら下げるための負《お》い紐《ひも》の、自分でテープで印をつけた箇所で長さを調整した。南條は、負い紐の調整に時間をかけた。なぜなら、負い紐は、一見、落下防止のため、と思われがちだが、実は、射撃において、バランスを取るために非常に重要だからだ。

シューティンググラスをつけ、防弾ヘルメットを被ってライナーを下ろして隊員たちが降車の準備を完了したのを確認した時、南條の視線は月野に向けられた。

月野にとって最初の実動である。緊張するな、という言葉は何の意味もないことが南條には分かっていた。

南條の脳裡にあったのは、二日前の家族会で、月野の婚約者である、瀬名杏里に投げかけた言葉だった。

〈月野は、私の班の隊員全員で必ず守ります――〉

その時の自分の言葉は正しい、と南條はあらためて確信した。

全員で戻ってくる――それは間違いなく正しいのだ。

しかし、現実には、過酷な脅威が月野を待ち構えてる、ということもまた正しいと思っていた。

南條は、自分の班に配置させたその日のうちに月野に伝えたことを、脳裡に蘇らせた。

本隊管理棟から持ち出してきた二つのパイプ椅子をヘリポートのアスファルトの上に置いた南條は、台場エリアの高層ビル群のネオンを見つめながら口を開いた。

「今後、お前が立ち向かうのは、従来型の立てこもり事案だけじゃない。進行型殺傷事案が必ずやってくる」

「先日の、南條班が対処された代々木公園事案で勉強しました！　来週のＡＬＥＲＴ《アラート》（進行型殺傷事案対処訓練）でも、班長からご指導頂きたいです」

隣に座る月野は滑舌よく言った。

「いいか、想像しろ。人々が逃げ惑い、多数の負傷者が横たわり、うめき声をあげ、血だらけで助けを求めている、そんな光景が目の前に広がる凄惨な状況下で、自分自身が負傷することも、また死ぬことさえも厭わずに、脅威に立ち向かうのに必要なものは何だ？」

南條が一気にまくし立ててから、最後にそう訊いた。

「負傷することも、死の恐怖さえも克服する強靭な意志と覚悟です！」

月野が真剣な眼差しで言い切った。

「加えて、迷いなき信念、それだ。即時介入こそが、死傷者の拡大を防止するための唯一の手段であるという迷いなき信念。その信念のもと、事案への介入を躊躇しては絶対にならない」

南條は、月野が瞬きを止めて聞き入っていることを確かめてから続けた。

「脅威への対応の遅れが新たな犠牲者を増やす」

月野は黙って力強く頷いた。

「血だらけの子供を抱えながら声を振り絞って助けを求める母親に駆け寄り、腹から大量の血を流す要救助者に止血措置を施し、そして救急車を誘導する、それらのことよりも、脅威を排除することを絶対に優先しなければならない。お前にはできるか？」

「もちろんです！」

月野のその言葉に、微塵も躊躇がなかったことを南條は見届けた。しかも、その場凌ぎで言ってはいないとも確認した。瞳の奥の輝きにまったく変化がなかったからだ。

南條は思った。

――こいつはいつでも死ねる。

現実に戻った南條は、月野に声をかけたいという衝動を抑えることができなかった。

「月野、いつもの通り、いつもの通りに行こう。訓練通りのことをやればいい」

「分かりました！」

大きく頷いた月野だったが、その顔は強ばっている。

しかし、その表情は、躊躇や迷いではないことを南條は確認した。

車外に飛び出た南條ほか五名の隊員たちは、ローキャリーの銃姿勢でダイヤモンド隊形となり、大きなガラス屋根が張りでたＪＲ東京駅の駅ビルであるグランルーフの中へ走り込んだ。

柴崎がポイントマン（先頭）となり、左右の警戒を桐生、羽黒と駿河が固め、後方の脅威に対処するリアマン（最後尾）には月野がつき、南條は全員を見渡せる位置を選んだ。

そしてそのまま真っ直ぐ、東海道新幹線の中央改札口を駆け足で目指した。

しかし隊員たちは駅構内をスムーズに進めなかった。

隊員たちを遮ったのは、反対方向から逃げてくる大勢の人々だった。

南條や隊員たちはそれらを巧みにすり抜けながら先を急いだ。

新幹線エリアに辿り着いた南條は、東海道新幹線の中央改札口に目が釘付けとなった。そこでは、大勢の制服警察官や、機動捜査隊であることを表す腕章をはめたスーツ姿の十数人の男たちが集まっていたからだ。

乗客や通行人は全員逃れたのか、駅構内は、日頃の雑踏が嘘のように静寂に包まれていた。

南條は機動捜査隊の元へは足を向けなかった。

SATがSAT以外の者と接触することは絶対にあり得ないし、本来なら、SATであることをSAT以外の人間に晒すことすら想像もできないことなのだ。

「ユウキ、ルイ！　目視による秘匿偵察！」

南條が極めて困難なミッションを指示した。

だが、二人は、了解、とだけ応じた。

機敏かつしなやかな動きで改札口へ接近した二人は、ちょうど機動捜査隊たちから死角になるポイントから改札口の中を偵察した。

戻ってきた二人はいずれも緊迫した表情で報告した。

「ホームに上がる階段とエスカレーターの前、大勢の乗客が倒れて身動きせず」

駿河がいつになく深刻な表情で言った。

「その乗客も、これから襲われる者も、今、我々が即時介入したならば、助けることができます。今なら！」

柴崎が見開いた目をして主張した。

「奥のホーム方向、銃声と女性の悲鳴を確認！　犠牲者増加の見込み！」

駿河が付け加えた。

スマートフォンを手にした南條が話すことになったのは、ベンチの班長、柚木だった。

「ヤン国家主席の警備を担当する赤坂署に立ち上がったL2から、東京駅事案対処のため、今、ウチの先行情報収集班とともに丸の内署に新たに立ち上げるL2へ移動中だ。お前たちは今、どこにいる？」

先に聞いてきたのは柚木だった。

「東海道新幹線の中央改札口前、到着！　キソウ（機動捜査隊）とPM（警察官）が多数配置！　新しい情報は？」

「情報は錯綜している」

南條はもちろんそれを決心した。

「キソウやPMの動きは止まっています。避難誘導と現場固定化のため通信指令センターからの指示を待っていると思われます。このままでは脅威対応の遅れが新たな犠牲者を増やすことになる。即時介入を行う許可を！」

「南條、残念だが、指揮権限はまだ刑事部から警備公安に移行していない」

「そんなことはもはや関係ありません！　自動小銃には、刑事部のＳＩＴの火力では絶対に対応できない！　お分かりのはずです！」

南條が我慢できずに苛立ちを露わにした時、改札口の奥から銃声のような音が複数回聞こえた。

南條は再びマイクを口にあてた。

「改札口の奥で、大勢の乗客が撃たれて倒れており、呻き声を上げている者もいます。そして、銃声と悲鳴がずっと鳴り響いています。もう待てません！　我々による即時介入こそが、死傷者の拡大を防止するための唯一の手段です！」

「分かってる」

柚木が声を絞り出すように言った。

「事態は、一刻の猶予もありません！　分隊のみでの戦術プラン作成、突入の決断――その訓練は散々やってきたじゃありませんか！」

「だから分かってると言ってるじゃないか！　じゃあ、ぶっちゃけ言うがな、本部指揮が腹を括れてないんだ。隊長の判断を仰ぐ」

柚木は一方的に通話を切った。

「本部指揮（警視庁本部総合指揮所）は、この緊急事態にまったく対応できていない」

そう言って舌打ちをした南條は唇を噛んだ。

「代々木公園事案では、速やかな決断があったのになぜです？」

南條の様子から状況を把握した桐生が言った。

「分からん」

南條は、ぶっきらぼうにそう言って顔を左右に振った。

「さっきの銃声の方向から、マルタイの位置は、東海道新幹線のどこかのホーム上である可能性が高い」

南條が言った。それは確信だった。日々の訓練で、銃声の方向から現場の特定を行う訓練を徹底して行ってきたからだ。

「本部指揮の命令を待つんですか？」

羽黒がそう言ってさらに続けた。

「戦術プランや基本方針を上げても、キュウイチ（警視庁）の警備部長から、ゼロサン（警察庁）の警備局長、さらに次長と長官、内閣危機管理監を通して総理もしくは官房長官へと報告が上がり、そしてそれぞれからの示達《じたつ》が下りてくるまで、最低でも、小一時間かかりますよ！」

大きく頷いた南條は、それには敢えて反論せず、隊員たちをさらに間近に近づけさせた。

「本来なら、作戦に必要な現場でのベンチの位置と部隊の秘匿配置の場所の選定、狙撃可能ポイントの有無と秘匿偵察の可能性の可否の判断、現場で収集した被疑者の火力レベルや練度からの戦術プランの作成、保有資機材での対処の可否、応援の必要性、選択可能なオペレーションの提示――それらを行う必要がある」

隊員たちの顔が緊迫したものに変わった。

全員が、オレが何を言おうとしているのか分かっている、と南條は確信した。

「今、そのすべてがない。しかし、我々は即時介入しなければならない。命を救うために！それも絶対にだ。失敗は許されない！」

南條のその言葉に、隊員たちは覚悟の目で応えた。

警視庁本部

警備実施の係長である別府は、部下への命令を矢継ぎ早に行っている途中、別の電話を握って天井を仰ぎ見た。

別府は、総合指揮所の事務局であり、データ処理係員たちが詰める空間へ視線をやりながら怒鳴った。

「早く、東京駅のあらゆる見取り図を二百インチのディスプレイに表示させろ！」

警視庁警備部は、駅のトイレから駅長室までの小さな空間から、各ホームのものまであらゆる見取り図を揃えているからだ。

見取り図の一通りの作業を終えた別府は、今度は、忙しく駆け回る係員をすべて自分の周りに集めた。

「今から東京駅構内の弁当屋、飲食店、さらにデパートやホテルなどすべての施設に電話をかけ、客や従業員の安全を図るための行動を行えとの指示をした上で、事態の推移によっては施設を借りうけることになると要請しろ。さあ、動け！」

係員たちからは、すべての施設の責任者がその要請に二つ返事で応じたとの報告が別府になされた。

別府はさらに別の電話を摑んだ。

「平素からの事業者とのテロ対策パートナーシップという地道な官民一体の努力をすべて生

かせ！　現場付近における部隊拠点や狙撃可能地点の候補箇所を部隊到着時に即座に提供しろ！」

　電話を首に挟んだ別府が警備部の〝島〟を見渡した。

「いいか、分かってるな！　都市災害対策として蓄積されていたノウハウ、例えば、地下街における無線通話の可否、ライフラインにおける共同溝からの侵入、都市部における普段は目に見えない構造の把握、急げ！　警備実施の底力を見せろ！」

　そう言い放った別府は、雛壇のその光景に目を奪われた。

　警視総監をトップとする最高警備本部に格上げされた総合指揮所にいる誰もの視線がそこへ向けられていた。

　誰もの視線が集まっているのは、雛壇の最上席中央に座る警視総監の隣席で、さっきから警察電話に食らいついている橋本警備部長の姿だった。

「それは分かってます。仰る通りです。しかし、事態は、明らかに進行型殺傷事案です！」

　橋本部長が話しているその相手は、年次的に遥かに格上の、警察庁警備局長の杉村《すぎむら》であることは、ここにいる誰もが分かっているはずだ、と別府は思っていた。

「たった今、現場から入った報告では、死傷者が拡大しています。それを最小限に抑えるために必要なことは、ＳＡＴの即時介入しかありません！」

そうまくし立てる橋本部長の隣で、内藤《ないとう》警視総監は、悠然として座り、すべてを任せている風だった。

しばらく相手の言葉に聞き入っていた橋本部長は、ゆっくりと口を開いた。

「手続きを踏んでいる時間はありません」

次の橋本部長の声は押し殺したものとなった。

「どうか私に一任してください」

そして橋本部長は最後に言った。

「私がすべての責任をとります」

誰もが無言のまま、手を止めて、あるいは書類を持ったまま、じっと橋本を凝視した。

静まりかえった総合指揮所の中で橋本が受話器を置いた。

「ＳＡＴ、グリーンだ！」

「了解！」

橋本が語気強く言った。

総合指揮所にいる全員が同じ言葉を一斉に叫んだ。

東京都中央区

改札口の傍らからホーム方向を見つめていた南條のスマートフォンにかかってきたのは、栗竹隊長からの命令だった。

「橋本部長が腹を括られた。グリーンだ！」

栗竹隊長が作戦開始を告げた。

南條の脳裡に、ギャランドゥ姿の橋本部長が浮かんだ。

「警備部長からの下命を伝える。〝直ちに展開し、事案に対処せよ。隊員の受傷等に特段の配慮を行いつつ、迅速に被疑者を制圧せよ〟——以上だ」

「了解です！」

そう言った南條は、隊員たちを振り返ってハイサム（親指を立てる）ポーズを送った。

「制圧基準はどのように？」

南條が訊いた。

栗竹は、本部との取り決め事項を説明した。

「戦術プランはお前に任せる。本部やＬ２とやりとりをしている時間はない」

栗竹がキッパリ言った。

「ただ、やはり、危惧することがあります。指揮系統のことです」

その確認こそ最も重要だ、と南條は思った。

「それについても、橋本警備部長が、総監と、警察庁の警備、刑事の両局長から了解をとられた。代々木公園事案と同様に、お前たちの作戦には誰も絡ませない」

南條はそれを聞いてから、どうしてもそのことに触れなければならない、と決心した。

「実は、警備情報係からの情報ですが――」

「風見管理官から聞いている」

栗竹が言った。

「でしたら、一刻も早く、それら犯人たちの人定を行って――」

「今は余計なことに気を回すな。作戦に集中しろ」

南條の言葉を遮った栗竹がそう窘めてから続けた。

「密入国し潜伏しているとみられる十四名のグループと、今回の犯人が同一かどうかは、現状では不明だ」

わだかまりを抱きながら南條が通話を切った時、真っ先に桐生が尋ねてきた。

「班長、まさか、今回も、例の武装グループが？」

「分からん」

そう答えた南條は隊員たちを見渡した。

「装備だ！」

南條は、両手を叩いて隊員たちを急かした。


南條は、隊員たちを引き連れて、東海道新幹線の中央改札口の自動改札機を乗り越えた。

突然、全員を停止させた南條は、真っ先にそこへ目をやった。

南條の視線の先には、番線表示と、それに合わせた階段が左右に幾つもあった。

南條は、一番手前の〈22〉〈23〉という番線表示に挟まれた階段を指さした。

「まずあそこからだ。脅威を検索する」

そう告げた南條は、身を固くしている月野の顔を見つめた。

「プレッシャーなど感じる暇はないぞ」

その隣で駿河が、ニヤッとした。

「お前は根っから、プレッシャーとは関係ねえか」

南條が呆れた風に言った。

「プレッシャーはもちろんあります。相当なものです」

駿河が続けた。

「ですが、プレッシャーを楽しむくらいじゃないとやってられませんよ」


南條の号令でその階段を駆け上がった南條班の隊員たちは、ホームに踏み出す、その一歩手前で停止した。

そしてまず、防弾ヘルメットを脱いでバラクラバ帽だけとなった駿河が身を隠したまま、階段の外壁の端から、ファイバースコープの一番先にある超小型カメラを外壁の上にそっと伸ばし、ゆっくりと三百六十度、回転させた。

駿河は、ファイバースコープと繋がった、小型ディスプレイに目を落とした。

「〈22〉〈23〉番線ホーム、脅威、なし！」

駿河が小声で報告した。

「よし、隣の、〈24〉〈25〉番線のホームへ向かう」

南條が声を低くしてそう指示した時、駿河が「待て！」と全員の行動を制した。

「〈26〉〈27〉番線ホームで、大勢の人が逃げ惑っています！〈24〉〈25〉番線のホームには車両がないので見通せました。あっ、しかも――」

駿河はそこで言葉を止めた。

「どうした？」

南條が訊いた。

「……ホームの先頭付近に、何人もの男女や子供が倒れ込んでいます」

「よし、〈26〉〈27〉番線ホームの脅威の検索を優先する」

南條は自分を奮い立たせるように言った。

その直後だった。ディスプレイを見つめる桐生の目に、自動小銃を構える男の姿が一瞬、目に入った。

「マルタイ、一名、現認！　〈26〉〈27〉番線ホーム！」

桐生のその報告で、南條の号令を待つまでもなく全員が階段を駆け下りた。

〈26〉と〈27〉の番線表示を手前にして全員を停止させた南條は、全員を自分の近くに集めた。

「オレと、ルイ、ハヤトはこっちの階段から上がる」

南條は、エスカレーターが敷設された左側の階段をハンドサイン風に指さした。

「ショウタ、ナオヤ、ユウキはあの階段からだ」

次に南條が示したのは右側の階段だった。

南條を見つめる全員が力強く頷いた。

五名の覚悟の視線が、自分の体を突き刺すかのように南條には感じられた。

南條は続けた。

「無線符号を統一する」

「〈26〉と〈27〉にのぞみの車両があった場合、〈26〉の車両を〝125〟、〈27〉のそれは〝23〟。進行方向左側の三横列の座席群を〝A席〟、その反対側を〝B席〟とする。また、品川方向を〝前方〟、反対側を〝後方〟と呼称する。また、ひかりの車両があれば――」

南條は、新幹線の各種車両ごとに細かく無線符号を伝えた。

南條は二人の部下を連れて行動を開始した。階段を慎重に、しかし足早に上り、ホームの手前の階段上、〈26〉番線の、のぞみ125号側に近い、左側の外壁の下に身を低くして止まった。

ホームの上には人気《ひとけ》がなかった。ホームも新幹線も全体的にはひっそりとしている。

突然、右側の、〈27〉番線の、のぞみ23号方向から発砲音が二度聞こえた。

二名の部下とともに右手の外壁の下に移動した南條は、防弾ヘルメットを脱ぎ取り、顔を晒さないように、右目だけでそっと〈27〉番線ホームを見通した。

のぞみ23号の八号車のドアから、自動小銃を手にするマスクをした男が姿を見せた。

——マルタイ!?

マスクをした男は何かを抱えている。

マスクをした男の両手からホームの上に何かが投げられた。

——乗客だ！

柴崎が言った。

頭から血を流したスーツ姿の男がホームの上に転がった。

その光景に目が釘付けとなった南條の耳に、さらに八号車付近から五発の連続した銃声があがった。何人もの悲鳴も聞こえた。

「トレインジャック事案です！」

桐生からの無線がイヤホンに入った。

「トレインジャック？」

南條が思わず声を上げた。

「〝23〟の真ん中付近の、八号車、そこで多数の乗客が人質になっています」

桐生が囁き声で報告した。

「八号車、二名のマルタイ、現認！　いずれも自動小銃様のものを所持して乗客を人質にしています」

南條の心はざわめいた。

――ついに、このアサルトが来たか！

しばらくの間《ま》を置いてから南條が口を開いた。

「八号車より後方の車両を目視した限りでは、人の姿はなかった」

「八号車から前方の車両への目視でも誰もいません――」

桐生が報告してきた。

「分かっていると思うが、これからチューブアサルトだ」

緊迫した表情で南條は全員のイヤホンに伝えた。

南條の脳裡に浮かんだのは、いかなる事案でも勇猛果敢に対処するＳＡＴにおいても、このチューブアサルトは、最も困難で危険な事案であるということだ。

しかしもちろん、躊躇する気持ちは一切なかった。チューブアサルト訓練は限界までやり尽くしている。隊員たちもその自信があるはずだ。不安などあり得るはずもない、と南條は確認した。

「班長――」

再び桐生の声が入った。

「自分の位置から八号車は、前方にありますが、その先の七号車に回り込みたいと思います」

桐生がすでに戦術プランを描いていることを南條は想像した。副班長の桐生には、これまでの訓練で戦術プランの作成を徹底してやらせてきたからだ。

「そのためには、このままホームに進入して七号車を目指すと、車内にいるマルタイに気づかれてしまう危険性があります」

「戦術プランがあるんだな？」

南條が訊いた。

「我々は、右側に停車している、〝125〟の車両内を前方へ進み〝125〟の先頭の車両から回り込んで、〝23〟の八号車に接近します」

「分かった。七号車とのデッキで待機しろ」

南條が言った。

「了解！」

桐生が応じた。

「待機が完了したならば報告せよ。そして忘れるな。全隊員の作戦熟知および認識の統一を徹底しろ」

桐生のユニットが、のぞみ125号の先頭に向かってから三分後、南條は緊迫した表情で柴崎と月野に一度頷いた。

意を決してホームに飛び出した南條は、柴崎と月野とともに、階段の外壁をくるっと三百六十度回転した。

腰に巻いたマグポーチからアンダードアスコープを取り出した南條は、外壁の上に少し掲げた。

南條の目に、八号車のドアを音を立てないように開くため、特殊機材を操作している駿河の姿が目に映った。

ＭＰ５をストレートダウンの銃姿勢にした南條たちも、車体にすり寄って身を屈めながら九号車へ急いだ。

そして九号車の後方ドアに辿り着いた時、駿河が使っていたのと同じ機材で、柴崎が自動ドアを音を立てずに開くことに成功した。

「マルタイ、二名、視認」

桐生から情報が寄せられた。

「了解。しかし、それに囚われるな。実際は何名いるか分からない」

八号車と繋がる九号車のデッキに入り、身を隠した南條が続けた。

「犠牲者はさらに増える可能性大だ。一刻の猶予もない。全車両検索の時間もない――」

南條は、柴崎と月野と視線を交わしながら桐生へ無線で指示した。

「L2はまだ立ち上がっていない。本部指揮やベンチに報告する時間もない。しかも、四日前の代々木公園事案と同じく、従来型の〝まず構えてから〟では人命を救えない――」

南條は一旦、言葉を切ってから、さらに低い声で告げた。

「人命を救うため、我々がこの事態に介入する。指揮系統の段階的継承順位通り、オレが指揮官となり、オレの判断でやる」

南條は冷静な雰囲気でそう言ってさらに続けた。

「ショウタ、戦術プランを三十秒で作れ。そして指揮しろ」

南條が桐生に言った。

「すでに考えていました。主力は自分のユニット。班長のユニットは防御に。さらに自分のユニットは、八号車の前方ドア前で待機。班長のユニットは、八号車の後方ドアの前に取り付く――」

桐生がさらに続けた。

「すべてのタイミングを一致させる。エクスプローシブ・ブリーチング（爆破による突破口形成術）で突入、制圧する」

「了解！」

南條は無線に素早く反応し、その背後で、柴崎と月野は目を見開いて力強く頷いた。

「制圧基準としては、状況において、完全制圧。しかし自身の判断とせよ」

桐生の言葉に隊員たちから力強い言葉が打ち返された。

「今更、言うまでもないが、跳弾とクロスファイヤー（同士撃ち）に留意！　さらに――」

桐生が続けようとした時、八号車から銃声が聞こえた。

「――さらに、ペネトレート（発射した弾がターゲットを貫通して自分に当たる）するのか、インペネトレート（ターゲットの体内に留まる）するのか、訓練通りにそのイメージを常に持て」

南條はもう一度、月野と柴崎の瞳を見つめた。

その一分後、最後の秘匿接近を行ったことを示す、マイク部分を、爪で三度叩く音がイヤホンに入った。

南條もまた、八号車の後方のプラグドアの傍らで、腕時計に視線をやった。

プラグドアに爆弾を仕掛けたのは柴崎だった。

南條は、この爆破で、人質の何人かがケガをする可能性があることは理解していた。

マルタイを怯《ひる》ませるために、爆弾にはモンロー効果（爆発の指向性）を施してあるので、ドアの破片のほとんどは車内方向へ飛び散るからだ。

それによって批判されることも想像したし、SATを辞めなければならない事態も覚悟した。

しかしそれでも、南條は人命を救いたかった。

微かに期待が持てたのは、乗客たちはいずれも、マルタイからの命令なのか、頭を低くして伏せていることだった。

南條は、ドアの窓の隅に、今度はポーチから手にしたファイバースコープを伸ばした。

しかし、想像もしない光景があった。

――マルタイの姿がどこにもない……。

南條は思わず唾を飲み込んだ。緊迫した思いでそれを理解した。

――人質の中に紛れ込んでいる！　しかし、もはや躊躇う時間はない！

「時計！　ゴー、ヨン、サン、ニ、イチ、ゴー！」

激しい爆発音とともにプラグドアが車内に向けて吹っ飛んだ。南條たちは、まだ黒煙が濛々と立ちこめる中でも躊躇なく八号車の車内にエントリーすると同時に、フラッシュバンを投げ込んだ。

激しい閃光と爆発音の中で、先頭になって通路を見据えた南條の目にまず飛び込んだのは、五人ほどの男女が折り重なるように俯《うつぶ》せとなり、床の上で身動きしていない光景だった。

しかし南條の思いは長くはそこになかった。南條の目の前には、円柱状の長くて、両端が切れた一本の〝チューブ〟が目の前にある——そのイメージが強烈に脳裡に浮かんだ。

自分たちが行動できるのは、左右の座席の間を走る、この〝チューブ〟だけしかない。この〝チューブ〟を行くしかないのだ。

しかも、二つのユニットが、車両の二つの入り口から向かい合って入って行かなければならず、銃線の重なり合いが発生し、クロスファイヤーの危険性が高い。

特殊部隊の戦術の中でも最も危険な作戦なのだ。

だが、想像をしていなかった光景に、フラッシュバンの煙の中で南條は気づいた。

座席はほとんどが乗客で埋まっていた。

南條に背を向けている数十名の乗客たちは両手を頭にあてて顔を伏せている。

どこからか、子供が泣きじゃくる声が聞こえた。

しかし、やはり、マルタイの姿がどこにもなかった。目の前にいる全員が頭を垂れて座っているのだ。

「マルタイの視認は？」

桐生が、二十メートル先で据銃する南條に骨伝導マイクで囁いた。

「いや、できない」

――まさか見逃したか……。いやそんなはずはない……。

桐生は、すぐにその思いを頭の中から拭い去った。

「この中にいる！」

桐生は確信をもってマイクにそう告げた。

その時だった。桐生の目がそこへ引き寄せられた。

桐生はその座席の位置を肉眼で確認した。

桐生は、ホームに面した、通路側の座席から、一人の男が少しだけ顔を回し、自分がいる方向に目を向けたのを確認した。

――こいつだ！

犯人たちは、人質の自由を奪っている。ゆえに人質は勝手な身動きはできないし、何人もの乗客が撃たれたことで激しい恐怖感によって体が固まっているはずだ。

だから、制圧部隊の動きを常に気にしている者だけがその動きを――。

「マルタイ、一名、現認！　〝A席〟〝前方〟から十列目！」　桐生はそのことを付け加えることも忘れなかった。

「他にも必ずいる！」

そうマイクに告げてから桐生は、〝十列目の通路側の男〟を、MP5にマウント（設置）したダットサイトの中で照準した。

「警察だ！　武器を捨てろ！」

桐生が車内に向けて大声で叫んだ。

〝十列目の通路側の男〟が突然、隣の若い女性を引き寄せて立ち上がった。

構えた自動小銃を女性の側頭部に押し当てようと、その手を動かした。

そのタイミングに桐生は余裕で対処した。

男が完全に据銃するその直前、桐生は、三回、素早く引き金を引いた。

激しい痛みが、桐生の右手の甲を襲った。

据銃を解いてすぐそこへ目をやった。

トリガーワークのための右手にはめたグローブの甲の部分が破れ、出血している。

——自分が射撃した跳弾だ！

しかしその手当てをする余裕はなかった。

桐生は再び据銃した。

男の自動小銃からは一発も発射されることはなかった。

桐生はイメージした。鼻の下から射入した銃弾が小脳をズタズタに破壊した挙げ句、後頭部から突き抜けたことを――。

銃を握っていた男の手はだらんと垂れ、その銃も床に落下した。男は目をカッと見開いたまま、ゆっくりと後方に倒れ込んだ。

前方ドアから桐生たちも車内にエントリーした。

大声で身分を知らしめながらゆっくりと、南條の方へ前進を開始した。

その直後、防弾ヘルメットのライナーを上げていた桐生は、銃弾が空気を切り裂いたのを頬で感じた。訓練でその実感は何度も味わっているから確信があった。今、自分は狙って射撃されたのだ。

そう判断した桐生は急いで射手を探した。すぐにそこへ視線を向けた。前方にある座席と座席の隙間から銃口が自分に向けられている――。

「射撃があった！　〝B席〟〝前方〟マルタイ現認！　直ちに制圧！」

桐生がそう告げた時、その銃口は突然、そこから消えた。桐生と南條のユニットは、可能な限り背を低くしたままの姿勢で、銃口を左右の座席に振り向け、脅威を検索しながら慎重に前へ進んだ。

その一方で、南條が思考を集中させたのは、防御役の自分が何を狙って、どう動けばいいか、どう射撃をすればいいかの判断の前に、マルタイとの距離感だった。二メートル、三メートル、五メートル、と、どの距離ならばマルタイのどこに射撃することができるか。ダッ トサイトから何メートルに照準を合わせるか——。

さらに、動くマルタイの行動を意識しながら、かつ人質に当てずに犯人を撃てる距離感覚——それらはすべて徹底した訓練で身につけていたが、もう一度、そのイメージを頭の中に蘇らせながら、南條は通路という〝チューブ〟を進んだ。

突然だった。〝後方〟の南條たちの先で、〝A席〟から出現した男が〝B席〟に飛び込んだ。

南條がそこへ向かった時、男はさらに〝A席〟へ再び走り込んだ。

「照準！」

南條がそう叫んで銃口を向けた。

マルタイが飛び込んだ〝A席〟から、悲鳴とともに数名の乗客たちが通路に溢れた。

その隙にマルタイは前の座席に飛び移った。

座席に座る乗客たちがさらに通路に溢れた。

マルタイがさらに〝B席〟へ移動した。

そこでもまた乗客たちが通路へと逃げ――。

辺りは大混乱となった。

前後のドアに乗客が押し寄せた。「マルタイ、どこだ！」

南條がマイクに叫んだ。

「確認中！」

桐生が答えた。

乗客をかき分ける南條と、それに続く柴崎と月野は前へ進もうとした。

「下がれ！」桐生が言った。「距離をとれ！」

桐生が危惧したのは、マルタイから引き込まれ、隊員たちが至近距離で銃弾を喰らうことだった。

南條と桐生のユニットは、後ろ歩きでそれぞれのデッキに下がった。

そして、溢れかえる乗客からの圧力を背中で防ぎながら、車内に向かってＭＰ５を据銃した。

デッキに溢れた乗客をすべて排除した桐生が、あらためて車内全体を見渡した時、南條の声が入った。

「〝A席〟〝後方〟マルタイ視認！」

桐生は咄嗟にそこへ目をやった。

座席の背もたれに掛けられている白いシーツを、カラフルなネイルが描かれた何本かの細い指がギュッと摑んでいた。

ところがその指が、一斉にピンと立ち上がり、震え始めた。

「マルタイはそこだ！」桐生がマイクに叫んだ。「防御に入る！」

他の座席にまだ残っている乗客たちと、桐生が指摘したその位置とのそれぞれの距離感と空間を、南條は、３Dイメージで構築した。


南條が重要視したのは、やはりペネトレートした時、インペネトレートした時の、自分と乗客の位置をイメージすることだった。

桐生たち、主力側の射撃でマルタイが撃たれた時、その弾がマルタイの体を貫通して自分たちや人質に当たらない位置、また貫通して跳弾となった時、それが自分たちや人質に当たらない位置、そのことに南條は思考を集中させた。

南條は桐生とタイミングを合わせ、ダットサイトをその座席に照準しながら、タイミングとスピード感を合わせて車内に踏み入った。

その乱射は突然だった。桐生が目指す座席から立ち上がった髭面のマルタイは、四方八方に銃弾を発射しながら通路に出現。さらに射撃を続けて南條に向けて走って来るのが見えた。

幾つもの跳弾が車内に飛び散り、甲高い音が響き渡った。その度に、金属片、木片、コンクリート片が跳ね返ってきた。これらは非常に危険だ、と南條は緊張した。自分たちは防弾ヘルメットのライナーもあるし、その下にはシューティンググラスで目を保護しているが、乗客たちは無防備である。金属片などが吹っ飛んできたら失明するし、体も損傷するからだ。

南條は桐生の位置からすぐには応射撃できないだろうと判断した。

南條はまったく怯まず、動じなかった。立ち向かって来るマルタイに真正面で対峙した。

そして、貫通弾道と跳弾の方向をイメージしながら、自分の位置と乗客の位置とを脳裡で素早く計算して、マルタイの後頭部を照準した。

南條は、マルタイが乱射する、ほんのわずかな隙を突いて、三発、精密射撃を行った。

その一発が眉間に射入し、一発が眼球を貫通、最後の一発が鼻腔に撃ち込まれた。

南條は、最後の一発が小脳を破壊したイメージを抱いた。

グニャッという具合にその場に倒れ込んだマルタイに南條がすぐに駆け寄り、まず、転がった自動小銃を思いっきり蹴り飛ばしてから、プラスチック製の手錠でマルタイを後ろ手に縛った。


「クリア！」

桐生がマイクに怒鳴った。

桐生のユニットは、すべての座席を点検すると同時に、残った乗客たちを車外に避難誘導した。

結局、八号車には他にマルタイはいなかったが、桐生は緊張した表情を崩さなかった。

「よし、全車両、クリアリングを行う！」

桐生と南條ユニット全員で車内に脅威が残っていないかチェックを行った。

一号車から十六号車までの乗客の座席はもちろんのこと、ＪＲ職員から借り受けた鍵を使って、最前部と最後尾の運転席、乗務員室、トイレ、洗面室に至るまで細かく調べ上げた。

全員を集めた南條は、被害を受けた乗客たちの救命措置を急ぐため、前進しているはずのベンチと連絡を取り、現場はコールドゾーン（安全区域）となったので、ＤＭＡＴ（災害派遣医療チーム）の臨場を要請した。

だが、顔に大きな絆創膏を貼り付けた羽黒が興奮した表情で駆け寄った。

「報告があります！」

南條は頷いただけでその先を促した。

「乗客の一人の証言です。二名のマルタイが車両をジャックしていた時、日本語で奇妙な会話をしていたと――」

「会話？　なんだそれ？」

南條は結論を急がせた。

「二人のマルタイは、〝永田町、霞ヶ関のターゲットへの最終作戦は予定通り〟――そう会話していたというんです！」

「何だって！　まだ事態は続くということか！」

桐生が声を上げた。

「しかも、最終作戦――。なんだよそれ……」

駿河の顔が歪んだ。

「同時多発テロだ！」

そう声を上げたのは柴崎だった。

「さらにベンチに報告だ」

南條がそう言うなり無線を摑んだ、その時だった。別のポーチに入れているスマートフォンに着信があることに気づいた。

「繋がったぞ」

いつになく興奮気味の風見の声がいきなり聞こえた。

「代々木公園事案の二人の犯人のうち一人が、密入国者たちが借りたレンタカー会社の防犯カメラに映っていた。もちろん、借りる時の、その瞬間だ」

「では、密入国者たちは、テロリスト、それも組織だった武装グループと断定してもいい、そういうことですね！」

南條は勢いづいて言った。

「そういうことになる。だがな、驚くのはそれだけじゃないんだ。今、捜査本部にも報告したが、密入国者が借りていた、そのレンタカーをエヌ（自動車ナンバー自動読み取りシステム）にかけたところ、重要な事実が判明した」

風見が急いで言った。

「重要な事実？」

「当該のレンタカーは、品川区にある一軒の民家を頻繁に訪れている。その様子から、そこは、アジト、と言ってもいい」

「なら、すぐにその民家の捜索をすべきです」

当然の結論を南條は進言した。

「それがだな、捜査第1課が、警備部に支援を求めている」

「支援？」

「代々木公園事案、そして今日の事案で理解したらしい。このグループには、SATでしか対応できないことを――」

「それについての運用は、総合指揮所で行って頂かないといけません」

南條が言えるのはそのことだけだった。実際、今これから、遊撃配置に入る任務が待っているのだ。

「もちろん、すでに、警備部の参事官が、刑事部と協議に入った」

語気強くそう言った風見が、急に口調を変えて続けた。

「ただ、奇妙なことがあるんだ」

風見が続けた。

「奇妙？」

トッ！

「そのアジトと思われる民家、どうも、女性がひとり住んでいるだけみたいなんだ。それもその女性、スーパーのパートの従業員だとか……。外国の武装グループと関係があるようには到底思えないんだがな……」

――スーパー……パートの仕事……。

南條の脳裡に、突然、一つの顔が浮かんだ。

それは、児童養護施設のみどり園で見せられた写真に写る女性だった。

「その女の名前、何というんです？」

南條はそう聞いてから息を止めた。

「帆足凜子、三十三歳だ」

警視庁本部

「当該民家の中の様子が分からないことから、現場の固定化を維持しながら、容疑者の男たちが出入りするのを待つ」

総合指揮所の銀座側にある幹部室で、捜査第1課の理事官である奥村《おくむら》が提案した。

だがその案に反対意見を口にしたのは大光寺対策官だった。

「もし、家の中から容疑者が出てきたところで対処すると、周辺住民に被害が広がる可能性がある」

真剣な眼差しで見つめる、刑事部幹部を見渡した大光寺対策官がさらに続けた。

「また、家の中に容疑者がいたとしても、こちらの動きには気づいていない今こそ、急襲での効果があります」

「しかし、もし帆足凜子が人質にされていたら、急襲によって混乱した容疑者が殺すかもしれない――」

奥村理事官が異を唱えた。

「今、このタイミング、それが何より重要です」

大光寺対策官は力強くそう言い放った。

「しかし、入って何もなかった、じゃ済まされませんよ」

奥村理事官が大光寺対策官の顔を見据えた。

「その覚悟はできています」

大光寺対策官は、奥村理事官の瞳から目を逸らさずに言い放った。

中央改札口に戻った南條と隊員たちは、そこで銃器をジュラルミンケースに収納し、すべての防弾装備を外してバッグに入れてワッペン姿となり、北側の駐車場に停車しているランドクルーザーへ走った。

八重洲口の前は、膨大な数のパトカー、捜査車両、救急車、消防車、そして機動隊の指揮官車、ゲリラ対策車と輸送車で埋め尽くされていた。

その十分後、首都高速を疾走するランドクルーザーの中では、南條と隊員たちが、帆足凛子宅への家宅捜索における戦術プランの作成に没頭した。

タブレットで、凛子の自宅周辺の地図を見つめていた時、スマートフォンが震えた。

風見からの電話だった。

「何か新しい情報があるんですね？」

南條が興奮を抑えて訊いた。

短時間に、二度も電話をかけてくる理由は、ただのご機嫌伺いではないはずだからだ。

「そうだ。ウチの係の調べから、湯川明日香に関する重要な報告が、たった今、上がってきた」

「何です？」

南條は急いで訊いた。

「明日香は、事件直前、男とラブホテルに出入りしていた、それは前にも言った通りだ。で、オレはお前に、捜査第1課の見立てでは彼女は売春をしていた、そう言った……」

南條は、風見が何を言おうとしているのか分からなかった。

「しかし、その見立てはまったく間違っていた」

風見が低い声でそう言ってさらに続けた。

「まず、係によるラブホテルでの調べによれば、部屋で明日香と一緒になったその男は、防犯カメラに残された映像の解析によって、密入国した計十六名の武装グループの中の一人、それも代々木公園事案の犯人と断定された――」

南條の頭の中で、これまで聞いた、知ったことのすべてが次々と繋がってゆくのをはっきりと自覚した。

「さらに、ウチの奴らがラブホテルの従業員にあたったところ、奇妙なことが分かった」

「奇妙なこと？」

「そうだ。明日香たちがチェックアウトした後に、清掃のため部屋に入った従業員の話によれば、ベッドの乱れ、浴室、飲料とタオルの使用、それらがまったくなかった。さらに言えば、防犯カメラに映った明日香の顔は、眉毛がつり上がるほどに厳しい顔をしていた――」

「つまり、湯川明日香とその男は、情事のためにラブホテルに入ったわけではなかった、と？」

「そういうことだ」

係長はもう一つ付け加えた。

「さらに、その時の彼女の服装が、代々木公園事案で身につけていたものとは違っているんだ」

「服が違う？」

「ああ。お嬢様風の淡いパステル調のかわいいものだった。彼女は、家を出てから、少なくとも二度、着替えていることになる。何でそんなややこしい真似を……」

南條は、その服装についての謎は解けなかったが、少しずつ真実が目の前に出現してくる感覚となった。

「管理官──」

南條は途中で口を噤んだ。先走ってはいけない、と自分を叱ったからだ。

風見はそれを悟ったかのように言った。

「言ってみろ。今、頭の中で思いついたことを──」

南條は覚悟を決めた。今こそその思いを口に出すべきだと──。

「明日香が襲われたのは偶然ではなかった可能性があります」

南條が語気強く言った。

「偶然ではない？」

風見が訝った。

「つまり、最初から明日香だけがターゲットだった――」

南條が言い切った。

「まさか……」

「明日香がターゲットであることを隠すための、進行型殺傷事案を偽装した――」

「バカな！　そのために何人もの人たちを？　あり得ない――」

風見が声を張り上げた。

「しかし、なぜだ？　なぜそう考えた？」

苛立った様子の風見が続けた。

「明日香から繋がってゆくものをマルヒたちは怖れた、その可能性を考えたんです」

南條がそう言ってさらに続けた。

「つまり、武装グループと関連があるのは、湯川明日香ではないんです」

「どういうことだ？」

風見が言った。

「帆足凛子、その女性に繋がることを避けたかった、私はそう思うんです」

南條はキッパリ言った。

「で、その根拠はあるのか？」

風見が急いで聞いた。

「そのためにもお願いがあります。帆足凛子の自宅の家宅捜索をハム（警視庁公安部）にやらせてください」

「容疑は？」

「密入国者を隠匿していた、それです」

風見の低い唸り声が聞こえた。

「なぜ、そこまで、その帆足凛子という女に拘る？」

「確証とまでは言えません。ただ、感触だけです。我々の知らないところで、何かが密かに進行している、そんな気がしてならないんです」

「何かが……」

風見が呟くようにそう言った。

「分かった。ハムをどう説得するか、参事官（警備部ナンバー2）と相談する」

風見との通話を終えた南條は、ひとり様々な思いに浸った。

みどり園で見た二枚の写真。

一枚の写真に写る、体を寄せ合う二人の幼い女の子。

もう一枚の写真の中で、満面の笑みと寂しい笑顔の二人の女性――。

南條は、封じ込めていた湯川明日香に関するすべての思い出を頭の中に解放した。

もちろん真っ先に脳裡に浮かんだのは、あの形相と謎の言葉だった。

〈あなたが……そしして……ころされる……けいしさん……〉

その言葉と、今回の進行型殺傷事案とを結びつけない奴などいないはずだ、と南條は確信した。

可能性という観点から推察すれば、こういうことになるんじゃないかと、南條は自分なりの筋読みを組み立ててみた。

つまり、帆足凜子は、武装グループたちに、アジトとして自分の自宅を提供していた。しかし、凜子の様子がおかしいことに湯川明日香が気づいた。幼い頃から凜子を妹のように可愛がっていた明日香にとって、些細な凜子の変化でも、おかしいと気づいたのだろう。

それで、明日香は、凜子を問い詰めた結果、武装グループの何らかの計画を聞き出した。

そして、明日香は、凜子に、それに加担しないよう説得し、武装グループとの直談判に向かった。その場所として利用したのが、人目につかないラブホテルだった……。

しかし、と南條は思った。

この推察には、大きな問題があった。

スーパーのパート従業員の女性と、外国人武装グループという二つの関係のイメージに余りにもギャップがありすぎるのだ。

自分は、何かを見落としているのか、それとも何か重大なことが視線内に入っていないのか……。

いくつかのわだかまりがあったが、兎にも角にも、帆足凜子宅の強制捜査が決定した。そして南條は栗竹隊長に十分に説明した上で、中国首脳警備の遊撃配置から外れることの了承を得たのである。

「さっそく、捜索先の説明を」

助手席から振り返った南條の表情が厳しいものに変わった。

「この帆足凜子の自宅は――」

頷いた桐生が、タブレット端末に表示された、凜子の自宅の平面図を指さした。

「木造二階建て、モルタル造りです。出入口は、一階の、この玄関と、南側の裏口です。ただ、このリビングからは、窓ガラスを開ければ、簡単に外に出られます」

「二階へは？」

南條が平面図を見つめながら訊いた。

「ここのバルコニーに単梯子《たんばしご》をかければ容易に――」

「なるほど」

頷いた南條は、羽黒に目をやった。

「命令が出たと？」

「そうです。今、警備部長から、大光寺対策官に出動命令が発令され、そこから栗竹隊長に伝えられました」

羽黒が淀みなく報告した。

「L２（現地警備本部）はどこに？」

南條が訊いた。

「凜子のこの自宅から、二キロのところに所轄署があります。そこです。ベンチからも先行情報収集班をすでにL２に送っています。スナイパー班も偵察班も間もなく到着します」

羽黒がそう言い終えた時、柚木からの無線が入った。

「家宅捜索のモトダチは、やはり捜査第1課のままで？」

真っ先に南條が訊いた。

「代々木公園事案の捜査本部がやるんだから当たり前だろ」

柚木のその答えに、南條は思わず舌打ちした。

「ただ、ERTと機動隊の突発部隊で現場を固定化する。警備部としては、刑事事件から公安事件へ転んでもいいように準備はしておく」

柚木はそう続けた。

「えっ？　なぜです？」

南條は熱《いき》り立って続けた。

「さきほど報告しましたように、すでに組織的背景があることが明らかになっているじゃありませんか！　ならば当然、公安事件です！」

「仕方ない。代々木公園事案の捜査本部の指揮だ」

柚木のその言葉に、南條は頭を左右に振った。

「任務を繰り返す。当該民家内に、武装したマルタイが存在する可能性があり、捜査第1課による帆足凜子宅の家宅捜索の支援、つまり事前の安全確認だ」

柚木が言った。

「つまり、オレたちに、ピンポンを押せ、そういうことですね」

駿河が南條の後ろでそう言った。

だが柚木にはそれが聞こえなかったようで、さらに硬い言葉で続けた。

「さらなる進行型殺傷事案の発生が予想される中、密入国の武装グループの一刻も早い検挙、もしくはそれに繋がる資料の入手が最優先事項だ」

「家屋への人の出入りは？」

「現在、所轄署の警備課員が、完全秘匿での視察下に置いているが、今のところいずれもない」

柚木が説明した。

「とにかく、捜査第1課は盛り上がっている。被疑者の人定に繋がるアジトを見つけたと――」

柚木が言った。

「そこまで辿り着いたのは班長のお陰じゃないですか！」

桐生がそう南條の耳元に囁いた。

南條はそれには応えず、真顔のまま柚木に尋ねた。

「肝心なことを確認させてください」

「分かってる」

柚木がそう言ってから続けた。

「〝長久手《ながくて》〟のことだろ？　あの事件の二の舞には絶対にさせない」

南條は、愛知県警ＳＡＴの隊員が殉職した、あの腹立たしい事件を脳裡に蘇らせた。

事件が発生したのは、十数年前の、五月のある平日だった。

愛知県長久手にある民家で、拳銃を所持した一人の男が元妻を人質にして立てこもった。

悲鳴を聞いた住人からの一一〇番通報で駆けつけた交番勤務の警察官に、その犯人の男が玄関口で発砲。身動きできなくなった警察官は数時間にもわたって、救出もされずにその場に放置され続けるという信じがたい事態となった。

そして、その日の夜、愛知県警捜査第1課は、警察官の救出作戦を開始したのだが、「支援」で現場に入っていた愛知県警ＳＡＴの一人の隊員が、犯人が乱射した銃弾に首を撃たれて死亡したのだった。

翌日、マスコミの多くは、首に防弾装備がなかったことを取り上げたが、南條は、それが問題の本質ではないことを桐生を始めとする部下たちとともに理解していた。

「事件直後、お前たちが、同じ二階建ての家を造り上げた上で、パーテーションでそっくりの間取りも設定し、検証訓練を繰り返したことはオレが一番よく知っている」

そう言った柚木はその言葉を付け加えた。

「で、お前たちは、教訓の本質を突き止めた――」

南條が、柚木の言葉を継いだ。

「刑事部が主導していたL2は、まさに〝船頭多くして船山に上る〟状態で、指揮系統も定まらず混乱し、SATを信じがたい配置とした——その杜撰《ずさん》な指揮こそが殉職という結果をもたらしました。ゆえに今回も——」

「長久手の血の教訓で得たものはきちんと生かす」

柚木は、南條の言葉を遮って続けた。

「捜査第1課やSITとは交わらず、SATは独自の戦術を行う——このことは大光寺対策官を通じて刑事部に伝え、応諾させた」

「では？」

南條は拘った。

「SATが行う偵察、狙撃、突入のすべてのオペレーションにおいては、L2に配置する私を含めた警備部だけが指揮する」

そう言い切った柚木は最後にその言葉を告げた。

「戦術プランを作成しろ。急ぎだ」

南條が無線交話を終えた時、まず羽黒が顔を寄せてきた。

「さっき、ちらっとフクハンの言葉が聞こえたんですが、班長に向かって、〝そこまで辿り着いたのは班長のお陰〟ってどういう意味です？」

駿河と柴崎だけでなく月野も興味を示した。

「オレの中だけでの葛藤だったので、桐生以外には言ってなかったが——」

南條は、湯川明日香と帆足凜子について、自分がやってきたこと、葛藤したこと、そのすべてを部下たちの前で吐露した。

「水くさいじゃないですか、班長——」

羽黒が咎めた。

「まったく、くったく、熊次郎ですよ！」

駿河は意味のない言葉を口にした。

「しかし、今となっては重大なことですね！」

柴崎が真剣な眼差しで南條を見つめた。

東京都品川区へ

まず行動を開始したのは、偵察班だった。ストーキング技能（超低速匍《ほ》匐《ふく》前進）を使って帆足凜子宅の外壁に秘匿接近した。

駿河と柴崎は、３Ｄ型のウォール・スルー・レーダー（壁透視装置）を駆使して一階の室内の情報の入手に全力を挙げた。

「一階、クリア！」

駿河が無線で、防弾装甲車にいる南條に伝えてきた。

しかしそれでも南條は安心できなかった。

押し入れやどこかに誰かが潜んでいる可能性は、究極的には消えないからだ。しかも二階内部の情報はほとんどなかった。

「一階、侵入、真っ暗です」

防弾装甲車の中で出動に備えていた南條のイヤホンに、ヘルメットに双眼の暗視ゴーグルをマウント（装着）した駿河からの報告が続いた。

「ＶＥＳ《ヴエス》（振動性音響探知装置）、感知二階、トイレの洗浄音を傍受！」

「熱源探知機、一名、確認！」

家の外から超高感度テレビシステムと音声集積資機材を操作する羽黒からの報告が続いた。

南條は、暗視ゴーグルで帆足凜子宅の全体をぐるっと見渡した。

今では珍しい古民家風の建物は、瓦の一部が剝がれ、玄関周辺の雑草は伸び放題で、メンテナンスを長年していないことが窺えた。

南條のイヤホンに、Ｌ２に陣取るベンチの柚木班長からの声が届いた。

「誘導避難、完了」

二個中隊の機動隊員たちが、帆足凜子の自宅の周囲の民家をかけずり回り、一時、待避するよう丁寧な口調で伝え、実際にその誘導を手際よく行った。

「接近！」

南條は部下たちに、行動開始を骨伝導マイクで告げた。

南條が作成した戦術プランは、ステルス（秘匿）でのエントリーを追求したものだった。

火力を調整したガスバーナーを握った羽黒が、玄関の鍵近くのガラス戸を焼き切り、その穴の中に手を突っ込んでドアを音を立てずにそっと開けた。

そのトーチング・ブリーチングによって、柴崎を先頭にして暗視ゴーグルを装着した、羽黒、月野と南條が続々とエントリーした。

二十秒足らずで一階のクリアリングを行った羽黒たちは、素早く二階への階段を上った。

ただ、途中、幾つかのアクシデントがあった。

リビングの絨毯の上に置かれた灰皿には、山のように吸い殻が積み上げられ、顔を歪ませるようなヤニ臭さが充満し、柴崎は思わず咳き込むところだった。

また、一階のあちこちには、ペットボトルや食べ散らかしたカップ麺が散乱し、その一つを踏みつけた羽黒はバランスを崩して倒れそうになった。

さらに、羽黒が据銃するアサルトライフルの銃身がリビングの棚の上に置かれていた写真立てに触れて落下させてしまった。

全員の動きがしばらく停止し、耳を澄ました。

羽黒が唾を飲み込んだ。

だが、反応する音は聞こえなかった。

慎重に床に手をやった羽黒は、小さな女の子を挟んで笑顔でしゃがみ込んだ両親の姿を写した写真立てを元の位置にそっと戻した。

階段の前に立った羽黒たちは、二階を慎重に観察した。

その後、銃口を階上に向けたままの銃姿勢で柴崎が途中の踊り場まで忍び足で進んで止まった。そして、柴崎が階上を警戒する中、柴崎を追い越した羽黒と月野が二階に到達すると、上がってくる柴崎に対する支援を行い、最後の南條がリアマン（後方警戒員）となって二階に辿り着いた。

梯子を使って二階の窓から合流した駿河と桐生とともに、ひと部屋ずつ慎重にクリアリングを続けた隊員たちの前に存在したのは、最後の一室だった。

平面図を手にした桐生が、そこが寝室だ、と骨伝導マイクに囁いた。

——引きドア、施錠なし。

南條はハンドサインを使って、隊員たちとそれを確認しあった。

柴崎は、ドアの下に、厚さ一ミリ以下のアンダードアスコープを差し入れた。

振り返った柴崎は、南條に向かって小さく頷いた。

柴崎はそっとドアを引いた。

一瞬の動きで柴崎は室内の情報を探った。

柴崎が注目したのは、ベッドの上、掛け布団の緩やかな〝盛り上がり〟だった。

ちょうど人間一人分の大きさだと柴崎は判断した。

南條は背後に向かって親指を立てた。

突入した柴崎は左に展開し、続く羽黒は右側へ飛び込み、さらに駿河、桐生、月野、南條の順に素早くエントリーした。

「オールクリア！」

そう宣言した南條は、室内の灯りをつけてから布団を捲った。

そこで眠っていたのは、三十代半ばと思われる一人の女性だった。

眩《まぶ》しそうに目を開けた女性は、重装備の男たちの姿に気がつくと、布団を抱き締めて悲鳴を上げた。

防弾ヘルメットとバラクラバ帽を脱いだ南條は、穏やかな口調で、自分が警察官であることを告げた。

掛け布団を抱えたままの女性は、ただ体を震わせていた。

「捜索差押許可状です」

南條は一枚の紙を女性の前に掲げた。

「帆足凜子さんですね？」

南條が訊いた。

女性は躊躇いがちに小さく頷いた。

「この家にいた男たちは、今、どこにいますか？」

南條が聞いた。

顔を伏せたままの凜子は激しく頭を振った。

女性と同じ目線になるように、腰を落とした南條がさらに尋ねた。

「こちらに大勢の男たちが住んでいましたね？　彼らは今どこにいますか？」

凜子は目を彷徨わせたまま黙り込んだ。

「その男たちは、殺人事件と関係している可能性があるんです。協力してもらえませんか？」

「…………」

「あなたは、なぜ男たちをここに住まわせたんです？　どうして、国際テロリストに協力するんです？」

「…………」

「帆足凜子さん、男たちは、今日、新幹線を襲いました。多くの犠牲者が出ています。あなたはそんな殺人者に協力しているんですよ」

それでも凜子の口は固く閉ざされたままだった。

「彼らは、次にさらに何かを襲おうとしています。多くの命を救ってください。何を狙っているのか教えてください。お願いします」

熱意を込めた南條のその言葉にも、凜子は俯いたまま口を開こうとはしなかった。

「私は一昨日、みどり園に行ってきました」

南條のその言葉に、凜子は初めて顔を上げて南條を見つめた。

「みどり園でのこと、すべて知りました。あなたと明日香さんが、姉妹のように仲良くしていたと――」

顔を歪ませた凜子は目を固く瞑った。

その目尻からの涙が凜子の手の甲に滴り落ちた。

南條は、みどり園の坂本良子から聞かされた、明日香と凜子がいつも一緒に口にしていた言葉を語り始めた。

「二人で一緒にいる時がとっても楽しいの。こんなに楽しいことは今までなかった。二人はずうっと一緒にいるの。ずうっと、ずうっとこのまま楽しい時間が続くのよ」

頭を垂れた凜子は、涙を流しながら小さい肩を震わせた。

「明日香さんは、あなたがしようとしていることを止めようと必死だった。そうですよね？」

南條がその言葉を投げかけると、凜子は、両手で顔を被い、激しく嗚咽した。

「明日香さんには、小学校二年生の娘さんがいるんです。でも、明日香さんは娘さんに二度と会えない」

「お姉ちゃん……」

そう声を震わせた帆足凜子の泣き声は、やがて絶叫となった。

「あなたがしようとしていたこと、いやしようとしていること、それは何ですか？」

南條がそこまで言った時、後ろから肩を叩かれて見上げると、桐生が顔を歪ませて忙しく目配せしていた。

桐生が何を言いたいのか、南條にはもちろん分かっていた。凜子にそれを尋ねるのは、捜査第1課の仕事であること。また、ＳＡＴの掟《おきて》通りに、いち早くここから撤収しなければならないということを——。

「班長！」

振り向くと、羽黒が緊張した顔を向けていた。

「隣室の和室の天袋《てんぶくろ》、唯一、そこだけまだ潰してません」

「天袋？」

「自分が行きます」

そう言って南條は、寝室のドアの向こうにある通路へ目をやった。

「よし」

南條のその言葉で、羽黒が隣室へ足を向けた、その時だった。

ただ泣くだけで震えていた凜子が、突然、顔を上げた。その顔色は一変していた。

「ダメ！　そこを開けちゃ！」

ベッドから飛び降りた凜子が走り出そうとした。

「何のことだ？」

凜子を抱きかかえてその動きを止めた南條が急いで訊いた。

ハッとした表情をした南條が、「ナオヤ！」と怒鳴った、その直後だった。

隣室で強烈な爆発音があがった。

様々な大量の破片が隣室から通路に噴き出した。

南條と桐生は咄嗟に凜子を押し倒してその上に覆い被さり、駿河と柴崎が素早くＭＰ５を据銃して脅威を探した。

隣室から濛々と通路にあふれ出した黒煙が寝室まで充満し始めた。

慌てて寝室の窓ガラスを開けた駿河は、咳き込む凜子を窓の前に強引に連れていった。

新鮮な空気を帆足凜子に吸わせた駿河は、急いで彼女の全身を目視でチェックした。

「痛いところは？」

駿河が訊いた。

凜子は黙ったまま何の反応もしなかった。

「ナオヤだ！」

南條はそう声を上げながら桐生とともに寝室を飛び出すと、通路から隣室の和室へと素早く飛び込んだ。

充満する黒煙の中でも南條はそれが確認できた。

完全防弾装備の羽黒が、窓際の畳の上に倒れ込んでいる。その傍らの壁には大きなひび割れが見えた。羽黒が、爆圧でこの壁に打ち付けられたことを南條は想像した。

うめき声が聞こえた。

バイタル（生命）系への損傷はない、と南條は確信した。

「組長！」

そう叫んで入ってきた駿河と柴崎が、羽黒に駆け寄ろうとした。

「ユウキ、脅威の検索を優先！」南條が制した。「ルイ、帆足凛子を確保しろ！」

南條は周囲を見渡した。

最初のクリアリングで記憶にあった簞笥《たんす》や鏡台は半壊して横倒しになり、破壊された窓のガラス片が部屋中に散らばっている。

だが、南條が素早く室内を検索したが脅威は存在しなかった。

南條は、Ｌ２に陣取るベンチの柚木班長に、無線で状況を報告してから、初めて羽黒に駆け寄った。

羽黒は起き上がらせようとした南條を身振りで制し、自分で防弾ヘルメットを脱いだ。

南條は、羽黒のバイタルサインをチェックし、脳にダメージがないか、瞳孔の状態も確認した。

そうしておいて、南條は、羽黒の右頰を指さした。

金属の小さな破片が右頬に突き刺さっていることに気づいた羽黒は、バラクラバ帽を脱ぐと、緊急メディカルキットを防弾ベストのポケットから取り出した。

自分で破片を抜き去った羽黒は、緊急圧迫止血包帯のパッチをその傷にあてた後、抗生物質のタブレットを二錠飲み込んだ。

「これで完璧です」

羽黒はそう言って笑った。

だが鼻からは一筋の血が流れている。

南條は隣室から持ってきたティッシュ箱から数枚のティッシュを摑むと、羽黒の鼻の前に差し出した。

「他に体の異常は？」

南條が急いで訊いた。

羽黒は、自分の耳を指さし、聴覚がやられていることを訴えた。

羽黒の全身をくまなくチェックした南條は安堵の溜息をついて、その肩を優しく叩いた。

「班長、素早い撤収を！」

背後から桐生が慌てて言った。

南條はそれを身振りで制してから、顔を上げて室内を見渡し、その一点を見つめた。

爆破点はすぐに分かった。

押し入れ全体がメチャクチャに壊れているが、その上の天袋の破壊の方が激しかった。

寝室から椅子を運んできた南條は、爆発物が炸裂したと思われる天袋の中を覗き込んだ。

真っ先に目がいったのは三台のノート型パソコンの残骸だった。

「班長！」

桐生のその焦った声に、南條は何も応えなかった。

南條の視線はそこに釘付けとなっていた。

引き戸の隅に、焼け焦げたリード線のような部品があることに気づいた南條は、かつて公安機動捜査隊のベテラン捜査員をＳＡＴ本隊に講師として呼び、爆発物の理論と実践という研修を受けた時のことを思い出していた。

椅子から下りた南條が桐生に言った。

「トラップ式のＩＥＤ（即席爆弾）だ」

「トラップ？」

桐生が驚いた表情で言った。

「ああ。それも、ＩＥＤと言っても、マイクロチップも使われていてかなり高性能だ。ただ、火薬の量はそれほど多くはなかった。だから羽黒は助かった。しかしなぜ火薬量を少なくし

た追加説明の内容を思い出した。

桐生の言葉に大きく頷いた南條は、帆足凜子宅に到着した時、ベンチの柚木班長から受けたのか……」

「爆破の目的が証拠隠滅のためだけだとしたら？」

桐生の言葉に大きく頷いた南條は、帆足凜子宅に到着した時、ベンチの柚木班長から受けた追加説明の内容を思い出した。

「所轄員の聞き込みによれば、不審な外国人風の男たちが帆足凜子宅に出入りし始めたのは、代々木公園事案が発生する約三ヶ月ほど前のことだ」

「三ヶ月……」

南條は、湯川明日香のマンションの住民とのやりとりを思い出した。

三浦紗英というあの女性は、幽霊が、二、三ヶ月ほど前から出没している、と語っていた。

武装グループたちは、ここから出撃し、湯川明日香を監視していたのか？

その理由は、自分たちの協力者である帆足凜子を邪魔する、排除すべき相手だったからだろうか……。

もしそうであれば、これまでの認識は間違っていたことになる、と南條はあらためて愕然とした。

やはり代々木公園事案は、単なる進行型殺傷事案ではなかった……。

柚木の説明が続いた。

「複数の男たちが出入りしていたとの証言は多数あったが、その人数については様々な目撃証言があった。それもそのはずで、男たちは二名以上で出入りすることはまったくなく、しかも、いずれの男たちもマスクをして目深に帽子を被るというほぼ同じ格好をしていたので、住民たちは人数を正確にカウントできなかった――」

しかも、帆足凜子にしても、近所の誰もが指摘するのは、〝いつも思い詰めたような暗い表情をして、愛想がまったくない人〟というあまり良くない評判だったとも補足した。

「近所の住民たちのもっぱらの噂は、帆足凜子は毎日、男たちをとっかえひっかえ家に引きずり込んで情事に耽《ふけ》っている――ということだった。家の中で売春でもしてるんじゃないの、と証言した主婦もいた――」

「やはり……」

桐生が、声を絞り出すように続けた。

「凜子の役目は、この自宅を、男たちのアジトとして提供することだった、というわけか……」

頷いた南條が口を開いた。

「明日香は、その事実を何らかの方法で知り、それを止めるよう凜子を必死に説得した。しかし従わない凜子と明日香は激しく揉めた。代々木公園でも、あの時、二人は揉めていたー―」

「ちょっと待ってください、班長！　見方を変えると、男たちにとって、明日香は、自分たちの協力者である凜子の邪魔をするやっかいな存在となった、そういう見方もできます」

「とするとこういうことか？　湯川明日香を排除するため、通り魔的なアクティブ・シューターに扮して偶然を装って襲撃し、同時に凜子を解放した。つまり代々木公園事案は、やはり、明日香を殺すために作為されたものだった……」

桐生が結論を導いた。

「まさか……あれほどの犠牲者を出してまで……」

羽黒の言葉が最後に消え入った。

「だからあの時、オレの手の中で、命の灯火《ともしび》を削ってまで口にした、湯川明日香の言葉は、まさしく、我々にしか対処できない重大事案を、阻止して、と自分に託したということだったんだ……」

南條はしばらく息を吸い込めなかった。

自ら導いた答えの重大性に身が震える思いとなったからだ。

だがそれでも、まだ南條には納得できないことがあった。

「スーパーのパート従業員の女性と、外国人武装グループ……その二つが結びつくことがどうしても納得できない……」

南條は独り言のようにそう口にした。

「しかし、それこそ捜査がやるべきことで――」

「分かってる」

南條は、桐生の言葉を遮った。実際、それよりも優先すべきことが南條にはあった。

「で、これからだ」

南條が隊員たちを見渡した。

「パソコンの残骸から、何かが取り出せるかもしれないし、それより何より、帆足凜子の供述から得られるものこそ、重要だ。捜査第1課の猛者たちの前では、彼女も無言のままではいられないはずだ」

「班長、とにかくこの場は撤収を！」

駿河が慌てて言った。

頷いた南條は、隣室の帆足凜子の元へ駆け寄った。

「もうすぐ、君を保護してくれる刑事さんたちがここにやってくる。ここで待っているんだ。いいね？」

帆足凜子は硬い表情のままだった。

そこへ視線を向けた南條は、しゃがみ込んで手を伸ばした。

指で摘《つま》み上げたのは、一部が焼けた書類の残滓《ざんし》と思われた。

そこには都内のある地点の地図があり、そこに幾つもの数字とラインが引かれている。

しばらく地図を見つめていた南條は、思わず目を見開いた。

新幹線東京駅、霞ケ関、国会議事堂、そして首相官邸の上に、太い赤色のバッテンが書き殴られている――。さらにその紙の裏には、ヤン国家主席の写真があり、その顔の部分にも同じようなバツ印が書き込まれていた。

隣室から全員が集まってきて、南條が手にするものを見つめた。誰もが大きく目を開いて見つめあった。

「これですか！　湯川明日香の、〝阻止して〟〝殺される〟のあの言葉は、今回の東京駅でのテロを警告したもの、そういうことだったんですね！」

羽黒が驚いた表情で訊いた。

「しかし、一つ疑問があります。湯川明日香は、なぜそのことを知っていたんです？」

「それは分からない。しかし、今、気づいたんだが、湯川明日香の、〝殺される〟の次の言葉をもう一度、思い出せ」

南條が言った。

「けいしさん……まさか……ケイシサンイチキュウ……警視３１９……ヤン国家主席の無線符号！」

駿河が目を見開いた。

「そうだ。オレは、湯川明日香の最期の言葉を聞き間違ったんじゃなかった。彼女は、来日間近の中国のヤン国家主席に与えられるケイシ３１９という符号を言おうとして途中で事切れたんだ」

南條はそう言ってひとり頷いた。

「つまり、密入国し、まだ潜んでいた、十四名のうちの、二名が、今回の進行型殺傷事案を？　いや、待てよ……そうか……」

柴崎が呆然とした。

「ヤン国家主席の出発が遅れなかったら、東京駅でのアクティブ・シューティングは……」

そのことに気づいた桐生がさらに続けた。

「東京駅でのテロのターゲットは、ズバリ、ヤン国家主席だった」

「しかしそうなら、十四名すべてが投入されていたんじゃありませんか？」

柴崎が訊いた。

「そこが、この武装グループの巧妙さだ。失敗した時のことを考え、直ちに次の戦術を敢行するために、少人数行動をしている」

南條が言った。

「そうなると、この武装グループは、中国首脳を今後、執拗に狙ってくると？」

羽黒が訊いた。

「しかも、霞ヶ関、永田町への同時多発テロ攻撃も計画されている可能性がある。日本警察を混乱させ、その間隙を縫って、ケイシ319、つまり中国のヤン国家主席の襲撃を成功させるための――」

手にした紙をスマートフォンで撮影した南條が言った。

「撤収！」

羽黒を両脇から抱えた隊員たちとともに一階に下りて裏口から外に出た南條は、近くに停めてあったランドクルーザーに素早く乗り込んだ。

そして、今、南條が入手した新たな情報についての詳細を、栗竹隊長にスマートフォンで伝えた。

警察庁

与田の脳裡に、ついさっき、刑事局捜査第1課内の特殊事犯対応室にリエゾンで送り込んでいる運用係《ウチ》の同僚係長から伝えられた内容が浮かんだ。

「刑事局では、武装グループのターゲットが、中国国家主席であることが確認された」

新幹線テロを行った仲間の武装グループがまだ十二名もいて、ヤン国家主席を狙っている可能性が高い、と判断しているという。

これからいかなる事態が発生するのか、与田は、警戒中のヘリコプターが映す都内の様子が流れる、大型ディスプレイのライブ映像をじっと見つめながらそう思った。

疲れはまったくなかった。しかしそれは、ここ数日、頭も体もずっと緊張したままであるからだ、と自分でも分かっていた。だから、事件が収束したその後で、ガクンとくるかもしれない、とも思った。

——事件が収束？　果たしてそんな日が来るのだろうか……。

「与田係長――」

呼ぶ声がして振り向くと、警視庁のそれよりワンサイズ小さな〝雛壇〟から、警備第2課長の国友が呼びつけているのが分かった。

与田は嫌な予感がした。

さっきから、警視庁がまったく対応しない、とか何とか、国友がブツブツそんなことを言う声がここまで聞こえていたからだ。

与田は溜息が出そうだった。

警視庁に、今、警察庁から電話を入れることは、指揮系統を混乱させるだけだからだ。

「官邸のオペレーションルームに入っている局長から、総理用の資料要請だ。これまでのことを時系列で、よろしく」

国友が言った。

「ではさっそく――」

自分のデスクに戻ろうとした与田の背中に、さらに国友の言葉が投げかけられた。

「一ページに三行。総理はそれ以上、見ようとはされない。さあ、急いで」

頷いた与田は、そんな文字数でどうやって時系列を書けというんだ！　という怒声はもちろん上げることはなかった。

首都高速のランプを目指すランドクルーザーの中で、南條はさっきから黙り込んだままだった。

南條は、ひとつの思いに呪縛されていた。

「本部指揮は腹を決めるべきです！」

南條の後ろで柴崎が腹立たしい口調で続けた。

「珍しく柴崎がまともなことを言うとおり、中国首脳と首都中枢の同時多発テロ、それが武装グループの狙いである可能性が高い以上、それが必然の結論です！」

駿河が軽口を叩きながら賛同した。

「しかも組長がやられたんです！　黙っちゃおれません！」

柴崎が声を張り上げた。

「落ち着け」

桐生が叱った。

「気に食わない」

南條がボソッと言った。

「気に食わない？　何がです？」

駿河が怪訝な表情で訊いた。

「こんなに、早い流れで進んでいることが気に食わない……」

「早い流れ？」

「物事が早く進展し過ぎてないか？」

南條が眉間に皺を寄せて訊いた。

「何を言ってるんです！　班長が、孤軍奮闘、ずっと追い続けてこられたこと、その結果が出たんじゃありませんか！」

桐生が反論した。

「その通りです」

と継いだのは柴崎だった。

「その結果とは、中国の首脳が、この日本で、襲撃されることで起こる、想像を絶する日中のハレーションを防ぐことになったたんです」

「しかし――」南條が続けた。「帆足凜子の本当の役目も分からない……」

「本当の役目？　中国国家主席を狙う武装グループに家をアジトとして利用させていた、それですよ」

柴崎が慌てて言った。

「なら、なぜなんだ？　なぜ、帆足凜子は協力しているんだ？　中国首脳に恨みか？　スーパーのパート従業員がか？」

南條が構わずに続けた。

南條の言葉に応じる者はいなかった。

「班長、しかし、もはや――」

「いいから、言わせろ」

柴崎のその言葉を身振りで制してから南條がさらに続けた。

「普通に考えたら武装グループと帆足凜子は絶対にリンクしない。どうやって繋がったか、その疑問の答えが出ない限り、武装グループの実像がまだ何も見えていないのと同じなんだ！」

隊員たちは、南條の剣幕に言葉が継げなかった。

「つまり、オレたちは、いったい何に対処しなければならないのか、何も分かっていない……」

無線の着信を知らせるブザーが鳴った。栗竹からだ。

「まず、新たな任務を伝える。中国国家主席に対するテロ情勢の発生によって、警戒レベルは引き上げられ、最高警備本部は継続されている」

栗竹が続けた。

「とにかくすごい態勢だ。警視庁の九個機動隊のうち、一個機動隊を予備として残して、八個機動隊のすべてが都心部に投入された。公安部も、ローラー作戦とホテル作業（宿泊者調査）を大規模に開始している。我々としても、ブリーチャー班の一個分隊が、ヤン国家主席の車列の中に遊撃任務として入る。さらに、すべての隊員を、永田町、霞ヶ関と迎賓館周辺に遊撃配置する」

「こちらからの情報がもう反映されたんですか？」

南條が不思議がった。

「それもそうだが、帆足凜子宅で破壊されたと思われていたパソコンの一台を、L2で捜査第1課が操作したところ、幸運にも起動し、ハードディスクからデータを得られた」

栗竹が紙を捲る音が聞こえた。

「その中に、今回の武装グループの一員と思われる男が、犯行声明の練習をしていると思われる動画があったんだ。男が口にしていたのは、中国政府から迫害を受けている中国西部の都市、アスカリア自治区と我々は運命共同体であり云々というもので、最後に日本にも言及し、中国を支援する日本も同罪で、官邸にロケット弾を撃ち込むとかなんとか――」

もはや決まりだな、と南條は思った。

「で、我々は？」

南條が訊いた。

「休め」

栗竹が言った。

南條は、一瞬、自分の耳を疑った。

「今、休め、そう仰いましたか？」

南條が慌てて訊いた。

「頭も体も疲弊しているはずだ」

栗竹が続けた。

「それでは新たなアサルトで十分な力を発揮できない。だから、最低七時間はどこかで休息しろ」

「隊長、お言葉ですが、冗談じゃないです。たとえ、二日、三日寝なくても、アサルトのレベルは落ちません。そのための訓練をしてきたんです」

しばらくの沈黙後、栗竹は言った。

「では、午前と同じ、遊撃に就け」

「了解です。ところで、帆足凜子から何か供述がとれたという話は入っていませんか？」

「帆足凜子は消えた」

「えっ！」

南條が思わず素っ頓狂な声を上げた。

「さきほど、ゼロサン（警察庁）運用係の与田係長から入ってきた情報だ」

「消えた……」

南條の声が上擦った。

「正確に言えば、体の痛みを訴えた帆足凜子を救急車に乗せて搬送中、途中で暴れ、車外へ逃げ出した――」

「警戒のPC（パトカー）は併走していなかったんですか？」

「いたが、そのPCも見失ったようだ」

「クッソ！」

柴崎が毒づいた。

「とにかく、戦術プランを作れ。当該の武装グループが、ヤン国家主席を一気に襲撃するのか、それとも分散して複数の場所で同時多発的にコトを起こしてその混乱に乗じてヤン国家主席を襲うのか、そのいずれにおいても対処できるものを――」

栗竹との話を終えた南條は、今、聞いたばかりの話を隊員たちにすべて説明した。

だが、南條はふと、妙なことにわだかまりを抱いた。

なぜ、帆足凜子は逃げたのか……。

もちろん、銃乱射を行った犯人たちに協力したとする幇助犯《ほうじょはん》として検挙されることから逃れたかったのだろうが、それだけだろうか、と南條はふと思った。

彼女の役割はすでに終わったはずである。十二名の武装グループは地下に潜ったも同然だった。

それとも、彼女の〝役目〟はまだ残っているのだろうか……。

神奈川県箱根町

荘厳とも言うべき竹林に囲まれた空間の、そのさらに奥へと、一台の黒塗り車両がゆっくりと進んでいった。

高さ五メートルはあろうかという、銀色に輝くスチール製の門が、ガラガラという耳障りな音をさせて開いていった。

黒塗り車両は、辺り一面に敷き詰められた玉砂利の中に造られた広い道を行き、最後には、檜造りの玄関の前で音も立てずに停車した。

車両にそっと近づいてきたのは、タイトな黒いワンピース姿の女で、後部ドアを慇懃な雰囲気で開いた後、その傍らに姿勢よく控えた。

降りてきたのは、茶色の地味なカーディガン姿の華奢な体をした一人の女性だった。

恐る恐る地面に足を踏み出した女性は、何度目かの出会いとなる黒いワンピース姿の女に誘われて、天井まで伸びる大きなガラス扉の中へ吸い込まれるように入っていった。

ヒールの音を立てて先を行くワンピース姿の女の後ろから、ほんのささやかなダウンライトに照らされた暗い通路をずっと案内された女性は、そのドアの前に立った。

観音開きの木製のドアが明け放たれた。

女性の目に入ったのは、広大な部屋の中央に置かれた一台のベッドだった。

ベッドの周りは、様々な色が点滅する機械で埋め尽くされ、その中に、呼吸器を付けた白髪の老人が横たわっていた。

先を歩くワンピース姿の女が、老人の耳もとに何かを囁いた。うっすらと目を開けた老人は、少し頭を傾け、ひっそりと佇む女性へと視線を投げかけた。

数本の輸液チューブが挿《さ》し込まれた右腕が徐々に動いた。

ワンピース姿の女に導かれた女性は、老人のもとに歩み寄った。

女性が傍らに立つと、老人は、そのかよわい力で彼女の手を握った。

女性は涙が溢れて止まらなかった。

なぜなら、帆足凜子にとって、この瞬間こそ何年も待ち侘びていたものだったからだ。

東京都千代田区

幾つかの不測事態に対処するため、戦術プランの作成を桐生に託した南條は、隊員たちに断った上で、車内から真紀に電話をかけた。

「大丈夫なのね！」

真紀は真っ先にそう聞いてきた。

「もちろん、ぜんぜん大したことはないさ」

南條はさらっとそう言ってのけた。

「ところで、美玲ちゃんの様子はどうだ？」

南條はずっとそのことが気になっていた。

「相変わらず、あまり口をきいてくれなくて……殻に閉じこもっているような雰囲気も変わらずで……」

沈んだ言葉でそう言った真紀が、声の調子を変えてさらに続けた。

「私、思うんだけど、明日香さんが、まだ小学校低学年の娘に何の連絡もせずに、あんな遅くまで、ひとり家に残していたことが理解できないの。美玲ちゃんをとっても大事にしていたことはあなたも知ってるでしょ？」

南條は何も言えなかった。南條もまた、解決できない謎としてそれが脳裡に引っ掛かっていたからだ。

「それで、今日ね、胡桃にね、美玲ちゃん、またあのことを口にしていたっていうの――」

南條は黙ってその先を待った。

「〝私、お母さんに捨てられた〟って……」

「紙に書いていたあのことか……」

「どうも、事件のあの夜、結局、署員が駆けつけるまで、一晩中、一人でお母さんのことを待ち続けた、その時の辛くて寂しかった、そのショックが今でもあるようなの……だから……」

南條は、真紀のその話に、言葉が継げなかった。

「班長！　総理が官邸を離れ、私邸に行かれるようです」

基幹系無線を聞いていた柴崎が告げた。

「どうしてだ？」

竹藪に囲まれた五階建ての建物を脳裡に浮かべた南條が言った。

「自分には……」

柴崎が目を彷徨わせた。

南條は、スマートフォンを握った。状況の変化があったのならそれをベンチの班長、柚木に確認しようと思ったからだ。

だが自分からかける前に、柚木の着信が入った。

柚木の用件を聞く前に南條が言った。

「どうしてなんです？　なぜ総理は私邸に？　官邸にいれば警備は完璧じゃないですか？」

南條が尋ねた。

「危害告知がネットに流れた。官邸をロケット弾で攻撃する、との内容だ」

「ロケット弾……」

「そういった告知類は珍しくもないが、何しろ、新幹線テロがあったばかりで、かつ同時多発テロの蓋然性が高いという、この現下《げんか》の情勢だ。誰もが敏感に反応した」

「晩餐会はどうなったんです？」

「中止だ。しかも、ヤン国家主席は明日、午前中、帰国することが決まった。それまでの勝負だ」

あることに気づいた南條が訊いた。

「私邸の警備態勢は？　ほとんどの警備力はここに集中したままなんです！」

「それなら大丈夫だ。突発待機の第7機動隊の一個中隊が総理に帯同している。間もなく、総理は私邸に到着されるが、その一個小隊が総理を守る」

「ネットの危害告知以外で、総理に対する具体的な〝情勢〟があるんですかね？」

南條が訝った。

「その〝情勢〟は本部指揮から伝えられていない。政府ＶＩＰは全員、警護を強化しているのでその一環だ。やっぱり主戦場は、迎賓館前、霞ヶ関と永田町だな。しかしすべてガチガチに固め道路も規制している」

柚木は、続けて、官庁街の職員も早期退庁させ、地下鉄の駅も、霞ヶ関から六キロ圏内にあるすべてを間もなく封鎖すると付け加え、最後に、警視庁の八個機動隊だけでなく、神奈川県警、千葉県警、埼玉県警からも機動隊の大部隊を集めて配置し、サミット以上の構えになる、と緊迫した口調で語った。

「SAT本隊とERTも、迎賓館、永田町と霞ヶ関に遊撃配置した。ゼロサン（警察庁）の運用係は、千葉と神奈川のSATに、派遣要請をするか検討に入った」

柚木が硬い口調で説明した。

「ちょっと待ってください！」

南條が声を上げた。

「ASC（全国SAT部隊競技会）などのコンペでは顔を合わせていますが、合同の戦術訓練はやったことがないことを班長はよくご存じじゃないですか！」

「警察庁長官の〝ご裁可〟だ。やるしかねえだろ」

柚木が吐き捨てた。

「いや、それでも、絶対一緒には戦えません。バラバラの任務で活動したとしても指揮系統が混乱しないか心配です」

「とにかく！　南條、お前は、今のユニットを引き連れて、直ちに府中《ふちゅう》へ向かい、総理私邸の近くでキントツ対処の配置につけ」

「えっ、我々は、〝主戦場〟で任務に就けないんですか？　それは納得できません！」

南條は露骨に反発した。

「ガキみたいなことを言うな。これは命令なんだぞ」

柚木が強い言葉で諭した。

「もちろん分かってます。しかし、最初で最後のわがままを言わせてもらえませんか？　この件は自分がずっと追い続けてきたんです。最後まで〝看取らせて〟ください！」

「気持ちは理解している。しかし、総監の元での本部指揮ですでに決まった態勢だ」

「了解しました」

総監の名前を出されれば、南條はもはや受け入れざるを得なかった。

「勝負は、明日の朝まで。都心で決戦だ」

柚木が押し殺した声で言った。

その時だった。南條の脳裡に、なぜか、父の顔が浮かんだ。

あの時、自分は余りにも非力だった。父を救えなかった。

それどころか、父を死に追いやったのは自分の力のなさだった。

しかし今、自分には力がある。

進行型殺傷という残忍な暴力を排除できる力がある。

だから、〝主戦場〟に自分がいないことは、身が裂かれるほど辛いことだった。

警察庁

殺風景な廊下を進みながら、様々なキワモノの情報に接してきた警察庁運用係の係長である与田にしても、さすがに全身が緊張に包まれていた。

与田が向かっていたのは、全国の警備実施、公安警察と外事警察を統括する警察庁警備局の中にあって各課を調整できる筆頭課の、警備企画課だった。

つい今し方、そこで「対策室」というプロジェクトが立ち上がり、与田も会議に参加するよう、警備局長から直々に命じられたのだ。

もちろんその理由を与田は分からないはずもなかった。

事実上、全国ＳＡＴの運用担当である自分こそ、今、日本警察の中で最も必要な存在であることを——。

それにしても、と与田は思わざるを得なかった。

戦後からの長い警察庁警備局の歴史の中でも、「対策室」が設置されたのは、これまでわずか三度しかないことを与田は知っていた。

一度目は北朝鮮対策、二度目はオウム真理教事件、そして三度目は列車妨害事案等情報集約で、今回の「ヤン国家主席に対するテロ対策」なる名称の対策室の設置がどれほどの重大な局面に入っているかを窺わせた。もちろんこの「対策室」の存在は完全に秘匿された。

警備局長を前にして、各課から集まった担当者からの報告は、まず、国際テロ対策課の、山田《やまだ》という統括補佐から始まった。

「以下、外国機関からシェアされた情報を、今回のテロ情勢と関連するものとして注目しています」

会議机を囲む全員からの視線が山田に集まった。

席を立った山田は、映写スクリーンの傍らに立ち、粛々とした雰囲気で報告を続けた。

「一年前、一人の日本人女性と、アフガニスタンのタリバン内の強硬派であり、国際テロ組織アルカイダとも密接なハッカニーネットワークの分派グループ『サーリハ』のリーダーとが、チェコの首都プラハで接触したのが確認され、写真も撮影されました」

ホワイトボードに、その写真がプロジェクターで映し出された。

オープンテラスに置かれた椅子に座る男と、鮮やかな緑色のミニドレスの姿の女とがそこにいた。

「同機関は、この男について――」

山田はレーザーポインターの赤いドットで男の顔を囲んだ。

「昨年、カイロで発生したアクティブ・シューター事件に関与したとして、エジプト治安機関が追及中の武装グループと認定しています。ただ、このサーリハなるグループは、中東の貧しい家庭で暮らす若者をリクルートし、全世界で、暗殺、誘拐、テロをビジネスとして請け負っているとの情報を得ているとも同機関は補足しました。テロの実行犯にされた若者は、殉教すれば家族に大金が与えられる、と教え込まれているようです」

赤いドットは次に女の顔の上で舞った。

「チェコ情報機関がプラハで撮影した写真と警視庁が管理する防犯カメラの映像との照合、さらに顔貌識別解析によって、この女は、原沙耶香《はらさやか》、三十二歳。神奈川県在住で、日本のある会社経営者の個人秘書であることが判明しました」

写真が白髪の老人に切り替わった。

「同経営者の氏名は、沼沢竜太郎《ぬまさわりゅうたろう》。八十五歳。ソミアという名の貿易会社の他に、十五の会社の経営を行い、グループ企業群を形成しています」

山田が続けて説明したところによれば、沼沢は、かつて大手総合商社勤務時、ＵＡＥ（アラブ首長国連邦）の首都、アブダビで長らく支店長を務め、そこで養った人脈を生かし、商社を退職後、中東の王族へビジネスジェットを販売したりリースを行う会社を経営。また、資産管理コンサルティング会社経営も同時に手がけ、石油や天然ガスなどのエネルギーのロビイストとしても活動している——。

「しかし、欧州の複数の治安機関では、中東への兵器バイヤーという、早い話、武器商人という、沼沢竜太郎のもう一つの顔にこそ、長年関心を寄せてきた」

山田が、最初の男女の写真に戻した。

「そしてこの男は、代々木公園事案ならびに新幹線テロを起こした犯人グループの中に含まれる、密入国して潜伏中の、十二名のうちの一人と、今回、断定しました——」

与田は寒気がしてきた。

これからＳＡＴが対峙しなければならないのは、軍事のプロフェッショナルなのだ。

原沙耶香の写真をアップにさせた山田は説明を継続した。

「目下、原沙耶香を視察する中で、密入国している武装グループの早期発見と早期検挙を行うべく、キュウイチ（警視庁）の公安総務課と外事４課を総動員して最優先で追及作業を行っており、併せてテロ計画の実態解明を行っています」

東京都府中市

第7機動隊の本部の駐車場で、ランドクルーザーを降りた南條たちは、当務員（当直）が用意してくれていた防弾仕様となっている濃紺色のトヨタ・ハイエースを改造したゲリラ対策車に乗り込んだ。

二十歳ぐらいに見えるニキビ面の若い当務員は、輸送車や多重無線車はすべて都心部へ出払っている、と身を縮めるようにして説明した。

南條は真っ先に、トッパツ（突発）待機していた第7機動隊の小隊長、三笠《みかさ》警部補と顔をつきあわせ、キントツ発生時の態勢について打ち合わせを始めた。

羽黒が運転するゲリラ対策車が総理私邸の警備を強化するため第7機動隊本部から発進した時、スマートフォンが振動した。

柚木からだった。

三笠に断ってから電話に出た。

「念のためだ。脅威がない今のうちに、私邸警備の戦術プランを作成しろ。分かってるとおり、アサルト部隊ではないSPはお前たちの戦術には絡まない」

「桐生に作らせてます」

南條が即答した。

「さらに言えば、ナナキ（第7機動隊）も予備以外はすべて出動中。所轄署も、大半が都心での避難誘導、交通規制、検問に投入されたまま、まだ戻っていない――」

「それも了解しております」

通話を終えようとした時、柚木が言った。

「待て。実は――」

柚木が一瞬、言い淀んだ。

「お前の部下のことで伝えなければならない、重要なことがある――」

南條は、運転席とは反対側のドアの横で身を隠すようにしてから柚木のその先の言葉に聞き入った。


ゲリラ対策車の後方では駿河が声を上げた。

「この緊張感と頭がヒリヒリするストレス――。痺れますね」

真剣にやれ！　そう言おうとした羽黒が口を噤んだ。駿河の目はカッと見開かれ血走っている。

「プルプル（携帯用ミニトイレ）、ちゃんと持ってきたか？」

月野を振り返った柴崎が聞いた。

「ハイ！　彼女が持たせてくれました！」

「クッ！　のろけてろ！」

柴崎がそう言って鼻で笑った直後、気配がして振り返ると、傍らに、南條が立っていた。

「班長、何か？」

柴崎が怪訝な表情で見上げた。

南條は、一度、俯いて、固く口を閉じ、意を決したように顔を上げた。

「ルイ、琴美さんと綾菜ちゃんが、今日の、新幹線テロ事案で銃撃に遭った――」

妻と娘の名前を呼ばれた柴崎は、目を見開いてゆっくりと立ち上がった。

「も、もう一度、お願いします」

カッと目を見開いた柴崎は、その言葉を南條に投げかけた。

「病院に搬送された負傷者の身元の確認中、ある女性警察官が二人の名前を見つけた。その女性警察官は、お前と同期で、家族のこともよく知っていたらしい――」

柴崎は唾を飲み込んだ。

「そう言えば、今日、綾菜が横浜のお祖父ちゃんのところに行きたいからと……私鉄を利用すると思っていたのに、まさか、ＪＲだったとは……」

柴崎は瞬きを止めた。

突然、南條に顔を近づけた。

「で、どうなんです？　二人は生きてるんでしょうか！」

柴崎は責めるような口調で南條に迫った。

「正直に言うが、琴美さんは軽傷だが、綾菜ちゃんが緊急手術中だ……」

隊員たちが柴崎の元に集まってきた。

「生きているんですね！」

柴崎が拘った。

「これも正直に言うが、綾菜ちゃんの出血が酷く、意識不明の重体となっている」

真っ先に声をかけたのは、組長の羽黒だった。

「お前の意見を尊重する。ここを離れるなら離れるでいい。いいですね、班長――」

南條は頷いてから口を開いた。

「ハッキリ言うが、精神的なダメージがあるなら戦力にならない」

南條が続けた。

「行け。オレが今、決めた」

南條はそう言って、俯く柴崎の肩に手をやって、その瞳を見つめた。

「オレたち班の想いは、綾菜ちゃん、琴美さん、そしてお前と共にある。病院に行ってやれ」

次に柴崎の前に立ったのは桐生だった。

「オレが、ナナキの当務員に言ってやる。車を出してもらえばいい」

「ルイ、後はオレたちに――」

駿河がさらに言いかけた時、柴崎が、「ちょっと待ってください！」と制した。

そして、下を向いて大きく息を吸い込んだ柴崎が、勢いよく顔を上げた。

「自分が行くか行かないかは、娘の状態と何ら関係がありません」

柴崎は、南條の目を真っ直ぐ見据えた。

「柴崎、オレの質問に一つだけ答えろ」

柴崎は力強く頷いた。

「戦えるか？」

一瞬の間を置いてから柴崎は口を開いた。

「戦えます！」

再び、スマートフォンが南條のポケットの中で響き、応答した南條は、短い会話を終えてから柴崎を振り返った。

「ベンチの柚木班長からだ。内藤警視総監から、柴崎に、是非伝えて欲しい、との直々のお言葉を預かった。〝警視庁四万人の想いは、琴美さん、綾菜ちゃんとともにある〟――」

込み上げるものを必死で抑え込むような表情をした柴崎は、深く頭を下げ、両手で南條の手を力強く握った。

「綾菜ちゃんは今、必死に闘っている」

南條のその言葉に、しばらくその手を握ったままにしていた柴崎が、勢いよく顔を上げた。

「任務をやり遂げます！」

そう言い放った柴崎は、南條の手をより一層強く握った。

「よし、戦術プランの作成だ！」

南條が全員を見渡してそう言った時だった。

「娘のためにやる！」

という柴崎の声が背後で聞こえた気がした。

南條は嫌な予感がした。

体の中を突き上げてくる感情に翻弄されることを危惧したからだ。

しかし、振り向いた南條の目に飛び込んだのは、総理私邸の図面に早くも目を落とし、桐生と協議している柴崎の姿だった。その図面は、警備第2課が厳重保管している重要防護施設のファイルに収められているもので、ナナキ本部にファックスで届いたものだった。

　赤色回転警告灯をまき散らす一台のランドクルーザーが、ゲリラ対策車の傍らに滑り込んだ。

　ランドクルーザーの前部ドアが開き、ゴルフバッグのようなケースを肩に担いだ別のユニットの制圧班長、秋山警部補と、隊員の沖田《おきた》巡査長とスポッター（観測手）の佐藤《さとう》巡査長が姿を見せた。

「数年前の部隊再編で、オレたちも突入、制圧をやることになったが、今回はこれ専門だ」

　そう言って秋山はバッグから狙撃銃のアキュラシーＡＷＰを取り出した。

「スナイパー、見参！」

　駿河が軽口をたたいた。

　だが秋山はニコリともせずに南條を見つめて言った。

「配置場所は予め決めている。これだ」

　秋山は無表情のまま一枚の住宅地図を手渡した。

　秋山は、トツの元隊員であることが嘘のように、スナイパーらしい男だ、南條はあらためて思った。

　性格はとにかく我が道をゆくというタイプで、人から何を言われても動じない。ある意味、独善的で、自分の世界に閉じこもる。ひと言で言えば、変わり者、ってやつだ。飲み会でも、トツのように決してはっちゃけず、じっくり話をする。

それでいて、狙撃という超高度な世界で仕事をしているというプライドは強烈だ——。

さらにそこに、偵察班の副班長、高島《たかしま》巡査部長と隊員の黒沢《くろさわ》巡査長がゲリラ対策車に入ってきた。

偵察班の奴らは、大学の工学部を出て警察官に任官し、機動隊に入隊したという変わり種が多いが、これもまた、部隊再編で、突入・制圧の任務もこなすようになっている。

——フルメンバーが揃った！

南條は、スナイパー班と偵察班の面々と力強く握手を交わしながら、自分らしくもなく、体の奥から熱いものが湧いてくるのを自覚した。

スナイパー班の三名は、いずれも無言のまま、しかし真剣な眼差しで、柴崎を慰めるように、その肩を順番に力強く叩いていった。

スナイパー班に代わって柴崎の前に立った、偵察班の副班長、高島は、「綾菜ちゃんは必ず助かる」と口にしてから柴崎を抱き締め、その背後からついてきた黒沢は、ただ無言で柴崎の手を両手で何度も握った。

その一方で、南條は、椅子の上に私邸の平面図を広げ、スナイパーと偵察の隊員たちと共に、警備の戦術プランを作成し始めた。

「警備情報係の風見管理官から、至急、携帯電話で連絡をせよ、との無線連絡がありました」

桐生の言葉に頷いた南條は、スマートフォンを急いで手にした。

受話器の向こうでは怒声や電話の音が渦巻いていた。

風見が総合指揮所にいることが分かった。

「こっちはムチャクチャだ。霞ヶ関、永田町の機動隊や警察官の配備の変更、変更が重なり、大混乱っつうのはまさにこのことだ。今からこれじゃあ、あらたな事案にきちんと対処できるかどうか……」

南條が聞いた。

「最高警備本部の幹部の皆さんの雰囲気はいかがです？」

「さっき、警備実施の別府係長と話したんだが、新幹線テロ事案があったことで、最高幹部室に集まった総監を始めとするお偉方の顔色が一変した、と言っていた。警察庁も含め、幹部たちは、ヤン国家主席への襲撃とともに起きる、国家中枢への同時多発テロを現実の脅威と受け止めている」

南條は、〝主戦場〟にいない自分の姿がやはり我慢できない、と思った。

「だから別府係長、鼻息が荒かったな。〝今こそ警備実施の本領を発揮する！　警備を舐めんなよ！〟って、そりゃ大変な勢いだった」

こんなことを言うのが目的で電話をかけさせたはずはない、と思った南條は黙ってその先の言葉を待った。

「帆足凜子のことを、ウチの部隊にさらに詳しく調べさせた」

風見の口調が変わった。

「是非ともお聞きしたいです」

南條が勢い込んで言った。

「帆足凜子は、一週間前、大久保のインド料理店で、ある女性と接触している。帆足凜子の足取りを追った、防犯カメラの追跡から、その事実が分かった」

「ある女性？」

「その女性は、帆足凜子と食事をした後、駐車場に停めていた自分の車に彼女を乗せた。で、その車のナンバーをもとにエヌで走行記録を遡ったところ、その女性は原沙耶香という名の、ある資産家の個人秘書と判明した」

「資産家？」

「沼沢竜太郎――。一般には余り知られていない。しかし、海外のある世界ではとびきりの有名人らしい。つまり、荒っぽくて、命のやりとりをするデンジャラスな世界でだ」

「その沼沢竜太郎という人物は、武装グループと接点があるというわけですか？」

「警察庁はそうみている。タリバン系の『サーリハ』という、テロリストというよりは犯罪集団だ。中東の貧しい家庭の若者たちをリクルートし、軍事訓練を行い戦士とする。そして殉教すれば家族に大金が与えられると教え込まれている」

「だから簡単に命を投げ出すのか……」

「そうであればすべてがつながる。沼沢竜太郎は海運業にも手を広げており、貨物船も多数保有している」

「それで武器を日本に？」

南條が先んじて言った。

「いや、水際《みずぎわ》対策についてはほぼ完璧な日本の当局が見逃すはずはない」

「では、こういうのはどうです？　海上での荷物の密かな受け渡し、つまり瀬取《せど》りが行われ、小さな漁船などに積み替えられた上で、日本のどこかの税関のない小さな港から違法に搬入するとか——」

南條は、推察を一気にまくし立てた。

「なるほど。警備情報係《ウチ》でタダメシを食ってたわけじゃなかった、ということか」

風見はそう言って笑ったが、すぐに深刻な声となって続けた。

「私が、今、電話をかけさせた理由は、そのサーリハなる武装グループは、相当な数と種類の武器を日本に搬入し、保有している可能性がある、そのことだ」

南條の頭には、なぜか手榴弾の映像が浮かんだ。

「いいか、南條、今回の武装グループは、訓練された戦闘のプロだ」

南條はしばらく黙ったまま、その武装グループの技能のイメージを脳裡に浮かべた。

「今更、私が言うまでもないが、SATは軍ではない。しかし、今、対処しようとしている相手は、まさに軍だ。そのことを忘れるな」

南條は、風見の最後のその言葉に含ませた意味を理解していた。

SATは軍ではないし、人殺し集団でもない。しかし、今から戦う相手は軍そのものだ。ゆえに、これまでの思考を変えて、軍と同様の作戦、戦術プランが要求される、その現実に風見は言及したのだ。

しかし、南條は、風見の言葉には素直に従うことはできない、と内心思った。軍の特殊部隊のように、隊員たちの損耗率を計算した上での作戦などできるはずもないからだ。

「しかしですね、管理官、詳しくは言えませんが、ウチの分隊は、迎賓館、永田町や霞ヶ関の〝主戦場〟からは離れた場所にいるんです。よって、アサルトはそもそもないかと――」

「なら、〝主戦場〟にいる他の部隊に伝えろ。いいな？」

柚木が電話を寄越してきたのは、柴崎の様子を聞くためだった。

「あいつは行けます。大丈夫です」

ゲリラ対策車の外に出てから応じた南條は、不安の欠片《かけら》があることは敢えて口にしなかった。

「お前が言うのなら、安心した」

柚木は安堵したような口ぶりで言った。

「綾菜ちゃんの容態について新しい話は？」

南條が訊いた。

「残念ながらない……」

柚木の溜息が聞こえた。

「ところで、今回の武装グループの動きについて、嫌な予感、があるんです」

南條は、ここに来るまでの車中、ずっとそのことを考えていた。

「今、それを聞いている時間はない」

だが柚木は真剣に受け止めようとはしなかった。

「電話が入った。切る」

柚木との通話を切った南條に、桐生が話しかけた。

「班長が拘っている、嫌な予感、とはなんです？」

「話が上手く出来過ぎじゃないか？」

南條が言った。

「出来過ぎ？」

「考えてもみろ。なぜ、本部指揮は、ヤン国家主席へのテロ情勢が発生したと判断した？」

「分かりきったことです」羽黒が話に入ってきた。「帆足凜子宅で発見された幾つかの証拠によってです」

「証拠？」

南條が言った。

「それは果たして証拠なのか？」

南條が全員を見渡した。

しかし誰も口を開く者はいなかった。

「例えば、羽黒を吹っ飛ばした、あのＩＥＤ……。なぜ火薬量が少なかったのか、ずっと疑問だった」

「それは証拠隠滅のためと？」

桐生が言った。

「武装グループは、爆弾の扱いもプロである以上、確実性を求めるはずだ。にもかかわらず、一台のパソコンのハードディスクが無事に回収できた」

「それで、あの、犯行声明の練習動画を見て、ターゲットが判明した――」

柴崎が、南條の言葉を継いだ。

大きく頷いた南條がさらに続けた。

「しかも、オレが見つけた、一部が焼け焦げた資料――。そこにも、ヤン国家主席がターゲットとなっていることを物語る書き込みがあった――」

南條はもう一度、部下たち全員に目をやった。

「もし、これが、すべてディスインフォメーションだとしたらどうだ？」

「つまり、欺瞞性の高い情報、そういうことですか？」

月野が遠慮がちに言った。

「もしそうであるのなら、注目しなければならないのは、その目的だ」

南條が押し殺した声で言った。

「自然に理解すれば、本当のターゲットを隠す必要があった……」

駿河が呟くように言った。

「今、警視庁の警備力の九十パーセント近くが、たった半径三キロ圏内の都心部に集中配置されている」

機転を利かせて、東京都のマップを表示してくれたタブレット端末を月野から受け取った南條が、そのエリアの上を指でなぞった。

「ここから西のエリア、警備の即応力が余りにも脆弱だ」

南條が指し示したのは、ＪＲ中央線四ツ谷駅から西の広大なエリアだった。

「ただ確証はない」

南條が慎重な口調で付け加えた。

「ここから先は、確証のないオレの勝手な推察だ」

南條は全員の顔を一人ずつ見つめてから口を開いた。

「武装グループの今回の作戦計画は、綿密に立てられた。最初の、湯川明日香を排除するためのアクティブ・シューター事案こそ、彼らにとって予定外のことだったが、計画通りの新幹線テロを敢行した」

南條は隊員たちの反応を確認しながら続けた。

「しかし、新幹線テロそれ自体が目的ではなかった。敢えて日本語を使って乗客に聞こえるように、同時多発テロの計画があることを伝えることで、新幹線テロ事案は、決定的なストラテジーコミュニケーション（戦略的情報発信）となった。つまり、都心部での同時多発テロ発生の蓋然性は極めて高いと、日本警察の幹部の頭に叩き込むことに成功した――」

一気にそうまくし立てた南條の前で、隊員たちは顔を強ばらせたまま身動きもしなかった。

窓際の指揮台に並べている無線機の第8方面基幹系チャンネルに溢れかえる通信指令センターからの緊急配備指示で、事件を認知した府中警察署の当直責任者である生活安全課長が真っ先に頭に浮かべたのは、これは訓練か、という言葉だった。東京駅での大量殺傷事案の発生はもちろん無線モニターで知っている。だが、そこから二十五キロ離れたここは、通信指令センターからの警戒圏内に入っていないことからどこか遠い世界での事件に思えた。しかも、管内にある重要防護施設である総理私邸は今夜は誰もいない予定となっているので尚更だった。

しかし、無線からは指令員の矢継ぎ早の指示が飛んでいる。生活安全課長が覚醒するのにはそう時間がかからなかった。

多数の被害者が出ているとの情報が入っていることから、当直責任者の生活安全課長は、管内十七箇所の交番に詰める最小限の警察官を残してその他を一斉に集める「当務員招集《とうむいんしょうしゅう》」をかけるだけでなく、事案の深刻さを感じて「寮員《りょういん》招集」もかけて警察署ビルの七階で寝泊まりしている独身の地域課警察官全員、六十四名を呼びつけることに躊躇いはなかった。

制服着用の上で拳銃金庫の前に集まってきた寮の警察官たちが回転式拳銃を拳銃入れに納めて帯革に付け右腰に着装する中、生活安全課長が状況を説明したが、殺傷事案の発生ということを口にしたくらいで、ほとんど具体的な中身はなかった。何しろ通信指令センターから送られてくる情報は、男が銃で発砲した、複数の男たちが刃物を振り回している、けが人が多数、何人も死んでいる——などと情報が錯綜し、混乱の極みだったからだ。

しかしそれでも刑事課の宿直責任者である課長代理がすぐにやってきて、ただちに緊急配備態勢をとり、現場《ゲンジョウ》に臨場《りんじょう》して職務質問にあたり犯人を検挙すること、指定の検問場所、交通整理の配置などを立て続けに警察官たちに命じた。

「テッヘル（鉄製ヘルメット）とチタン（防弾盾《たて》）で装備しろ！」

刑事課代理が叫ぶ中、準備ができた者から次々と警察署を飛び出してゆく。だがしばらくすると、警察官たちから悲痛な報告があがってきた。犯人は銃器で撃ちまくっているが、それが拳銃なのか、マシンガンなのかが分からない——。

警視庁本部の通信指令センターを仕切る通信指令官は指揮台の前に立って決断しなければならなかった。銃乱射犯人に、回転式拳銃しか持っていない一般警察官は立ち向かえない。殺されてしまう危険性が高かった。指令官は、〝犯人を検挙し、犯罪を抑え込め〟という意味の制圧指示を頭から切り離し、通行人や住民の避難と誘導にあたれと指示し、そのための道路封鎖も併せて命じた上で、応援部隊の到着を待て、と付け加えた。

東京駅の事件を受けて警視庁本部の総合指揮所が中国首脳警備の特別警備本部から最高警備本部へと移行している中、府中市内での事件発生の第一報が入ったのは、警備第1課の当直からと、総合指揮所の無線担当者からとほぼ同時だった。警視庁本館十七階に詰めていた警備第1課当直は、ドウホウ（通信指令センターからの一斉同時通報が流れる黒電話）の内容を聞いて慌てて総合指揮所に電話を入れ、無線担当者は五十チャンネルのモニターが可能な七十四台の無線のうち自分の目の前に置かれている第8方面の基幹系無線で突然、激しい声が飛び交ったのを聞いて幹部席の前に座っていた警備実施第1係長の別府に急いで状況を告げた。

「8方面系聞け！」

別府はそう叫ぶとマイクを掴み、

「京王線、府中駅前、殺傷事案発生！」

と告げた。

別府は総合指揮所にいる全員との情報共有を図ろうと無線担当者からの言葉を聞きながら報告を続けたが、ここでも情報が混乱し、伝えることができた内容は限られたものとなった。

だがそれでも、別府が「以上です！」と報告を終えると、副総監も含めたそこにいる百八名の者たちが一斉に「了解！」と大声で応じた。


「キントツ発生！」

突然、幾つかの基幹系無線をモニターしていた月野が叫んだ。

「どこでだ？」

南條が訊いた。

「京王線、府中駅周辺です」

南條と隊員たちは思わず顔を見合わせた。

つい今し方、南條が指摘したことが現実になったことに誰もが驚愕の表情を浮かべた。

「ここから目と鼻の先です！」

駿河が声を上げた。

「甲州街道の検問で引っ掛かった車両が逃走し、府中の繁華街へ逃げ込んだ、と指令センターは言っています」

月野が早口で伝えた。

「そいつらの目的はきっとここだ。その前で制圧する！」

隊員たちが急いで準備を開始した。

「マルタイの人数と火力は？」

南條が聞いた。

「不明！」

月野が機敏に答えた。

「マルタイの位置は？」

南條が急いで確認した。

「同じく不明！」

イヤホンにかじりつく月野が報告した。

南條は、無線を握った。呼び出した相手はもちろん、ベンチの柚木班長だった。

「明白な進行型殺傷事案です。即時介入、よろしいですね！　各種の取り決めについては向かう最中に！」

「ちょっと待て」

柚木から意外な言葉が返ってきた。

「待て？　冗談じゃありませんよ！」

南條がストレートに不満をぶつけた。

「本部指揮の中で異論が出ている」

それもまた南條にとっては予想もしない反応だった。

「異論？」

「新幹線テロに対する、我々の即時介入について、ＳＡＴの独断が目に余る、との批判が出ているんだ」

南條は、柚木のその言葉が信じられなかった。

「しかし、それは橋本部長がご決断をされた結果じゃありませんか！」

「制圧までの過程において、ＳＡＴは本部指揮を無視し、多数の市民がいるど真ん中で独断で射撃を行ったと――」

「はっ!?　逆ですよ！　一般人の犠牲を防ぐため、我々は、自分の命を投げ出して介入したんです！」

「オレの言葉じゃない」柚木が遮った。「刑事部のお偉いさん方だ」

「クッソ！」

南條は口から無線を外して一人毒づいた。

「被害拡大中！」

月野が再び報告した。

「8方面系、聴いてください！　犠牲者が増加中です！　我々は介入します！」

南條は、スナイパー班と偵察の隊員たちと頷き合った。

「ここに到着している機動隊一個小隊はここを離れずに！　いいですね！」

南條が柚木に言い放った。

「その運用は、本部の警備実施だ」

「なら直ちに具申してください！　ここを空っぽにすることは絶対にダメです！」


南條が運転するゲリラ対策車は、中央文化センター前との標識がある交差点を右折した。

そして、桜通り、との標識のある道を西に向けて疾走した。

けやき並木通りと標識にある通りに入ったゲリラ対策車は、さらにスピードを上げげた。

「赤信号だ！　甲州街道の手前でフットペダルを踏む！」

南條はフットペダルを踏み、慎重に先へ進んだ。

ライトバンが停車していたが、すぐにまた発進した。

南條はフットペダルを再び踏み込んで、クラクションをずっと鳴らし続けた。

「この先、ヤバイぞ……」

思わずそう言った南條は想像した。この先も、けやき並木通りが続くが、そこは繁華街のど真ん中と言っていい。大勢の市民が、けやき並木通りを行き来しているのだ。

「まだこの時間、あそこは、買い物客や飲食に向かう客でごった返していますよ！」

桐生がそう言ったのに続き、全員がそれぞれ知った情報を言い放った。

しかし、甲州街道を突き抜けて、けやき並木通りをしばらく行き、京王線の高架下に辿り着くと、誰もが愕然とした表情をして黙り込んだ。

歩道の石畳やアスファルトの上に広範囲に、大勢の人が倒れ込んでいた。何人かの体からの出血が血だまりとなって広がっている光景も目に飛び込んだ。

「ユウキ、ナノでレコン！」

南條が、通称「ナノＵＡＶ」と呼ぶ超小型の無人航空機を運用するよう駿河に命じた。この状況を見越して二十分ほど前、ベンチに求めていた使用許可がやっとおりたのだ。

〝ナノ〟とは本来、十億分の一の単位を意味する。だが、二〇二二年六月現在、世界で軍事用に運用されている無人機の中では最小の――一般事務用のボールペンとほぼ同じ短さで、重量にしても約百五十グラム以下という、家庭用テレビのリモコンと同等かそれより軽いことから、製造したノルウェーのメーカーがキャッチフレーズとして〝ナノ〟と名付けていた。

レコン担当である駿河は、ゲリラ対策車のドアを開けると身を乗り出し、腰に括《くく》り付けている小さなマグポーチから、見た目もほんの小さな「ナノＵＡＶ」を取り出すと所要の操作をした後、人差し指と親指で軽く摘み、ふわっと掌の上に浮かせた。

ヘリコプターと同じくメインローターとテールローターによってほとんど音もなく安定した上昇を行う「ナノＵＡＶ」は、駿河が操るリモコンボードからの指示で、高度、百メートル近くで一旦停止してから前進飛行を開始した。

「ナノＵＡＶ」は電池バッテリーにより約九百メートル内の偵察範囲を十五分間飛行可能であり、その間に、勝負をつける、と南條は腹をくくった。

南條を含むユニットのメンバーが「ナノＵＡＶ」のシステムに含まれる小型ディスプレイに顔を寄せた。「ナノＵＡＶ」が上空から撮影するリアルタイムな動画には、人々が放射状に逃げ惑う様子がビジュアル的に認識できた。

「ここです！」

駿河が、ディスプレイの一点を指さした。そこを基点にして放射状に逃げ惑う人々の姿があった。

駿河が動画をアップにした。

二人の男が、長い銃のようなものを掲げて走ってゆく姿をみとめた。

男たちは、けやき並木通りの突き当たりにある、大國魂《おおくにたま》神社を目がけて突進してゆく。

ゲリラ対策車を急がせた南條は、途中で停まらざるを得なかった。

小型トラックが横倒しとなって、ゲリラ対策車の行く手を阻む形となっていた。

だが南條は慌てずにユニット隊員全員を見渡した。

「可能な限り、二列縦隊以上、エッジ（傘型隊形）もしくはダイヤモンド（ひし形隊形）で移動できる場所を選定しろ。ただし隠密行動中はその限りじゃない」

南條が全員を見つめて続けた。

「射撃を受けた時は、バウンティングオーバーウォッチ（交互組支援態勢）ではなく、オーストラリアンピル（各個支援態勢）によるブレイクコンタクト（離脱）を実施しろ」

全員が頷くのを確認してから、

「そして最も重要なことは――」

として南條が最後にそのことを命じた。

「市民との識別だ。新幹線でのチューブアサルトで見た通り、マルタイはここでも私服の可能性が高い。繰り返す、識別しろ！　以上。よし降車！」

　隊員たちにそう命じてゲリラ対策車から飛び出した南條を見て、スナイパー班と南條班の隊員たちも、自分たちの任務を遂行するため駆け出していった。

　南條は、男たちの逆方向へ走ってゆく二人の制服警察官の姿が目に入った。

　南條は、その警察官を捕まえた。

　南條たちの出で立ちを、一瞬、驚いた表情で見つめたが、その意味が分かったのか、警察官はすぐに真顔となった。

「君たちは、早くここの人たちを避難誘導しろ！　そして、甲州街道と、あの神社の前の——」

　南條が指示した。

　警察官は戸惑った。

「府中駅を中心に三キロ圏内を規制するんだ！」

　まさに人々が蜘蛛の子を散らすが如く逃げてゆく中を南條たちは走った。

　けやき並木通りから右折して旧甲州街道を東に入った南條たちは、はっきりとその銃声を聞いた。

顔を見合わせた隊員たちは、その方向へと一斉に走った。

「あの角を曲がれ！」

桐生が荒い息で叫んだ。

大國魂神社東との標識がある最初の信号で左に入った時、南條の目に、自分たちに向かって走ってくる市民の姿が目に飛び込んだ。

南條は、逃げてくる人々から情報を得ようとした。しかし、南條の静止を振り払う者がほとんどで、たとえ足を止めたとしても錯乱状態で話をすることができる状態ではなかった。

その時、また銃声がした。連続した銃声だ。

南條たちは、商業ビル「くるる」が東側にある交差点に到達した。府中駅の西側を見通す広い空間では逃げ惑う人たちで騒然としている。

「あそこです！」

西側を向いた駿河が、もと来たけやき並木通りを指さした。そこから市民が南條たちの方へ逃げてくる。

それらの人々を避けながら走った南條たちは、けやき並木通りに出る直前の、商業ビル「フォーリス」の角の手前で足を止めた。逃げ惑う人たちは、けやき並木通りの右手、北側から押し寄せている。つまりそこにマルタイたちは存在するのだ。

フォーリスの柱から、南條が左目だけを晒し、チラッとけやき並木通りの北側へ目をやった。

北側、五十メートルほど先で、逃げるのに手間取っていたスーツ姿の男性と、有名ブランドのロゴが入った大きな紙袋を持った中年女性がいずれも背後から撃たれてその場に倒れ込んだ。

南條はすぐに顔を引いた。そして、月野が用意していたスマートフォンのマップを見つめ、自分が見た光景と重ね合わせた。

「逃げる人たちの放射上の動線を見た。で、その中心が分かった」

隊員たちが南條に顔を寄せた。

「ここからは、二時の方向。この、けやき並木通りの道路を挟んで反対側、ドラッグストアがある。そこだ。そこにマルタイがいる」

南條は、自分を見つめる全員が力強く頷くのを確認した。

「一刻の猶予もない。オレの判断で決めた」

南條が押し殺した声で言った。

南條は、けやき並木通りの右側を指さした。

「この先、右手に、階段があり、その先に、コンビニがある。そこへ取り付く！」

隊員たちは親指を立ててみせた。

南條はもう一度、顔の半分を晒して、けやき並木通りを偵察した。

南條は、隊員たちに視線を戻した。

「ゴー！」

全員が全速力で走った。激しい銃撃が浴びせかけられた。途中、防弾盾が激しい音を立てた。その勢いで羽黒が膝をついた。だがすぐに身を起こし真っ直ぐ駆けだした。

コンビニエンスストアの中に辿り着いた時、全員がもんどりうって飛び込む形となった。

南條と隊員たちは、ストレートダウンの銃姿勢にしていたそれぞれの銃を咄嗟に据銃し、身を低くした歩行で店内を検索し始めた。

すでに店員や客たちは逃げ出して人気はなかった。

「ショウタ、ナオヤ、レコン（偵察）！」

南條のその言葉で、けやき並木通りを挟んで、ほぼ反対側、ドラッグストアを見通す窓の下、コピー機の傍らに、桐生と羽黒がそっと近づいた、その時だった。

店の奥から人工的な音が聞こえた。

振り返った全員が一斉に、そこへ銃口を向けた。

駿河が、店の奥にあるトイレを全隊員にハンドサインで示した。そこへ駆け寄った隊員たちも、その物音に気づいた。トイレの中から、何かが蠢《うごめ》く音を聞いたのだ。

トイレから少し距離を置いた全員は、左側のドリンク棚と右側のおにぎり棚に分散してドアをダットサイトで照準した上で、トリガーに指をかけた。

アサルトライフルの銃口をドアに向けた南條が、ドリンク棚の前に配置した桐生に向かって力強く頷いた。

「警察だ！　ポリス！　出てこい！　出てこなければ撃つ！」

南條は同じ言葉を英語でも言い放った。

「助けて！」

トイレから、か細い日本語が聞こえた。

「お前は誰だ？」

桐生が素早く訊いた。

「店の……店の者です……」

その声は明らかに震えている。

「よし、両手を頭の後ろで組んで出てこい」

隊員たちが命じた。

ドア鍵が開けられる音がして、薄い青色のコンビニエンスストアの制服を着込んだ一人の男が姿を見せた、その瞬間、桐生は、男に飛びかかって、その腕を握って強引に引き摺り出し、床の上に俯せで倒した。うめき声を上げる男には構わず、桐生は、全身の身体検査をした後、プラスチック製の簡易手錠で男の手を後ろ手に縛った。その背後では、羽黒が店内の検索を行っていた。

男の傍らにしゃがみ込んだ南條は、男の髪の毛を摑んで乱暴に顔を上げると、制服の胸ポケットに留められた身分証明書の写真と見比べた。

店員の両肩を抱いて身を起こさせた南條は、その顔を覗き込むようにして訊いた。

「他の店員は逃げたんだな？」

顔面を蒼白にした店員は、全身を震わせながら小さく頷いた。南條が店員の顔を観察すると、その目は彷徨って、どこにも焦点を当てていなかった。

「何が起こったか、説明してくれ」

南條が訊いた。

しばらくの間を置いてから、店員は口を開いた。

「突然でした……まず、音が聞こえ……乾いた破裂音が……数回、聞こえた……次に悲鳴が上がりました……目の前の通りを大勢の人が駅方向へ逃げていった……」

「犯人は見たか？」

桐生が尋ねた。

店員は顔を左右に激しく振って俯いた。

南條を見つめた桐生は、こいつはどうしようもない、といった風に小さく顔を振った。

「君は、さっきのようにトイレに隠れてろ」

そう言い含めて顔を上げた南條は、部下たちの位置を確認した。

月野は誰の指示を待つこともなく、レジ台の向こうに回り込んで入り口方向の防御を固めていた。

駿河と柴崎は、半身を折るようにして再び窓に接近し、コピー機と窓の隙間から、単眼鏡を使ってドラッグストアを偵察している。

通りには、夥《おびただ》しい数の人が倒れ込んで身動きしていなかった。運転手を失った乗用車、宅配業者の車やタクシーがそれぞれ衝突したのか、縦向きや横向きとなって道路上に放置されている――。

レジ奥の調理室に隊員たちを集めた南條は、まず桐生を見つめた。

「ショウタ、戦術プラン！」

ポケットから取り出した白紙を床に広げた桐生は、急いでペンを走らせた。

「シンプルな戦術プランだ！」

南條が声をかけた。

「しかし、スナイパーや偵察との連携がまだ――」

桐生が言い淀んだ。

「待てない！」

紙にペンを走らせる桐生の姿を南條は見下ろした。

桐生が二分で完成させた戦術プランを書き殴った紙を手にした南條は力強く頷いた。

桐生に向けて南條は親指を立てた。

「二分後、突入！」

南條が言い渡した。

最後に隊員たちとの通信確認を行った南條は、コンビニエンスストアの自動ドアの脇に、南條を先頭にして縦一列で並び、出撃するタイミングについて全員と意思統一を図った。

「お前たちは、マルタイが出現する可能性が高い、あの、ドラッグストアに対し、直接射撃によるマルタイの行動抑止をせよ」

隊員たちが力強く頷いた。

「オレたちは、カバーリングのもと、二時の方向、宅配業者のクイックデリバリー車を遮蔽物とするため、二秒で接近する」

南條はそう言って柴崎と月野を見つめた。二人とも覚悟の目をしている、南條はそう思った。

「次に、ショウタ、ナオヤ、ユウキ、クイックデリバリー車の右隣、白いタウンエースを遮蔽物とし、同じく二秒で接近せよ」

南條はそう命じてから、全員の顔を見渡して冷静な口調で言った。

「いつも通りに行こう。いつもの訓練通りだ」

輝く全員の目を確認した南條は、その言葉を発した。

「オレがいる。一緒にいる」

力強く頷く全員の中で、瞬きを止めたままの月野に南條は気づいた。

「オレがともにいる」

月野は真剣な眼差しで頷いた。

「カウント、ゴー、ヨン、サン、ニ、イチ、ゴー！」

三十キロ近い防弾装備を身につけ、アサルトライフルを据銃した全員の飛び出しは同時だった。そして桐生が作成した通り、すぐに二つの分隊に分かれた。

防弾盾を構えた南條と体を密着しながら縦一列となったのは柴崎と月野の分隊であり、桐生の元で同様に連なったのは羽黒と駿河の分隊だった。それぞれの分隊は、逆V字形の頂点を南條と桐生が先頭とした二つの隊形で進み、片方のタイヤを歩道に乗り上げている宅配業者のトヨタ、クイックデリバリー車と、すべてのドアが開け放たれた白いタウンエースへとそれぞれが接近を試みた。

南條は移動速度に拘った。精密射撃が可能な速度が必要だった。南條は隊員たちを振り返るまでもない、と思った。互いの距離も全員が分かっていて、連携ができる、目視できる距離を開けているはずだからだ。

接近中、射撃音が鳴り響いた。

南條は、走る速度を上げた。音からその方向を特定する能力は訓練で身につけていたので南條には自信があった。

「フロントコンタクト！」

クイックデリバリー車の後方に辿り着いた南條は、ついに交戦が開始したことを骨伝導マイクに言った。

ほぼ同時に、タウンエースの背後に到達した、もう一つの分隊を仕切る桐生と交信を行い、行動統一を確認した。

南條はふと首を振った。月野のことは常に関心を寄せたかったからだ。

だがその月野は、クイックデリバリー車のリアドアへ視線を投げかけたまま身動きしていなかった。南條が素早く様子を探ると、開け放たれたリアドアから、首から胸を血だらけにしてうめき声を上げる宅配員が、月野に向かって手を伸ばして助けを求めていた。

「ハヤト、脅威の排除が優先だ!」

南條が強い口調で言った。

だが月野は応えなかった。

「ハヤト!」

南條は、月野のアサルトスーツの襟首を摑んで強引に引き寄せた。

「イケます! 脅威の排除、最優先!」

月野はそう言って宅配員から視線を外し、車の角へ顔を近づけて偵察を開始した。

南條がその姿を見届けた直後だった。ドラッグストア右側から、クイックデリバリー車とタウンエースに向けて激しい連続射撃が行われた。

南條は、車体の角に当てた、防弾盾にはめ込まれた小さな覗き口から、マルタイの銃口からのマズルフラッシュ(火炎)が上がるのを目視で確認した。だがマルタイの姿は見えない——。

「マルタイ、一名、店舗、二時の方向、セールののぼり旗付近に存在!」

南條が全員に伝えた。

「カバーリング！」

桐生からのその声と同時に、彼の分隊から援護射撃が、連射された。

――マルタイからの射線が変わった！　桐生たちの方向へと変わったのだ。

南條はそのタイミングを逃さなかった。

「ムービング！」

南條は、骨伝導マイクにそう告げたのと同時に、右手にハンドガン（自動式拳銃）を据銃し、左手で防弾盾を構えながら、柴崎と月野を従えてクイックデリバリー車から飛び出し、さらに近い、黒い日産のエルグランドへ向けて駆けだした。南條たちがエルグランドの後方に飛び込んだのと同時に、マルタイからの銃弾が車体に激しく撃ちつけられた。

南條が車体の端からクイック・ピークした時、ドラッグストアの左側の、トイレットペーパーを積んだ棚の奥からマズルフラッシュを視認した。

「マルタイ二人目、店舗左側に存在！」

南條は戦術プラン通りの動きを急いだ。

「カバーリング！」

マイクにそう叫んだ南條は、柴崎と月野とともに、ドラッグストアののぼり旗付近へ射撃を行った。

「ムービング！」

イヤホンに入った桐生のその声と同時に、羽黒と駿河とを引き連れた桐生がタウンエースから飛び出し、ホンダのフリードまで全速力で前進した。

フリードまでの十メートルを走り抜ける桐生たちの後方で、放たれた銃弾によってアスファルトが連続して粉砕していった。

フリードの後方に到着した桐生たちの姿を確認した南條は、躊躇なくその決意を行った。部下の何名かは被弾してしまうかもしれない。しかし、それでも、これ以上の犠牲者を出してはならない！

「コンタクト！」

南條が桐生にそう告げると、同じ言葉がすぐにイヤホンに打ち返された。

南條は、柴崎と月野、そして桐生の分隊にその言葉を言い放った。

「オーバーザブリーチングポイントせよ！（突入ポイントへ取り付け！）」

南條からの、その同時接近開始の号令によって、隊員たちがそれぞれの遮蔽物から飛び出して、ドラッグストアの左右の入り口脇へと一気に移動した。

店先で横倒しになっている、遮蔽物となりそうな大型トラックまであと一メートルとなった、その時だった。

柴崎の全身が、南條の真横でぶっ飛んだ。そして仰向けとなってアスファルトの上に激しく打ち付けられた。反射的に体が動いた南條と月野は、柴崎の両足を必死に摑み、すでに遮蔽物の中にいる自分たちの場所へと一気に引き摺り込んだ。

南條は慌てて柴崎の様子を見た。柴崎は両目を激しく瞬かせていた。しかしすぐに身を起こすと、防弾ヘルメットと、その下に被るバラクラバ帽を一気に脱ぎ取った。柴崎は、頭髪を掻きむしってからその手を見つめた。南條は、その動きの意味を理解した。柴崎は頭部に被弾したのだ。だから、出血の有無を確認している――。

だが、柴崎の掌には、出血の痕跡は見当たらなかった。

柴崎は急いで防弾ヘルメットを手にとって前後左右にして凝視している。柴崎は、防弾ヘルメットの右横を南條に指さして見せた。南條が覗き込むと、そこには、直径一センチほどの窪みができていた。

南條は、柴崎の肩を引き寄せた。二つの瞼《まぶた》を強引にこじ開けて脳の状態を確認した。異常な所見はなかった。南條は、作戦を継続できるかをハンドサインで柴崎に尋ねた。バラクラバ帽と防弾ヘルメットを被り直した柴崎は、力強く親指を立ててみせた。

南條は骨伝導マイクに言った。

「右、ショウタのユニット、左はオレたち！　だがマルタイは二名とは限らない！」

南條は、桐生の分隊を視界の隅で追っていた。常にタイミングを合わせるためだ。流れは一体でなければならない――。

その時、南條は、レジコーナーの後ろに小さいドアがあることに気づいた。しかも、レジコーナーへの動線には障害物はなさそうだ――。

「ショウタ、十時方向、レジの後ろ、あのドア、外に出られる。店の裏側に回り込め！」

踵を返した桐生の分隊は、一旦、引き下がって店の左側に回り込んだ。

南條がふと店の奥へ視線をやった時だった。様々なものが舞い上がっている中、小さな楕円形の物体が放物線を描いてこちらに飛んで来るのが分かった。

南條は咄嗟に叫んだ。

「手榴弾！」

骨伝導マイクにそう叫ぶと同時に、防弾盾を放り出し、防弾ヘルメットの隙間から両手を入れて耳を塞ぎ、床に多数散乱するドラッグストアの商品の中に身を投じた。

強烈な爆発音と同時に、激しい爆力によって一瞬、南條は体ごと宙に浮き、そのまま後ろの商品棚に全身が叩きつけられた。

床に転がって苦悶の表情を浮かべる南條が咄嗟にやったことは、自分の両手の指に欠損がないか、二の腕が負傷していないかをチェックすることだった。それらに重大な損傷があれば射撃ができない。銃器部隊である自分たちにとってそれは極めて重要なことだからだ。

南條からして二時の方向、想像もしないその角度から、突然、マルタイが出現した。

マルタイは、月野に向かって突進しながら射撃した。

身をかわした月野が照準し、射撃した。

だが弾が出なかった。

月野は驚愕の表情で自分のアサルトライフルへ目をやった。

南條はその原因がすぐに分かった。

射撃の時に、ハンドガード（銃身を被う部位）ではなく、弾倉を握ったため、弾倉のリリースボタンを指で引っかけて弾詰まりが起きたのだ。

――訓練であれほど言ったのに！

もちろんそんなことを言っている暇はなかった。

アサルトライフルを捨てた月野が、咄嗟にハンドガンを握ったその直後、正体不明の男が飛びかかった。揉みくちゃになって転がるその間、男は自動小銃の銃弾を月野の腕に連射で撃ち込んだ。

その直後、男は背後に吹っ飛んだ。アサルトライフルを据銃した駿河と柴崎が男の顔に集弾させた結果だった。

倒れ込んだ男の銃器を柴崎が足で蹴り飛ばす中、壁に体をもたせかけて座り込んだままの月野に南條が駆け寄った。

――ハヤト！

そう叫んだつもりだった。だがその声は出なかった。南條の目はまずそこへいった。南條はさすがにそれ以上、言葉が出なかった。

月野の右手は、ぐちゃぐちゃとなった――南條の頭に浮かんだのはその言葉だった。

月野の右手は、肘から不自然に曲がり、そこから尺骨《しやつこつ》（長い骨）と橈骨《とうこつ》（短い骨）の二つの白い骨が五センチ以上も外に飛び出していた。月野は、大きく口を開けたまま、瞬きを止めて自分のその右手を見つめていた。

「ハヤト、大丈夫だ！　腕がなくなったたって死なない！」

南條は月野の防弾ヘルメットとバラクラバ帽を取ってやった。

月野はカッと見開いた目で天井を見つめ、必死に空気を取り込もうとして大きく口を開け閉めしている。

南條は力強い言葉を月野に投げかけた。

「止血する！　それで助かる！」

南條は、自分の防弾ベストのポケットの中から緊急圧迫止血包帯を取り出した。

「お前、結婚するんだろ！　生き抜くことを諦めるな！　手がなくたって死なない！」

　突然の物音で南條は背後を振り返った。

　――自分との距離、三メートル！

　マルタイの自動小銃が完全に自分を照準したことに南條は気づいた。

　南條は、右手一本で、吊り紐で首からぶら下げたアサルトライフルを握り、アサルトスーツの一部を使ってスライドを引いて弾倉からの弾を装塡し、ダットサイトを覗く間もなく、ポイントシューティングでマルタイの顔面に向け連射した。

　柴崎を呼び寄せた南條は、店の奥へと急がせた。

　隊形を維持したまま従業員用ドアの手前まで駆け抜けた南條と柴崎はそこで立ち止まった。

　柴崎が、ドアの形状を確認してから、慎重にノブを回してドアをわずかに引いた。中をクイック・ピークした柴崎は、そのまま南條とエントリーし、狭い倉庫内を足早に抜けて外に出るドアの前に達した。

　飛び出す決意をした南條は、柴崎の表情を窺った。仲間の悲惨な状態にショックを受け、自分もあのように――と恐怖を感じていても仕方がないと南條は思っていた。

　南條は、柴崎を自分の元に呼び寄せた。

　そして柴崎の肩を抱いて強く引き寄せた。

「今、事態は、サバイバルだ！　サバイバルの意志を持て！　オレたちは死なない！　生きて、いつも通りに帰る！」

「了解！」

同時にそう応えた柴崎も、南條の肩に手を回してぐっと引き寄せた。

「〝眠りの闇に静かに入ってはいけない。怒れ、消えゆく明かりに怒れ、つまり死に対して怒れ！〟――オレがずっと言ってきた言葉を思い出せ！」

そう言って南條はもう一度、柴崎の肩をぎゅっと握った。

南條は、店の外へ視線を向けた。

銃声は散発的に続いている。

南條は焦った。桐生の分隊が窮地に陥っていることを心配した。

再びドアを開けた柴崎のクイック・ピークに続いて、南條が淀みない動きで店の外に飛び出た。

南條と柴崎はバックトゥーバック（背中どうしを合わせる）となった。南條がポイントマン（先頭）として周囲を警戒し、そこに背中を密着させて後方警戒する柴崎が続いた。

狭い路地に出た南條たちは、けやき並木通りの手前まで戻ってあらためて左右を見渡した。

銃声が上がった。南條たちは慌てて左へと走り、信用金庫の前で停止した。

「イチよりニ、現在地は？」

南條が骨伝導マイクで桐生を呼んだ。

応答がなかった。

「ショウタ」

南條は冷静に続けた。

それでも桐生からの返答がない。

「ショウタ！」

南條は冷静に繰り返した。

「ニよりイチ、ドコモショップ、一階、マルタイと交戦中！」

南條は、周囲五百四十度を警戒しながら、後方へアサルトライフルを向ける柴崎と再びバックトゥーバックとなって、けやき並木通りに面したビルの角を躊躇なく左折した。

「我々がカバーリングを行う」

南條は柴崎にそう指示してから、同じことを桐生にも伝え、タイミングを合わせることを示し合わせた。

「カバーリング！」

南條の号令によって、フルバースト（連射）による直接射撃が開始された。

「ムービング！」

マイクにそう叫んだ桐生は、羽黒と駿河を引き連れてトヨタのミニバン、シエンタから離脱し、全速力で南條の方向へ向かい、その途中で、カラオケ店の中に飛び込んだ。

マルタイ方向からの激しい射撃で、南條たちは一旦、信用金庫のATMコーナーに隠れた。

その直後、車のエンジン音が南條の耳に聞こえた。現場周辺では、もはや車も人もいないはずである。ということはつまり――。

「ニからイチ、マルタイ、二名、タクシーを奪取！」

桐生からの報告を聞いた南條は咄嗟に、ATMコーナーから外に出て、つい今し方マルタイがいた、そのエリアへ視線をやった。

南條は、一番近くにある宅配業者のクイックデリバリー車に走った。

真っ先に運転席のドアを開けたのは柴崎だった。

ドアを開いたその途端、柴崎の体が固まった。

上半身を血だらけにした、女性の宅配員が柴崎の体に覆い被さってきて、その重さで柴崎はそのまま地面に倒れ込んだ。

柴崎の腹の上で女性は低いうめき声をあげていた。南條が、女性の体を剝がして、柴崎の腕を握って強引に立たせた。柴崎は、苦悶する女性を見下ろしながら体を硬直させたままだった。

南條は、柴崎の胸ぐらを摑んで自分の顔に引き寄せた。

「ルイ、追え！」

「了解！」

我に返ったように柴崎は語気強く言った。

クイックデリバリー車には鍵が付いたままで、かつエンジンも駆動していた。南條は、女性の宅配員とリアドアの中に横たわる宅配員の男とを安全な場所に移してから車に乗り込んで、柴崎に発進を命じた。

急発進したクイックデリバリー車よりも、どこからか調達したのか、桐生たちを乗せたプリウスが先行した。

その時、南條は初めて気づいた。ハンドルを握る柴崎の右手上腕が出血しているのだ。

「被弾か？」

南條は慌てて訊いた。

「大丈夫です！」

柴崎は語気強くそう言ったが、南條は、念のために持ってきたナイフでアサルトスーツを切り裂いて射入痕と射出痕を見つけると、緊急圧迫止血包帯のパッチを取り出して急いであてた。

「皆殺しにしてやる！」

その言葉に驚いた南條が柴崎を見つめた。

バラクラバ帽を被っているので表情は分からなかったが、柴崎の目に、別の感情があることに南條は気づいた。

南條は危惧を抱いた。もし、コイツが、家族を傷つけられたことで激しい怒りにまみれ、冷静さを失っているとすれば、コイツは、間違いなく、死ぬ――。

「感情を抑えろ」

南條が窘めた。

「分かってます！」

苛立った風に柴崎が応えた。

「怒りに喰い殺されるな」

柴崎が黙り込んだ。

「頑張った娘が目を覚ましたら、夫婦揃っての笑顔を見せてやるんだ」

瞳を潤ませた柴崎が、小刻みに頷いた。

「分かりました」

大きく息を吸い込んだ柴崎が神妙に言った。

ハンドガンからアサルトライフルに切り替えていた南條は、一旦、銃をストレートダウンにした。ある戦術プランが脳裡に浮かんだからだ。

七十メートルほど先の、けやき並木通りの上を走る京王線の高架を見据えながら南條はそれを桐生に伝達した。

威勢のいい声が桐生から打ち返された。

「ショウタ、カバーしろ！　十一時方向、高架のすぐ手前、コインパーキングに入る！」

桐生の合図を聞いた上で南條が言った。

「ムービング!!」

南條は、クイックデリバリー車の陰から柴崎を連れて飛び出し、桐生たちが一段と激しい射撃をする中、コインパーキングへの到達に成功した。柴崎が身も軽く、駐車中の車の天井に駆け上った。そしてそこから手が届くビルの窓ガラスをアサルトライフルの銃口でたたき割ると、ケガも重い防弾装備もものともせず、懸垂連続二百回というY部隊ナンバーワンを誇る通り、たった一回の懸垂でその窓から中へと侵入した。柴崎の前のナンバーワン記録を持っていた南條も、素早い懸垂で続いた。

二人が入ったところは女子トイレで、化粧台の鏡の前に立っていた二人の女性は悲鳴も上げずに呆然とする中、二人は彼女たちには構わずドアを開けて通路に飛び出た。

逃げ惑う何人かのスーツ姿の男性や女性たちを掻き分けながら二人は先を急ぎ、一つの部屋の中へ飛び込んだ。

柴崎は一目散に部屋の奥の大きな窓に駆け寄った。

「どうだ？」

追いついた南條が、身を低くして外を覗く柴崎の背中に声をかけた。

「射角が悪い！　近接する！」

柴崎がそう言うなり、早くも入ってきたドアへ戻った。

柴崎がその次に入ったのは、二つ向こうのドアだった。

窓の下でしゃがみ込んだ柴崎が声を落として言った。

「ここです！」

匍匐前進で窓の下に到達した南條はそっと下から外を覗き込んだ。

この場所は、タクシーを遮蔽物にしたマルタイたちが桐生たちと発砲を繰り返しているそのほぼ真後ろの位置にあった。

「オレは十時のマルタイ、ルイは二時方向だ！」

南條の言葉で柴崎が真っ先に動いた。

施錠を慎重に外してから、窓を三分の一だけそっと開けた。

アサルトライフルを据銃した南條と柴崎が窓の下で横一列となって身構えた。

南條が押し殺した声で言った。

「一斉に！」

立ち上がった柴崎が窓ガラスを大きく開けるのと同時に、二人ともアサルトライフルに、下方、約四十五度の角度を付け、ダットサイトで完全にマルタイを照準した。

「警察だ！　ポリス！」

南條のその怒声で、二人のマルタイは反射的に背後を振り向いた。

南條は、マルタイたちを振り向かせたかった。後頭部を狙うより、顔面を照準した方が、ダメージの判定が容易だからだ。

背後を見上げたマルタイたちは慌てて銃を向けた。

そこからの光景はスローモーションのように南條には思えた。マルタイたちは南條たちの気配に気づき、急いで後ろを向いて銃口を向けた。だが、マルタイたちが射撃するまでのその短い瞬間に、二人はシングルモードで連射した。マルタイたちの顔面中央部分から血飛沫《ちしぶき》が上がった。その光景をダットサイトの中で見つめた南條は、放った銃弾を小脳に集弾させることができたことを確認した。

「オールクリアリング！」

駿河がマイクに叫んだ。

南條は、救急車の手配を桐生に命じてから、そこで初めて柚木に報告を入れた。

「状況、報告しろ！」

柚木がそれを真っ先に聞いた。

「マルタイ、三名、完全制圧。ハヤト、腕を負傷するも、バイタル異常なし、意識鮮明、以上！」

南條は、まだ興奮している頭を必死に落ち着かせながら、一気にそう言い放った。

「そちらの状況は？」

今度は南條が訊いた。

「何もない」

柚木が言った。

「何も……」

南條は訝った。

「じゃあ、なぜ、ここを襲ったんだ……」

南條は独り言のように言った。

だがそのことを詮索する余裕は今の南條にはなかった。

通話を切ろうとした南條に、柚木が慌てて話を続けた。

「みどり園って言葉に心当たりはあるか？」

南條の脳裡に、グリーン一色の屋根を持つ、こぢんまりとした園の建物が浮かび上がった。

「ええ！　それが何か？」

「現下の情勢ゆえ何度も断ったんだが、そこで副園長をしているという、坂本良子と名乗る女性が、急いでお前と連絡を取りたい、と言って一一〇番に何度も電話をかけてきている。何があった？」

「こちらで対応します！」

南條は、柚木から伝えられた番号の相手を急いで呼び出した。

隊員たちは互いに顔を見合わせてから、ただ黙って南條の動きを見守った。

一度の呼び出し音で通話に出た良子は、

「ちょっと待ってください」

と言ってしばらくしてから応じた。

南條が語りかけるよりも前に、良子は堰を切ったかのように話し始めた。

「藤谷園長が、昨日、意識を取り戻しましてね。一日、様子を見てから、さきほど一般病棟に移られたんです」

「それは本当に良かった――」

「それで、まず、私が藤谷園長にですね――」

良子が続けた。

「あなたがお越しになってお話しになったこと、そして今、起こっていること、それらすべてを伝えたんです。そしたら、園長が、どうしても南條さんにお伝えしたいことがあると――」

南條は短い言葉だけで応じ、その先を促した。

「そして、私が、先生のお話を口述筆記させて頂きました――」

南條は、通話を録音状態にするとともに、スマートフォンをスピーカーモードにして全員に聞かせた。

良子の声が流れ始めた。

「病気と交通事故で両親を亡くした七歳の明日香ちゃんと、父親からの虐待で保護された四歳の凜子ちゃんとは、児童養護施設で姉妹のように育ち、いつも一緒にいました。凜子ちゃんがイジメにあった時など、明日香ちゃんが庇うなど、明日香ちゃんは、凜子ちゃんの面倒を本当によく見ていました」

隊員たちがスピーカーへ前のめりとなって顔を寄せ合った。

「明日香ちゃんが小学校四年生で、凜子ちゃんが小学校一年生となったある日、二人はいつものように手を繋ぎながら私の元に駆け寄ってきてこう言いました。〝二人で一緒にいる時がとっても楽しいの。こんなに楽しいことは今までなかった。二人はずうっと一緒にいるの。ずうっと、ずうっとこのまま楽しい時間が続くのよ〟――」

一度、咳払いしてから良子は続けた。

「高校を卒業した二人は、別々の人生を歩むことになりました。でも、一年に一度、二人は連れだって、運動会以外にも、施設でのクリスマス会のお手伝いに欠かさず来てくださいました。二人は、昔と同じく仲良くしていました。でも――」

良子は、傍らにいるであろう園長先生に小声で何かを質問してから、さらに続けた。

「それが、あの事件が起きる一週間ほど前のことです。明日香ちゃんが凜子ちゃんを連れて私のところに来ました。明日香ちゃんが深刻な表情をしていたのに比べ、凜子ちゃんはどこかフテ腐れた様子でした」

はやる気持ちを抑えて南條はその先を待った。

「それで、明日香ちゃんが私に言ったのは、最近、連絡しても繋がらないし。返信もないということで、凜子ちゃんの家に行ったところ、怪しげな外国人たちを何人も家に入れている、という話でした――」

そこから先の良子の話を聞きながら、その時の三人の会話を、南條は頭に思い浮かべた。

「私の中では、あなたは、今でも、凜子ちゃんなの。まだ幼い女の子。そんなあなたが、どうして？」

藤谷園長は、凜子に優しく声をかけた。

凜子は、みどり園の事務室の机の前で黙ったままだった。

「私、当然、叱ったんです。怪しげな人を家に入れたり、会ってはいけないと――」

「それはどういう人たちなの？」

藤谷園長先生が怪訝な表情で訊いた。

「凜子ちゃん、話そうとしないんです」

明日香が溜息をついた。

「お姉ちゃんは、何も分かってない！」

突然、凜子が声を張り上げた。

「佳音《かのん》が死んでからこの三年、私は地獄の中にいた。あの人が現れる三ヶ月前までは――」

「凜子ちゃん、あなたの気持ちは私はよく理解してるわ」

明日香が優しく言葉を投げかけた。

「地獄だったの！」

凛子の頰を、ひと筋の涙が流れた。

「佳音の元へ、夫の元へ、そう私の家族の元へ行こうと、何度も何度も駅のホームに立った――」

「そうだったのね……ごめんね、分かってあげられなくて……」

そう言った明日香は、立ち上がって、凛子の痩せこけた体を抱き締めた。

「こんなに痩せちゃって……」

明日香の言葉は泣き声となった。

「毎日、何度も考えた。なぜ、佳音はここにいないの？　どうして私の膝の上にいないの？　そこで……絵本を……読んでいないの……」

片手で口を被った凛子は泣きじゃくった。

明日香はさらに強い力で凛子を抱き寄せた。

「分かったわ。凛子ちゃんの悲しみがどれほどのものだったか……」

凛子の言葉に、藤谷園長は目を大きく見開いた。

「そうだったの……あなた、本当に大変だったのね……」

藤谷園長は頬を伝った涙を拭いながら、凜子の手をとって両手で優しく包み込んだ。

嗚咽が止まらない凜子は俯いたまま肩を震わせた。

明日香は凜子の膝元にしゃがみ込んだ。

「凜子ちゃん、あなた、どんな重たい思いを抱えているの？　あなただけで背負う必要はないのよ。私も一緒に背負ってあげる。私たちは姉妹なのよ」

明日香の頬にも止めどもない涙が流れた。

嗚咽を始めた藤谷園長は凜子の手をさらに強く握り直した。

ところが、凜子は、突然、園長先生の手を振り払い、事務室を飛び出していった。

凜子が園庭に踏み出す一歩手前で、明日香はその腕をやっと摑むことができた。

心配して追いかけて来た藤谷園長に向かって明日香が言った。

「私が、私が最後まで、この子にずっと付いて、説得します。そのために今日は休みを取ってきました」

だが凜子は、明日香からも逃れて門の方向へ走って行った。

明日香は、大きなバッグを抱えた。

「それは？」

藤谷園長が訊いた。

「今日、一日、彼女を追跡するためです。どんな施設や店にもすぐに入れるよう、水商売の人が着るようなものまで、いろんな服を選んでバッグに詰めてきたんです。こういったことは職業柄というか。夜までかかるかもしれませんので――」

「夜まで？　あなた、確か、小さなお嬢さんがいらしたわね？」

「大丈夫です。あの子は理解してくれていると思います」

明日香はそう微笑んで、藤谷園長の元を後にした。


現実に戻った南條は、頭の中で、ずっと深く被っていた霧が晴れる思いだった。

明日香が藤谷園長に最後に言った、〝水商売の人が着るようなものまで、いろんな服を選んでバッグに詰めてきたんです〟――という言葉に、風見管理官の言葉が重なった。

〝お嬢様風の淡いパステル調のかわいいものだった。彼女は、家を出てから、少なくとも二度、着替えていることになる。何でそんなややこしい真似を……〟

これらが何を意味するのか、その答えはもちろんすぐ分かった。

代々木公園事案の時、なぜあんな水商売風の服装をしていたのか、ずっと謎だった。だが、明日香が凜子をずっと追いかけるためにはそれが必要だったのだ。

つまり、南條を惑わせていた、その水商売風の服装は、明日香が、凜子を説得するために、いかに真剣で、必死だったかを物語るものだったのだ。

「それからは、二人とも連絡がつかなくなったと？」

南條が訊いた。

「そうです」

良子が静かに応えた。

「ところで、沼沢竜太郎という名前を、凜子さんからお聞きになっていませんか？」

南條がそのことを思い出して訊いた。

「ちょっと待ってください」

良子は藤谷園長に尋ねた。

「園長が、それはどんな方かと聞いていまして――」

南條との会話に戻った良子が言った。

「幾つもの会社の経営者で、かなりご高齢の方とか……」

南條が説明した。

良子は再び、藤谷園長に話しかけた。

「その方かどうか分かりませんが、ある資産家の方から資金援助を受けている、みたいな話を、明日香ちゃんと来た時にしていたようです。それで、園長先生が、危なくないの？　と聞いたところ、凜子ちゃん、こんなことを言ったんです」

南條はその先の言葉を待った。

「〝同じ苦悩を抱えている者どうしで、〝ついに二人の想いが叶えられる〟――」

「同じ苦悩……ついに二人の想いが叶えられる……」

礼を言って電話を終えた南條は、部下たちの戸惑いをよそに、しばらく押し黙った。

手にしたままのスマートフォンが鳴っていることに気がつかなかった。

ハッとして気づいた南條は電話に出た。

「みんな無事か？」

電話をかけた警備情報係管理官の風見がまずそれを確かめた。

「負傷者はいますが生命に異常はありません。しかし、まだ脅威の検索中です。ところで、どうしても、急ぎ、お聞きしたいことがあるんです」

「何だ？」

そう言った風見の背後から幾つもの怒声が聞こえた。

「さきほど、管理官は、一連の進行型殺傷事案を起こしている武装グループについて、相当な数と種類の武器を日本に搬入し、保有している可能性について、言及されましたが、今、アサルトを行って感じたんですが、相手は、途方もない火力です。それを実行なさしめた、沼沢竜太郎という男について、さらなる情報を――」

「それがさきほど入手できた」

風見が遮ってさらに続けた。

「その沼沢竜太郎と帆足凜子には、ある重要な接点があった」

風見が言った。

「接点？」

南條が勢い込んで訊いた。

「帆足凜子は実の娘、沼沢竜太郎は孫を、それぞれ同じ事件に巻き込まれて亡くしている――」

「事件？　どんな事件です？」

南條は焦って訊いた。

「三年前、三重県の津市で発生した、銃器を使用したオープンスペースにおける事案だ。幼い子供を含む四人の尊い命が奪われ、多くの負傷者を出した――」

「その事件、よく知っています！」

思わず声を上げた南條は急いで記憶を辿った。

風見が口にしたその事案は、南條が班長としてSATに戻ってきた時、事案内容の詳細を入手し、徹底的に分析、研究し、教訓としていた。

事件が発生したのは、確か、真夏の八月の初旬のことだった。元暴力団員が建設会社の事務所で従業員を銃撃し、二名が死亡。三重県警が一一〇番受理したのはその三分後だった。

犯人は逃走し、県警は必死に追跡したが見つからず、その夜、現場近くの住民たちは恐怖のどん底に陥れられた。

翌日の朝、市内のビジネスホテルの従業員から「昨夜午後、テレビで公開された犯人とよく似た男がチェックインした」との通報を県警は受理。すぐさま急行した捜査員が部屋に踏み込むも、犯人は逃げた後だった。

だが、その日の夜、捜索中の捜査員が犯人を発見。犯人は、オープンスペースの街の中で警察官や周囲に発砲を繰り返しながら逃走。その後、あるアパートの共有部分に立てこもった後、拳銃で自分の胸を撃って死亡した。

しかし、その逃走中、犯人が放った流れ弾に当たって幼い命が二つ奪われた。

そこまで記憶を辿った時、南條は、呆然とせざるを得なかった。

「その幼い命とは……」

南條は言葉が継げなかった。

「そうだ。一人は、帆足凜子と手をつないで祖父の家に向かって歩いていた、帆足佳音ちゃん、四歳──」

「そしてもう一人が……」

「そうだ、久しぶりに帰国した沼沢竜太郎が息子夫婦を旅行に連れて行き、訪れたレストランの前で、高級車から降りたところで同じく流れ弾の犠牲となった、沼沢勝紀《かつき》ちゃん、五歳だ」

南條は、頭の中にさらに記憶が蘇った。

事件を分析したとき、自分たちは戦術のことばかりに注目し、被害者のことにはほとんど意識を向けなかった。

そしてさらに脳裡に蘇ったのは、事件資料の中にあった、帆足凜子のひとり娘、佳音ちゃんを病院に搬送した救急隊員の参考人供述調書だ。

〈救急車の中で、母親は、娘にすがりついて名前を何度も叫び、泣き喚き、とても声をかけられませんでした〉

風見がさらに続けた。

「お前も、訓練にその教訓を取り入れただろうからよく覚えているだろう。しかし、その先は知らないはずだ」

「その先？」

「そうだ。二つの家族が地獄に落とされた、その悲劇のことだ」

「悲劇……」

風見は語り始めた。

「事件の後、帆足凜子の夫は悲嘆に暮れ、娘の後を追うように、葬儀の夜に自殺した。しかも、夫の両親も酷い悲しみの中で、一ヶ月後、相次いで病死。つまり帆足凜子は、事件によって家族を短期間のうちにすべて失ったんだ」

「全員を……」

南條は言葉が継げなかった。

「また、勝紀ちゃんの母親である沼沢竜太郎の娘とその夫は、息子の四十九日のその日、二人手をつないで電車に飛び込んだ。勝紀ちゃんの祖母である竜太郎の妻も間もなく自ら命を絶ち、彼もまたすべての家族を一気に失うという悲劇に見舞われた。二つの家族とも、余りにも惨《むご》い話だ――」

風見は大きく息を吐き出した。

南條はそのことを今、言う必要があると思った。

「管理官、ちょっと聞いてください」

「言ってみろ」

「我々が入手した、その事案の資料の中に、三重県警が作成した捜査の教訓も含まれていました。犯人を発見した複数の捜査員に対し、三重県警の本部指揮は、即時対応、即時制圧の指揮をせず、ただ追跡するだけで、アパートに立ち入ったところで犯人を固定化し、そこで初めて本格的な対処に入りました。その捜査指揮が正しかったかどうか、それについての検証をしていました」

「それがどうした？」

風見が苛立った。

「もし、本部指揮がそれら捜査員たちに即時対応、即時制圧をさせる指揮を行っていれば、幼い命を救えたはずだった、それをその資料は指摘していたのです」

「それは結果論だろ」

「問題はここからです。実は、三重県での事件が発生する、その約一年前、警察庁は、オープンスペースにおけるアクティブ・シューターへの対処方針を密かに作成していたんです。ゼロサン（警察庁）の運用係に出向した先輩から聞かされました」

風見は何も応えなかった。

だが南條は構わず続けた。

「資料の名称こそ〝対処方針〟と題されていましたが、中身は、岡山県の繁華街で発生した、同様のオープンスペースにおけるアクティブ・シューター事案であり、一名の会社員が犯人が撃った流れ弾にあたって死亡しました」

「あったな、確か、そんな事件が――」

風見が言った。

「その〝対処方針〟では、最初に臨場した警察官に対して、岡山県警の本部指揮が、即時対応、即時制圧を指揮していれば、犠牲者は発生しなかっただろうとまで結論していた」

「しかし、その教訓はその後、まったく生かされることはなかった、そういうわけか？　しかし、なぜ生かされなかった？」

風見が興味を示してきた。

「未確認の情報ですが、当時の所管大臣が、その教訓を全国都道府県警察本部の方針とすることに反対で、そのことが影響したと――」

「なぜ反対を？」

「良く解釈すれば、まだ現場の警察官の能力や装備が足りないので、警察官の受傷の危険性が高くなると――」

「悪い解釈は？」

風見が急いで訊いた。

「近々、内閣改造が行われる空気があり、当該の大臣は党の要職に就くとの観測があったことから、面倒なことに巻き込まれずに大臣職を離れたいと――」

「いずれにしても、三重の事件の遺族からしたら許しがたいことだと受け止めるかも……」

風見が言葉を止めた。

「まさか……」

風見の声が消え入った。

「そうです。その事実を、沼沢竜太郎が、政界への太いパイプを使って摑んだとしたら……」

南條の声が掠《かす》れた。

「そして、どこかで二人は、すべての家族を失い、同じ深い悲しみと激しい怒りを持つ互いの存在を知って共闘した――」

風見のその推察を今度は南條が続けた。

「近づいたのは、秘書の原沙耶香を使った沼沢竜太郎の方でしょう。そして、沼沢竜太郎は、自らの膨大な財力にモノを言わせ、中東のデンジャラスな人脈を手繰り寄せた――」

風見が押し黙った。

「管理官、沼沢竜太郎にいち早く接触し、命令を取り消させるべきです！」

だが風見は、南條のその言葉には応えなかった。

「マズイな……」

風見が言い淀んだ。

「マズイ？」

南條が怪訝な口調で尋ねた。

「その時の所管大臣のことだ」

いつにない風見の歯切れの悪さに、南條は嫌な予感がした。

南條はその質問をすべきタイミングだと思った。

「その所管大臣とはいったい誰なんです？」


風見との話を終えた南條は、柴崎を振り返った。

「お前、ここに来る前、基幹系無線を聞いて、なぜ、総理の動静が分かった？」

「無線の中で、首都高速道路を移動する、警視３３０、の符号を聞いたからです。その符号が、先週、新しく総理に与えられた無線符号として指定され、警視３３０に変更になったことを、自分、知っていましたので――」

南條は、その言葉を頭の中で繰り返した。

――警視３３０……ケイシサンサンマル……。

そして代々木公園事案で亡くなった、湯川明日香の最期の言葉を頭の中に蘇らせた。

〈あなたが……そしして……ころされる……けいしさん……〉

「湯川明日香が勤務していたのは、府中警察署の地域だった……」

南條がそう唐突に口にして、さらに続けた。

「総理私邸は、府中警察署の管内にある。当然、湯川明日香も、警備には何らかの関わりを持っていたので、無線符号を知っていたはずだ」

「もしかして――」

声を上げたのは桐生だった。

「班長は聞き間違えたんじゃなかった……」

桐生が続けた。

「それも、湯川明日香が心肺停止となる直前、班長に言おうとして途中で終わった言葉は、ヤン国家主席を意味するケイシ３１９じゃなかった。ケイシ３、３、０だったんです！　府中警察署の地域課員だからこそ、符号が変更されたことも知っていた――」

南條が口にした言葉の意味に気づき始めた隊員たちが悲愴な表情となって集まった。

隊員たちを見渡した南條が言った。

「我々は完全に騙されていた。武装グループの真のターゲットは、ヤン国家主席でも、霞ヶ関や永田町の政府庁舎でもなかった」

桐生が唾を飲み込む音が聞こえた。

南條が続けた。

「かつて進行型殺傷事案で孫と娘を殺された、沼沢竜太郎と帆足凜子が、その対策を行うことの陳情を、当時の所管大臣である阪東《ばんどう》に繰り返していたにもかかわらず、恐らく無視されたことへの遺恨があった可能性が高い、との情報が今、入った」

「阪東って、現在の内閣総理大臣……その暗殺を武装グループに？」

羽黒の声が裏返った。

大きく頷いてから南條が続けた。

「それを命じた張本人こそ、沼沢竜太郎と帆足凜子だ」

南條が言った。

「そして、その計画を、凜子から聞き出した湯川明日香は、彼女を説得しようとして、偽装された進行型殺傷事案の中で口封じに殺された――」

愕然とする表情で羽黒が声を上げた。

「まさか、我々は、府中の繁華街へと完全に陽動されたと？」

柴崎が目を見開いた。

「しかも、まだ、武装グループは九人もいる……」

桐生のその言葉で全員が南條を見つめた。

「戻る！」

そう言って南條は、隊員たちをけやき並木通りの途中に残していたゲリラ対策車へと急がせた。

最後にゲリラ対策車に飛び込んだ南條は、無線をつかみ取ると、急いで狙撃と偵察の面々を呼び集めた。

「しかし、私邸には、ナナキ（第7機動隊）の一個小隊がいるので問題はないかと――」

桐生が怪訝な表情を向けた。

「嫌な予感がする」

南條がフロントガラスを見つめながら言った。

ヘッドライトを消したゲリラ対策車は、閑静な住宅街に入った。

「次の信号を右折後、七十メートルほど先、右手、百メートル先が目的地です！」

ゲリラ対策車を停車させた羽黒は、第7機動隊の当務員が予めセットしてくれていたカーナビゲーションを見つめながら報告した。

南條はフロントガラスに駆け寄って辺りを見渡した。

赤色回転警告灯を目的地付近で認めた。

「完全に見通せる、この公園へ行く！」

カーナビゲーションマップの一箇所を指さした南條は、ゲリラ対策車を左折させ、広大な敷地に建つ総理私邸を七十メートルほど先に視認する、公園脇のポイントで駐車させた。

人通りはまったくなかった。

時折、一般車がゲリラ対策車の脇を通り過ぎたが、すぐに静寂を取り戻した。

フロントガラス越しに私邸を見つめながら南條が駿河に向かって言った。

「ユウキ、レコン（偵察）！」

急いでジャージ姿となった駿河は、単眼鏡とビデオカメラを手にしてゲリラ対策車をすぐに飛び出して行った。

「我々は所定の位置に就く」

スナイパー班の秋山班長はいつも通りの無表情のまま、隊員の沖田と、スポッターである佐藤を連れてゲリラ対策車から出て行った。

無線の着信ブザーが鳴った。

柚木からだった。

「沼沢竜太郎は死亡した」

「死亡……」

南條は思わず絶句した。

「外事3課の事件係が、箱根にある彼の自宅へ家宅捜索に入った時、葬儀の準備が始められていた」

「帆足凜子は？　彼女はいなかったんですか？」

南條が訊いた。

「いなかった」

「つまり……」

南條は瞬きを止めた。

「そうだ。もし武装グループへ何らかの任務を命令していたのなら、それを取り消せる者は、もはや誰もいなくなった……」

「そこに女性はいませんでしたか？　原沙耶香という――」

南條が最後に訊いた。

「彼女については足取りが分かっている」

柚木が続けた。

「昨日、成田（空港）からパリに出国し、その後、シェンゲン協定という広大な海の中に消え失せた」

無線を切った南條が溜息をついた時、駿河が偵察から戻ってきた。

「どうも妙なんです」

そう言って駿河が顔を曇らせた。

「どうした？」

南條が聞いた。

「私邸警備に就いているはずのナナキ（第7機動隊）の小隊バスがいないんです」

駿河のその言葉に、南條は声が出なかった。

南條は急いでスマートフォンを取りだし、柚木を呼び出した。

「どうしてなんです！」

南條が声を張り上げた。

「いや、もう間に合わない！」

柚木との会話を終えた南條は一人毒づいた。

「班長――」

桐生が声をかけた。

南條はそこにいる全員の視線を意識した。

「クソッ！　本部指揮で混乱が発生している。府中駅前の事案に向かわせてしまったようだ」

「班長、実は、奇妙なのはそれだけじゃありません」

駿河が緊迫した声で続けた。

「ここに来るまで、ベンチの柚木班長から聞かされたのは、私邸にいるのは、まず、阪東総理と妻のほか、二名の家政婦。さらに、晩餐会がなくなったことで、五名の総理秘書官を始めとする多くの官邸職員が私邸に入っているということでした。そしてＳＰの十名もいると――」

「それでどうした？」

南條が急いで訊いた。

「私邸のすべての部屋の電灯は点いているようですが、インターフォンを押しても反応がないんです」

「で、私邸にいるのは総勢何人だ？」

　そう訊いたのは南條だった。

「ざっとした計算では、最低でも三十人——」

　駿河が答えた。

「三十人……」

　南條が低い唸り声を引き摺った。

「しかも、私邸の門の前で、十台の警護車がエンジンをかけたまま、ヘッドライトも消さずに停車し、さらに北側では、同じくエンジンをかけたまま二台のパトカーがヘッドライトを点けたまま停まっているんですが、いずれにも人の気配がないんです」

　南條がスマートフォンを取り出した。

「ＳＰの〝６番〟（総理警護チームのキャップ）の番号は、さっき警護課から聞いてある」

　ゲリラ対策車の最後部の席で、しばらく呼び出し音を聞いていた南條は、諦めて大きく息を吐き出した。

「あっ、あれ！」

声を上げた柴崎がフロントガラスに向かって指さした。

南條が運転席の傍らに駆け込むと、左手の私邸の方向から右手へ走ってゆく女性が見えた。

柴崎は一目散にゲリラ対策車を飛び出した。南條の視線から消えた女性は、間もなくして柴崎にゲリラ対策車に連れて来られて、後方の座席に座らせられた。

女性は、目を見開いたまま、両手で口を押さえ、恐怖にかられて肩を震わせている。ポニーテールにしていたであろう髪は乱れ、足に履いたサンダルはそれぞれが別の種類である。年齢は、四十代半ばから後半に見えた。

「我々は警察です。安心してください」

桐生が柔らかい口調で声をかけた。

それでも女性は虚空を見つめたまま呆然としていた。

「総理私邸の方ですね？」

南條は、女性の元にしゃがみ込んだ。

「私たちは、今、そこにいる人たちを救いたいんです。詳しいことを教えてください」

南條のその言葉にも女性は焦点の合わない目を向けるだけだった。

南條は、ハッとして女性の顔に近づいた。そのことに気づいた南條は、駿河を振り返り、ある仕草をして、「早く出せ！」と言った。

慌ててバッグから取り出した物を駿河は南條に手渡した。

普段吸っているタバコ以外は受け付けないかもしれないとも思ったが、ニコチン依存症者ならなんでも構わないはずだ、と南條は思った。

一本のタバコを抜き出した南條は、それを女性の口に入れ、駿河から受け取った百円ライターで火を点けてやった。

女性はタバコを夢中で吸った。ゴホゴホと噎せ返って苦しい表情を作っても、なおも吸い続けた。

フィルターまで燃え尽きそうになるのを見て、南條は慌ててタバコを女性の口から奪った。しばらく放心状態のままだった女性が、突然、驚いた表情を作って辺りを見渡した。

南條はそのタイミングを待っていた。

「もう大丈夫です。警察です」

南條は優しく語りかけた。

女性は、激しく顔を左右に振って訴え始めた。

「大変なんです！　何人もの人たちが撃たれて！」

「銃を撃っているのは何人です？」

南條が訊いた。

「六人……七人……いやそれ以上かも……もういきなりでしたから……」

「どこから入って来たんです？」

「分かりません。私は厨房にいましたので、いきなり大きな音がして、慌ててリビングへ向かってみると、その先の廊下に人影があって、そこへ足を向けた時、銃声と悲鳴が――」

女性はそこで言葉を切って、両耳を手で塞いで俯いた。

「すみません、あなたのお名前は？　吉川悦子《よしかわえつこ》さん？　では吉川悦子さん、お気持ち、辛いでしょうが、さっきも言った通り、大勢の命を救いたいんです。どうかご協力ください」

南條の声かけに、悦子は、躊躇いがちに小さく頷いた。

「まず、総理私邸は二階建てで間違いないですね？」

「その通りです」

か細い声で悦子は答えた。

「では、念のため、一階と二階の間取りをここに描いてください」

桐生から受け取ったB４サイズの真っ白な紙とボールペンを悦子の前に置いた。

だが悦子は目を彷徨わせたまま、ペンに手を伸ばそうとさえしなかった。

「この間にも、死んでゆく人がいるんです」

南條は悦子の顔を覗き込むようにして語気強く言った。

その間取り図こそ、この作戦の正否を分けるものだと南條は確信していた。

問題は、この豪邸の大きさではない。部屋の数と配置こそが極めて重要だった。

内閣総理大臣、阪東幹生《みきお》のこの私邸は、戦前、大蔵大臣を務めた祖父が建てたもので、父親が引き継いだ後、阪東総理が相続していた。

この私邸が、木造二階建ての大豪邸であることは南條も知っていた。しかしその豪邸の内部の構造はまったく分からない。

ゆえに、少しでも情報があれば作戦は有利となるのだ。

恐る恐るボールペンを手にした悦子だったが、一旦、描きだすとその手は速くなった。結局は一気に描きあげた。

「これが玄関でして――」

「いや、勝手口を教えてください」

南條が、悦子の言葉を制して言った。

一瞬、驚いた表情を向けた悦子だったが、ぎこちなく頷いた後で、聞かれた箇所を指さした。

すべての説明を終えた悦子は、ふぅっと大きく息を吐き出して席の背もたれに体を預けた。

だが南條は悦子の顔に近づいた。

「悦子さん、あなたは物音がしたんで厨房からリビングへ足を向けた、さっき、そう言いましたね」

南條はゆっくりとした口調で言った。

悦子は小さく頷いた。

「では、このリビングに足を踏み入れた時、何が見えましたか？」

「逃げてくる男の人たちです」

南條は黙って先を促した。

「……そこへ……黒い目出し帽を被った男が入ってきて銃を乱射し、何人かの人たちが倒れてゆきました……」

悦子は、駿河に二本目のタバコを要求した。

「それで？」

南條はさらに誘導した。

「私は逃げました」

悦子はそう言って、肺に吸い込んだ煙を一気に吐き出した。

「どこへ？」

「厨房へ戻り、この勝手口から外へ――」

「で、総理は？」

「分かりません……」

「他の人たちは？」

悦子は頭を振った。

「逃げるのに必死でしたから……」

頷いた南條は、悦子に顔を近づけた。

「ＳＰ、つまり警護の者たち、もちろん知っていますよね？　彼らを見ましたか？」

記憶を探るような表情を作った悦子が、しばらくして口を開いた。

「私がリビングに入って……その先の廊下を見通した時、その人たちが走ってゆくのをチラッと……」

「この図に示してください。彼らはどの方向へ走って行きました？」

南條のその問いかけに、悦子はゆっくりと図の一部へ指を伸ばした。

悦子が指し示したのは、二階に繋がる階段だった。

「このアサルトはオレが戦術プランを作成する」

南條が続けた。

「最も重要なルームエントリーの戦術だが、代々木公園事案で使ったダンプ・ルームエントリーのスタイルは選択しない」

南條が全員を見渡した。

「代々木では秘匿でのエントリーゆえ、その手法が効果的だったが、今回は、そう長くはステルスを維持できないだろう。マルタイはすでに、介入部隊の存在を覚知し、待ち受けている状況となる可能性が高い」

南條が隊員たちに示したのは、ダンプというスタイルと、ダイナミック・ルームエントリー（火力と突入の勢いでの制圧）に適したスライスというスタイルとをミックスさせたスタイルだった。

「このハイブリッドスタイルの戦術によって、室内に人質がいる場合と、火力や爆弾を誇示したマルタイだけがいる場合のどちらにも対応が可能で、かつ死角対応が完全に達成できる。ここ数年、オレが特に訓練を重ねさせているメニューであることは承知のごとくだ」

しかし、このハイブリッドにはリスクがあることも南條は理解していた。

「このハイブリッドは、ブリーチング直後、マルタイからの射撃を激しく受け、被弾する蓋然性が高い状況となる」

「覚悟の上です」

そう言い放ったのは羽黒だった。

「是非も無い」

駿河が続いた。

「やります！」

柴崎は声を大にして言った。

「何ら問題ありません」

桐生が締め括った。

小刻みに頷いた南條は、厳しい表情で再び隊員たちを見渡した。

「そして状況はと言えば、今回もまたしても、というやつだ。総理私邸は襲撃された可能性が高い。しかし、またしても、マルタイの位置も状況もまったく分からない。あるのは、この総理私邸の平面図と間取り図だけだ」

その二枚の紙を掲げた南條が続けた。

「ただ、戦術プランははっきりしている。いつもの訓練と変わらない。いつも通りにやって人命を救出する、それだけだ」

キッパリとそう言った南條は、ふと柴崎の顔を見つめた。

目を瞑って顔を上げた柴崎は固く口を閉じ、何かの感情を堪えているような態度をしていた。

　南條は、柴崎に近づいた。

　気配で気づいた柴崎は、驚いた表情で南條を見つめた。

「大丈夫です。娘の無事を祈っていただけです」

　柴崎が言った。

　柴崎の肩を叩いた南條は微笑みながら大きく頷いた。

　無線を手にした南條は、すべての状況を柚木に急いで報告した上で、最後に言った。

「私邸内検索開始は、二分後。全員、装備を完了しました」

　防弾装備を身につけて銃器を手にした南條は、同じ状態の部下たちを振り返った。

　だが、無線の相手が柚木から栗竹隊長に代わった。

「待て」

「待て？」南條が訝った。「またしてもですか！」

「待っている」

「またしても、我々を批判する本部指揮、いや刑事部の判断を待っているというわけですか？」

「いや、もっと上の次元だ」

「上の次元？」

「権限継承順位ナンバー2である内閣官房長官のご決断を、警察庁が待っている」

「隊長！　いつになったら、お偉いさん方は分かるんです？　即時介入こそが、死傷者の拡大を防止するための唯一の手段――。もうさんざん、見せつけられたんじゃありませんか！」

「ワタル、今更、青いことを言うな」

栗竹が諭した。

「我々が考えた戦術プランでの『強行』を行うタイミングと、上層部が決断するタイミングとはまったく違う――。そのことを踏まえての訓練を何度もやってきたはずだ」

「しかし――」

「焦るな」

そう窘めた栗竹がさらに言った。

「現場の考え方と上の考え方が違って、上がごり押しして、みたいなことはどこの世界でも同じだ」

南條はそれは理解できた。警備実施の世界でも、現場にまかせてくれれば収まるのに、上からの指示で余計なことになったことはこれまで一度や二度ではなかったからだ。

「要救出者の中に、日本の政治指導者がいるという重みに、警視庁や警察庁の上層部は息を殺して身構えている」

　押し殺した声で栗竹が言った。

　その時、私邸の方角から銃声らしき音と悲鳴が連続した。

　隊員たちの視線が南條に集まった。

　南條が無線マイクに向かって口を開こうとした時、栗竹が先んじて言った。

「それに、本部監察は、お前たちの召還を求めている」

　南條はその意味がしばらく分からなかった。

「府中市街での行動は、命令無視かつ正当実務行為ではないと――」

　栗竹がそう付け加えた。

「ふざけやがって！　我々は、好き勝手にやったわけじゃありませんよ！　一般市民の命を救うため、そのために命を賭して介入したんです！　そもそも――」

「そのことはいい」

　栗竹が遮った。

「だからこそ、今度はあらためて、隊長のオレが正式に命令する」

　栗竹の言葉を南條は息を呑んで待った。

「ビー（制圧班）、南條班、グリーンだ！」

「了解！」

大きな声でそう応えた南條は理解した。

栗竹のその言葉は自分の首を賭けたものだと――。


「接近開始！」

南條は、自分の部下たちだけでなく、偵察班やスナイパー班の全員に伝えた。

南條が率いる制圧班と、副班長である高島が統率する偵察担当の動きは同時だった。

彼らはタイミングを完全に合わせた。

南條班の隊員たちと偵察班は、身を低くして駆け足で向かい、総理私邸の正門に到達すると、その傍らの表札が埋め込まれた石柱を遮蔽物として、取り付いた（配置した）。

南條は片目だけを露出させて屋敷へ目をやった。

記憶にあった通り、私邸は壮大な大きさだった。全体像すらここから分からないのだ。

一階部分も大きすぎて端が見えない。

二階にしても、普通の二階じゃない、と南條は理解した。例えるなら、一階の戦艦の上に、さらに戦艦が乗っかっている――そんなようにも思えた。

建物の周りは鬱蒼とした樹木に囲まれ、夜になったせいもあって不気味な感じを抱いた南條は、〝百鬼夜行《ひやつきやぎよう》〟という言葉が脳裡に浮かんだ。

確かに、偵察どおり、一階も二階も、煌々《こうこう》と明かりが点いている。

門から先は、全員が地面に腹ばいとなった。そして、一分間に三十センチという速度のストーキング技能（超低速匍匐前進）を駆使して玄関の脇へ秘匿接近した。

銃器の選択については戦術プランに沿って厳格に考慮された。

住宅の屋内という狭隘《きようあい》な空間での作戦となることから、南條と桐生はＭＰ５シリーズの一つを選んだが、自動小銃の連射に対する火力でのカバー（支援）が必要となる可能性を考慮し、羽黒と柴崎には、アサルトライフルを据銃させた。

さらに、複数のマルタイを一時的に火力で怯ませるため、柴崎には背中に抱えているレミントン製のショットガンを選択させた。

玄関ドアの左側の外壁にへばり付いた南條は耳を澄ました。

その時、さらに射撃音を耳にした。

だが悲鳴は聞こえなかった。

銃器をストレートダウンにした制圧班隊員たちを引き連れた南條は、外壁に体を密着させて左手へ素早く進み、警視庁保管の平面図と、家政婦が描いた間取り図の相違点を思い出しながら勝手口を目指した。

グレーの勝手口のドアの脇に辿り着いた南條は、すぐにその把手《とって》をそっと引いた。施錠はされていなかった。

――ブリーチングの手間が省けただけでもラッキーだ！

そのことを隊員たちにハンドサインで伝えた時、イヤホンに無線が入った。

「エス（スナイパー）、セット完了」

打ち合わせた通り、近くの公民館の屋上に配置に就いた、とのごく短い報告だった。どうやってそこを確保できたかについては、もちろん南條は聞くつもりはなかった。

「一階、二階、庭のいずれにも脅威なし」

スナイパー班からの報告が入った。

偵察担当の高島と黒沢は、玄関前から離れ、外壁に沿いながら右側の庭の池に面したガラス戸へと走った。身を伏せながら急いでＭＥＲ（磁気電気探査装置）を起動させた二人は、それと繋がったパソコンを凝視した。

「一階と二階に複数のアンノウン（正体不明）。人数は不明。識別不能」

イヤホンに、高島の囁き声が入った。

南條は腕時計を見つめた。

カウント！　ゴー、ヨン、サン、ニ、イチ、ゴー！

「セット完了」

南條は骨伝導マイクに囁いた。

「侵入開始」

南條が続けた。

「オールグリーン」

スナイパー班から、狙撃銃のスコープによっての偵察で、侵入タイミングに問題はない、との無線が入った。

最初にエントリーしたのは柴崎だった。南條はそれを決めたわけではなかった。隊員たちの阿吽《あうん》の呼吸だった。

南條が勝手口のドアを少し開いた瞬間に、柴崎がクイック・ピークで、中の様子をビジュアルクリアで確認した。

「脅威なし」

タイミングを計って南條は、事前の戦術検討で決めた通り、柴崎の肩を叩いてからもう一度ドアを開けた。

柴崎が一番員となってルームエントリーし、桐生、羽黒、駿河が続いた。最後にドアをそっと閉めた南條がリアマン（後方警戒員）に就いた。南條は、駿河の肩を掴み、もう一方の手でMP5を据銃しながら後ろ足で進んだ。

南條たちが踏み込んだのは、八畳ほどの広さの厨房だった。

上下左右へ銃口を忙しく振りながら脅威の検索を始めた、柴崎の足がいきなり止まった。

柴崎の視線を追うと、一人の女性が床に突っ伏していた。背中から流れ出た血が床にまで広がっている。両手が真っ直ぐ前に伸ばされ、両足は、入り口のドアから廊下に投げ出されていた。

――ヒッでぇ……。厨房から外へ逃げようとしたところを背後から撃たれたんだ……。

着衣から、この女性は、逃げ出して来た吉川悦子と同じ、もう一人の家政婦だ、と南條は直感した。

南條が骨伝導マイクに言った。

「全メンバーで共有する。現在の状況はレッド（緊急事態）、繰り返す、状況はレッド」

銃器による死亡被害者を認知した以上、今後は、被疑者であると識別した上で、被疑者を発見し次第、正当防衛や緊急避難などの条件なしに射撃できる、あらかじめ決められた「レッド」という武器使用基準を南條は伝えたのだった。

制圧ユニット全員からの了解を告げる合図が入った直後、マンションもしくはビルなどの高所を拠点としているはずの三個狙撃チームから、射撃態勢に入ったことを告げる無線が南條のイヤホンに聞こえた。

「S1《エスワン》、ホワイト」、「S2《エスツー》、ホワイト」、「S3《エススリー》、ホワイト」

柴崎は、厨房の検索を優先させた。巨大な冷蔵庫や床下収納まで調べたが脅威は存在しなかった。

南條と頷き合った柴崎は、自らポイントマン（先頭員）となって、厨房を出て通路へと進出。それに続いて全員が、瞬間的な対応ができるよう、進行方向以外にも五百四十度に銃口を向けながら、前後左右の脅威に一度で対処できるダイヤモンド隊形となって進んだ。

「脅威を探せ」

通路を進む南條はマイクに囁き声で言った。

「死角を潰せ」

南條が続けた。

南條班の隊員たちは一歩も足を止めず死角を狭めていった。

南條たちは、通路とそのまま繋がった、天井の高い広い空間に出た。

足を止めず銃口を振り向けながらも、南條は耳を澄ました。外からの車が通過する音以外は、人工的な音は聴こえなかった。今度は鼻で臭いを嗅いだ。硝煙の臭いが充満している。

——ここで射撃がなされた証拠だ。

そして初めて、南條は空間の全体を見渡した。

リビングと思えるその空間は、二十畳以上はあろうかという広さだった。

しかし、今、南條が目にしているものは、人々の安らぎの空間ではまったくなかった。

行燈《あんどん》が灯った広い庭と、色とりどりの鯉が泳ぐ池が見通せる大きなガラス戸がメチャメチャに割れ、床に多くのガラス片がまき散らされている。そこからの湿った強い風が室内に吹き込み、何枚もの書類を空に舞わせて、切り刻まれたようになった白いレースとベージュの厚いカーテンを大きく揺らしていた。

空間の中央付近では、毛足の長いふわふわとした白い絨毯の上に置かれた三つのソファセットの至るところが破れ、二つの革張り風の黒いクラブチェアが横倒しとなっている。その先にある、小上《こあ》がり風の十五畳ほどの畳敷きの上の棚では、壺や茶器が粉々に砕かれている。四方の壁は至るところに弾痕が散らばり、そこに並ぶ、豪華な額縁に収められた洋画も多数の弾痕によって穴だらけにされていた。

庭を見通す窓ガラスに近い大きなベージュ色のソファに南條が回り込んだ時だった。

カッと見開いた目で虚空を見つめる男が苦悶の表情のまま、仰向けで倒れていた。男の頭部の三分の一が吹っ飛び、赤く染まった大脳が剝き出しになっていた。

さらに男の足下には、体を丸くして身動きしない髪の長い女性がいた。首からぶら下げた身分証から官邸スタッフと思われた。

彼女の首からは、夥しい血液が床にまだ滴り落ちている。そしてさらにその向こうにも、身動きしないスーツ姿の男たちが三名……。

――まるで戦場だ……。

脅威の検索の歩みを止めないまま、南條は、家政婦が描いた間取り図を思い出した。

勝手口を背にしてここから先、二手に分かれる通路の先に、それぞれ二つの部屋と、洗濯室、洗面室、風呂場とトイレがある――。

南條以下全員は、ダイヤモンド隊形を解かないまま、リビングと思われる広い空間の脅威を探し始めた。

その時、リビングの先の、左手の通路の奥から物音がした。

全員が顔を見合わせた。

リビングを出た南條たちは、洗濯室、洗面室と風呂場とトイレとを検索しながら、そこへ辿り着いた。

洋室らしきその部屋のドアは、激しく銃撃された痕が幾つも残っていた。南條はドアノブを慎重に回した。しかし、まったく動かない。

南條によって呼ばれた偵察班の高島と黒沢はすぐにＭＥＲを稼働させた。

「誰もいない」

高島が小声で南條に囁いた。

「脅威優先！」

南條はマイクにそう囁くと、くるっと踵を返し、部下たちを引き連れて廊下の先へ進んだ。

一階の最後の部屋をクリアリングした南條たちは急ぎ足でリビングにとって返し、正面玄関に出る引き戸の、その右手にある階段の手前で隊員たちを止まらせた。

階段という、最も不利な条件下でのアサルトを前にした南條は一瞬、戸惑った。

南條が作成した戦術プランでは、階段においては、柴崎と駿河を先行させ危険箇所を警戒しながら踊り場まで上らせてクリアリングした上で、桐生と羽黒をそこへ追従させるとそう決めていた。

階段で交戦となった場合、大量被弾を防ぐなどリスクを最小限に抑えられる。そして何より全員の連携が取りやすい――。

しかし、この戦術のデメリットが南條には引っ掛かっていた。

先行する二名の負担が大きく、そして移動速度が遅くなるからだ。

南條には躊躇している時間はなかった。

南條は、ハンドサインで全員に〝階段上り〟の戦術を、当初決めていた〝追従型〟ではなく、〝追い越し型〟に変更することを告げた。

ＭＰ５の銃口を二階に向けて警戒しながら体を回転するように上った駿河は、防弾盾とＭＰ５を二階に向け、階段の踊り場で一旦停止した。

階段の先への警戒を継続する柴崎たちは、桐生と羽黒を誘導した。

桐生たち二名は、階段を駆け上がると、柴崎たちの位置で止まらず追い越して、二階へと一気に駆け上がった。

桐生たちは、二階の廊下に置かれた漆塗りの八段式の箪笥の陰に回り込み、そこで四方八方に銃口を向け、柴崎たちが上ってくるのを援護する隊形をとった。

リアマンの南條が最後に二階に上り終えた。南條は平面図と間取り図を脳裡に蘇らせた。

ここから先は、狭い通路と部屋が混在し、迷路のようになっている。通路にしても、十字、ト字、Ｌ字、Ｔ字というやっかいな形状が連続するのだ。

そして各部屋と言えば、部屋の中にさらに別の部屋に続く通路があるほか、隣室どうしがコネクトルームとなっていたり、ロフトがあったりと、訓練担当の若狭が〝最高のＣＱＣ訓練場〟と歓喜しそうな極めて複雑な構造となっているのだ。

まず目の前にあるのは、廊下の先が、〝Ｔ字〟となり、左右にさらに廊下が分かれている、その空間だった。

——この先にアサルトが待っている。

南條は、全員の骨伝導マイクのイヤホンに繋がる交話口に言った。

「いつも通りにやればいい」

そしてその言葉も付け加えた。

「オレがいる。一緒にいる。大丈夫だ」

マイクを爪で引っ掻く音が幾つも打ち返された。

間取り図を基にして作成した戦術プランは、すでに部下たちに指示していたので誰も迷いはないはずだ、との確信が南條にはあった。

南條が指示するまでもなく、全員が戦術プラン通りに、廊下のT字を、ユニットを二手に分かれて行動を開始した。

左手に入ったのは南條たちのユニットだった。

ポイントマンとして進む柴崎に、廊下の反対側を警戒するリアマンとなった南條が一つの塊となった隊形を維持しながら進んだ。

部屋のクリアリングを重ねる中で、南條と柴崎は一番員をくるくると入れ替え、死角を押さえる者も変わっていった。誰が一番員、二番員になっても、何番でもこなせる訓練を徹底して行ってきたからだ、と南條は頭の隅で思った。

廊下左手の二つの部屋のクリアリングを南條と柴崎は三分で終えた。

部屋の中にあるすべての死角をすべて排除し、室内の安全化を確実に実施したことに南條は満足した。

その間に南條が確認した、倒れて身動きしない血だらけの男女は八人にも上った。

だが進行型殺傷事案対処のルール通り、彼らに止血措置を施すことを優先させる頭はなかった。それより何より南條は焦っていた。

次の部屋へエントリーするため足早に向かいながら、少なくとも九名はいるはずの脅威を探せないでいることに苛立った。

三箇所目の、寝室と見られる部屋のクリアリングを終え、廊下に出た、その直後のことだった。

南條は初めてそこで全員の動きを停止させ、無線で桐生たちユニットの状況を聞いた。

「計三部屋のクリアリングを実施。脅威なし」

南條は、全員を階段の手前まで急いで戻らせた。

「おかしくないか？」

南條が隊員たちを見渡した。

「何がです？」

そう訊いたのは桐生だった。

「検索が残っている部屋はまだある。しかし、ここまで何体もの死体は確認しているが、マルタイ、SP、そして総理の誰とも遭遇していないし、マルタイからの反撃もない……」

「屋外では、スナイパー班や偵察班が監視しています。逃げ出すことはあり得ません」

羽黒が語気強く言った。

「即時介入こそが死傷者を防ぐ唯一の手段――その思いで突入した……しかしなぜだ……」

南條は、自分に向かって問うようにそう言った。

南條は、家政婦の悦子が描いた間取り図を胸ポケットから取り出すとフローリングの床の上に広げた。

「検索すべき部屋――。桐生のユニットはあと二部屋。オレのところも二部屋――」

南條は、自分でその部屋を指さしてゆきながら、違和感を抱いた。合計四つの部屋は、六畳から八畳の間取りで、大勢の人間が存在するには――。

「余りにも狭すぎます。到底、マルタイ、職員、SPが存在するとは思えません」

それに気づいた駿河が語気強く言った。

だが、南條はそこで思考を打ち切った。

「しかし、同時に、時間との戦いであることもまた何も変わっていない」

そう言って立ち上がった南條は、作戦の継続を桐生に命じた。

元の位置に戻った南條のユニットは、すぐに一つの部屋のクリアリングに成功した。

しかしまたしても、誰もいなかった。

その部屋から廊下へ出てきた南條は、今度は一番員となった柴崎が足を止めず、そのままの流れで最後の部屋に向かおうとしたのを見て、その動きをハンドサインで止めた。

南條は、最後に残った、十メートルほど先のドアを見つめた。

――やはりおかしい！　あれだけの銃声と悲鳴が聞こえたのだ。誰もどこにもいないなんてあり得ない！

南條は、ふと背後を振り返った。

ジグザグとなった廊下がずっと続いている。

――ここは、廊下の、一番、奥だ……。

その時だった。南條の脳裡に、突然、その言葉が浮かんだ。――フェイタル・ファンネル！

ＣＱＣを行う特殊部隊にとって、廊下の一番奥の、狭い空間、逃げ場のない空間、それこそ、唯一の出入りする場所しかない通行域である致命的なフェイタル・ファンネル！　南條はそこへ立ち入ることへの警告を常にしてきたはずだった。

南條は、柴崎と顔を突き合わせた。

柴崎もここにいることの意味が分かったのか、奥のドアと入ってきた廊下の先を目を見開いて忙しく見比べている。

南條の視界にそれが目に入った。

最後のドア下、細い線……リード線……敷き詰められた粘土状の固形物……。

南條ははっきりとそのことに気づいた。

――オレたちは、このフェイタル・ファンネルに誘導されてしまった！

咄嗟に動いた南條は、柴崎の襟首を無理矢理摑むと、廊下をとって返して必死に走り、その途中で桐生も呼び出して――。

耳をつんざかんばかりの爆発音と爆圧で南條たちの体が吹っ飛び、破壊されたドアが全身に叩きつけられた。

床にドアごと落下した南條はしばらく息ができなかった。しかも鼓膜が爆圧によって異常をきたし、一瞬、聴覚をなくした。

だが、視線の向こうで、幾つものマズルフラッシュを視認した。

目の前の絨毯の繊維が次々と吹き飛んだ。

咄嗟に摑んだ防弾盾に撃ち込まれる銃弾に耐えながら歯を食いしばった南條は、両手を伸ばし、柴崎の両足を摑み、クリアリングしたばかりの、右手の部屋のドアを片足で蹴って開け、その中に体ごと引き摺り込んだ。

その時、一発の銃弾が跳弾となって南條の左上腕を撃ち抜いた。

アイロンを当てられたような猛烈な痛みで南條は仰け反った。激しい痛みで悶絶しながらも南條は、自分の負傷に目をやるよりも先に、柴崎の体を調べた。

金属片や木屑で全体が被われた防弾ヘルメットを脱がし、シューティンググラスを外してやると柴崎はゴボゴボと咳き込んだ後、まっ赤な血を吐き出した。

「どこをやられた？」

南條が柴崎の瞳を見つめた。

「今の衝撃で、口腔内を歯で嚙んだだけです」

柴崎はそう言って苦笑した。

だが、柴崎のアサルトスーツは、あちこちが破け、何箇所からか出血をしていた。

「こんな傷、余裕のヨッチャンです」

柴崎は鼻で笑ってそう口にし、防弾ヘルメットを被り直した。

腕の痛みに堪えながら、南條は耳を澄ました。

銃撃音は聞こえなかった。

「班長！　その出血は！」

柴崎のその声で、上腕に再び激しい痛みが襲ってきた。

南條は、ＣＡＴを取り出して出血点の上部を締め付けた。

「大丈夫だ」

右手一本でＭＰ５を摑んだ南條の耳に銃撃音が聞こえた。しかもその威力が明らかに増していることに南條は気づいた。

桐生のユニットのことがチラッと脳裡を掠めた。しかし無線を使う余裕はなかった。

「近づいてきます」

赤い唾を吐き捨てた柴崎がアサルトライフルを据銃して言った。

南條は急いで戦術プランを思考した。

「ルイ、フラッシュバン（音響閃光弾）、幾つある？」

柴崎は素早く二個を自家製ポーチから取り出して見せた。

「オレが行きます！　カバーリングお願いします」

柴崎が毅然と言った。

「援護する」

その言葉を投げかけた南條は、ズボンに括り付けたミニバッグから折り畳み式の音響閃光弾発射機を素早く組み立てた。

柴崎は廊下をクイック・ピークした。

「マルタイ、二名、視認！　一般人と識別！　九時方向距離、三十メートル！」

柴崎はそう言って、飛び出す姿勢となった。

その傍らで発射機を握った南條はタイミングを計った。

「カバー！」

南條は、まず発射機で音響閃光弾を廊下の先へと撃ち込んだ。そしてさらに、顔の左側に片手で据銃したMP5を、銃身だけを露出して連射モードのトリガーを引き、マルタイがいるであろう方向へ直接射撃を行った。

そしてすぐに背負っていたアサルトライフルと切り換えて右手だけで据銃し、ストック（銃床）の先を肩胛骨にめり込ませ、廊下の奥へと、連射による直接射撃を開始した。

「ムービング！」

そう叫んだ柴崎は、音響閃光弾の破裂によって猛烈な白煙が上がる空間へと躊躇なく突進した。

噴煙が晴れると、音響閃光弾と南條の火力で怯んでいると思っていた、バラクラバ帽を被った二名のマルタイが、一斉に銃口を柴崎に向けていた。

柴崎はまったく動揺しなかった。

柴崎の姿に気づいて自動小銃のトリガーを引こうとした男たちの動作より、柴崎の照準とトリガーワークはゼロコンマ数秒早かった。適切な間合いを取った距離から、柴崎は、二人の男たちの眉間に一発ずつ、一瞬で銃弾を撃ち込んだ。

後方に吹っ飛んだ男たちは、いずれもそのまま身動きを止めた。

柴崎は、アサルトライフルをストレートダウンにしてすぐに物陰に隠れた。そして新たな脅威に備えるため、アサルトライフルを再び据銃し、廊下の左右へと銃口を振った。

「ルイ、カバーしろ！　ムービング！」

そう言った南條が駆け出した。

柴崎と合流した南條は、周囲のビジュアルと次の脅威に意識を置きながら、弾切れによって開いた槓桿の感触を感じた。

まず右腕で次の弾倉を入れやすい据銃の角度を意識しながら、弾倉リリースボタンを押して空弾倉を捨てるのと同時に、自ら完璧にカスタムしたマグポーチから、新たな弾倉を適切な角度、持ち方で取り出して銃弾倉挿入口に槓桿をリリースし、コンマ数秒で装塡を完了させた。

南條は、柴崎とともに、桐生たちがいるはずの、さらに奥にある廊下の様子を窺った。

散発的な銃撃音が聞こえた。

「挟み打ちにする」

そう命じた南條は、防弾盾を持つ柴崎をポイントマンにして廊下の奥へと向かった。

その時、廊下の奥で銃撃をしながら左右の部屋に逃げ込むバラクラバ帽姿の男たちの姿が目に入った。

——左のドアに一名。右に二名。

南條はしっかりとその事実を確認し、柴崎とも確認しあった。

桐生からの無線が入った。

「ショウタ！」

「状況は？」

南條が短く聞いた。

「仕組まれました」

南條は思い出した。フェイタル・ファンネルから離脱しようとした時、視線の先、桐生たちがいるゾーンでも、ほぼ同時にマズルフラッシュがあったことを——。

「爆発で飛び散った破片で、ナオヤが右足を裂傷！」

「程度は？」

南條が訊いた。

「爆破による破片が刺さっただけで、動脈系はやられておらず、今、自ら止血措置を完了しました。歩行はできます。そちらは？」

「大したことはない」

左上腕部の止血パッチをチラッと見ただけで、南條は別のことを訊いた。

「総理や職員たち、またSPは見たか？」

「見てません」

南條が大きく息を吸い込んだ。

「脅威優先！　二つの部屋のクリアリングを行う」

その割り振りを桐生にも指示した南條は、柴崎を振り返って言った。

「ターゲットの部屋、状況不明。しかし、いつもの通りにやれば大丈夫だ」

南條は、家政婦の言葉を思い出しながらそう言った。

家政婦の悦子は、この部屋だけは、総理一家のプライベートな空間なので、家政婦は立ち入りを禁じられており、中の様子は分からないと顔を左右に振った。

しかも、悦子は「この部屋には、コネクトルームが幾つかあるみたいです」という言葉も付け加えた。

南條の言葉に力強く頷いた柴崎は、左側のドアの前に真っ先に駆け寄った。

柴崎はそこで足を止めず、パンプニング（一名で室内をクリアする技術）の動作でドアに銃口を向けたままその前を通過して振り返り、ドアに対して斜め向きの姿勢をとり、ドアを開けた時に部屋の中の様子を視認できる位置——最も危険なのだが——への〝取り付き〟を完了した。

柴崎がその位置に〝取り付いた〟のは、ドアが左開きだと認知したからだ。

柴崎と一体となって移動した南條は、柴崎のすぐ背後へ移動、連動し、後方のビジュアルとドアの死角を強く意識しながら、エントリーに備える〝取り付き〟を完了した。

柴崎が、ドアノブへ手をやった。

南條を振り向いた柴崎は、施錠されていることをハンドサインで伝えた。

桐生のユニットとタイミングを無線で合わせて、南條が背後にいる柴崎に命じた。

「ショットガンブリーチング！」

後方警戒の任を離れた柴崎は、今度は、背中から抜いたショットガンをドアに向けて据銃した。そして、南條の頷きをもって、四つの蝶番《ちようつがい》を上から順に射撃し、破壊していった。

激しい音とともにドアが崩れ落ちた。

柴崎はすぐに元の後方警戒位置に取り付き、新たな脅威が迫りくることを必死に警戒した。

ぽっかり空いたその突入口から、柴崎がクイック・ピークで室内のビジュアルクリアを試みた。

撃ってくる者は誰もいなかった。

部屋は電灯が落とされ、いくつかの家具のシルエットが月明かりで見えるだけで、中の様子はほとんど分からない。

柴崎はすぐに、腰にぶら下げていた暗視ゴーグルをつけて部屋の中を覗いた。

見えたのは、ダークグリーンの映像の中に浮かぶテーブルのほか、横倒しとなった箪笥、散乱する椅子や衣装ケースらしい物体だった。

さらに熱源探知ゴーグルを手にした柴崎は室内に目を凝らした。

しかしそれでも、脊椎動物が存在しないことを物語る、様々な濃淡をもった青色だけしか映し出さなかった。

家政婦が言ったように、この部屋には、コネクトルームが幾つかあり、それらはすべて南條と柴崎にとっては死角である。しかし、とにかく飛び込まないと脅威は排除できないのだ。

南條は、柴崎の肩を後ろから、一回だけスクイーズした（摑んだ）。

「ゴー！」

南條が命じた。

アサルトライフルを据銃してエントリーした柴崎は、右隅のコーナーへまっしぐらに突入した。さらに間隙を作らずに南條が柴崎の動きとクロスするように部屋の左隅へ駆け込んだ。

そのままコーナーからテーブルの先へ回り込んだ柴崎は、右手にあるドアの向こうで物音を聞いた。

「一時方向、ドアの中、異音あり!」

柴崎と南條は素早くそのドアに取り付いた。

鍵はかかっていなかった。

南條が静かにドアを開けた。

射撃はまたしてもなされなかった。

南條は中の様子を一瞬で理解した。

八畳ほどの部屋には、二つのクラブチェアの前に、重そうなスピーカーが左右に置かれ、その上に、大型画面のテレビが壁にかけられている。

人気はまったくなかった。

一番員となった南條が柴崎と体を密着させて部屋の中に進入した。

「十時方向、バルコニー、ホットゾーン!」

南條がマイクに言った。

人影らしきものが目に入った、と南條は柴崎にハンドサインで伝えた。

その直後だった。

突然、出現したバラクラバ帽を被った男が、バルコニーを左から右へ駆け抜けた。

南條は躊躇なくガラス戸越しに射撃した。事態はすでに交戦状態で正当防衛が担保されていたので、制圧基準を考慮する必要はなかった。

マルタイが走った方向を視認した柴崎は、先回りすべく部屋を出て左ドアの、さらにその向こうのドアを目指した。そこに南條が据銃しながら続いた。

次のドアを開けた南條がクイック・ピークした時、猛烈な射撃を受けた。

露出を避ける態勢を取っていた南條は、咄嗟に体を引いたので被弾は免れた。

「マルタイ、三名、視認！」

――やっぱり、この部屋にはもう二名がいた！

柴崎は躊躇なく音響閃光弾を投げ入れた。

「ゴー！」

そう叫んだ南條が、防弾盾を突き出しながら突入した。

防弾盾に激しく銃弾が叩きつけられる。

だが南條は前進を止めなかった。

南條の背中に続いていた柴崎が右側に、南條が左側に飛び出した。

南條と正対した左側の男が自動小銃の銃口を振り向けたその時、反対側の柴崎がその男を一瞬で照準して、鼻の下に一発の銃弾を撃ち込んだ。

右側の男を射撃したのは、柴崎のレーザー（銃線）とクロスする南條が片手で据銃したMP5だった。

しかし、南條の咄嗟の判断で、その男だけは足だけの局部射撃を行った。

男に駆け寄った柴崎は、まず自動小銃を蹴り飛ばし、後ろ手に縛りあげてから、男のバラクラバ帽を剝ぎ取った。

苦悶の表情を浮かべる髭面の男は、柴崎からの視線に目を逸らした。

小学校から中学校にかけて父親の仕事でアメリカ暮らしだった柴崎は、流暢な英語で話しかけた。

問いただすことは一つだけだった。

総理の居場所。

男は不気味な笑顔で柴崎を見上げるだけだった。

「時間がない」

柴崎が焦った。

南條が口を開こうとした、その時だった。

箪笥から飛び出した別の男が南條に襲いかかった。

南條にのしかかった男は、南條が握るハンドガンを片手で押さえ込み、もう一方の手で防弾ヘルメットのライナーを上げ、南條の顔目がけてナイフを振り下ろした。

柴崎が反応する間もなかった。

——殺《や》られる！

南條は思わず目を瞑った。

突然、ガラスが割れる音と同時に、男の姿が一瞬で吹っ飛んだ。

素早く駆け寄った柴崎は、絨毯の上に転がっていたナイフを遠くに蹴り飛ばし、プラスチック製の簡易手錠で男を後ろ手に縛りあげた。男の額には、二つの射入痕があり、それぞれから鮮血が流れていた。

柴崎は窓へ目をやった。ガラス面の二箇所に、銃弾がぶち抜いた痕があった。

「エス1《ワン》（狙撃担当）、ブラック（無力化）！」

柴崎のイヤホンに無線が入った。

その時だった。縛っていたはずの男が、自分のズボンの後ろポケットに隠していたハンドガンを摑み、その銃口を体を捻《ひね》って柴崎に向けた。

ホルスターからハンドガンを素早く抜いた南條が真っ直ぐ片腕を突き出し、三発の銃弾を男の鼻の下にポイントシューティング（照門と照星を見ない射撃）であっという間に撃ち込んだ。

男の体が二メートル後ろに吹っ飛んだ。

桐生からも、三名のマルタイを制圧した報告が南條に伝えられた。

「マルタイは、まだ一名いる。しかも総理や他の者たちもまだ見つけられていない！」

柴崎が腹立ちまぎれに言った。

「いや、まだ死角が残っているはずだ」

そう言って南條が柴崎へ目を向けた。

「どこかに見落としがあります。クリアリングを続行すべきです」

柴崎がさらに話を続けようとした時、マルタイが飛び出してきた簞笥の奥から声が聞こえた。

振り返った南條たちは、一斉に銃器を据銃し、二メートルほど下がって距離を置いてから、開いたままの簞笥の扉の奥を照準した。

ハンガーにぶら下がるたくさんのコートの奥から低い声が聞こえた。だが余りにもその声は小さく、聞き取れなかった。

南條が警戒しながら箪笥にそっと近づいて耳を寄せた。

「マルタイじゃない」

意を決した南條は箪笥の奥へ手を伸ばした。

手に摑んだものをそのまま引き摺り出した。

猿ぐつわをされ縛られた男が床に転がった。

真っ先に猿ぐつわを外した南條の前で、スーツ姿の男が激しく噎せ返った。

「あ、ありがとう……」

男は掠れた声で言った。

「あなたは？」

南條が訊いた。

「総理秘書官の……岡部《おかべ》です……」

南條はニュースで見たことのあるこの顔を覚えていた。確か、財務省出身の官僚だ。

拘束されていた紐を取ってもらうと、大きく息を吐き出して床に突っ伏した。

「総理はどこです？」

南條が問い質した。

だが岡部はそれには応えず、

「蒲生《がもう》さんも……遠井《とおい》さんも……殺された……」

と呆然とした表情で口にした。

南條はもう待てなかった。

「岡部！　総理はどこだ！」

ハッとして起き上がった岡部は、目を彷徨わせたまま、

「ち、地下です」

と口にした。

「地下？　この屋敷には地下があるんですね！」

南條の問いかけに岡部は力なく頷いた。

「どこです！　入り口は！」

スマートフォンを急いで手に取った南條は、ゲリラ対策車で待機しているナナキの当務員のスマートフォンを呼び出した。突入する前に柚木に言って、ナナキの当務員に、家政婦の悦子の確保を要請していたことを思い出したからだ。

ところが悦子はすでに別の場所へ移されていた。しかも誰が、どの部隊がそれを行ったのかも分からなかった。

舌打ちをした南條は、もう一度、岡部の傍らにしゃがみ込んだ。

だが、口を開きかけた南條は、岡部の顔を見つめた途端、啞然とした表情で口を噤んだ。

岡部の眼球は不規則に動き、口は開けたままで舌がはみ出ている――。

「こいつ、もうまともじゃありませんよ」

柴崎が言った。

「さっきの地下の話にしても、デタラメかもしれません――」

南條はふとそのことに気づいた。

「SPは基幹系の無線を持っているはずだな？　それに、今時、スマートフォンくらい持っているだろ？」

「つながらないとすれば、連絡ができない場所にいる。息を殺して？」

柴崎が独り言のように言った。

「それか……やはり地下に潜んでいるのか……」

柴崎の言葉に南條が付け加えた。

「地下だと、コンクリートの打ちっ放しのところが多く、つまり、電波が届かなくて――」

「連絡しようにもできない……」

南條が呟くようにそう口にした。

「もし地下があるなら、専用のエアコン室外機があるはず。それを見つけてホースを辿ってゆく――。どうです？」

柴崎が目を輝かせて言った。

「ダメだ。脅威がまだ存在している中で、そんな行動はできない」

即座に否定した南條は、桐生に無線を入れ、合流するよう伝えた。とにかくこの状況を打開するためにはさらなる知恵を結集したかった。

突然、南條のイヤホンに、偵察班の高島から無線が入った。

「ごく微弱だが、携帯電話の複数の波を検知した。この屋敷の敷地内が発信源だ」

「どこだ？」

「詳しくは分からない」

「了解」

交話を終えた南條は、柴崎に向かって、今、偵察班から届いた情報について伝えた。

そこへ桐生が駆け込んできた。

「班長、負傷者が余りにも多く、早く脅威を完全に排除し、救急隊を一刻も早くここへ臨場させなければなりません」

頷いた南條はあることに気づいて目を見開いた。

南條は、全員を引き連れて部屋を飛び出した。

そして、同じ警戒隊形を構築して据銃しながら、一旦、廊下に出てから、クリアリングを終えたある部屋に駆け込んだ。

うめき声を上げている男を見つけると、南條はそこに跪《ひざまず》いた。

だが、その男からは満足な返答は得られなかった。

南條は次のうめき声の主、つまり〝生存者〟を探し回った。そして見つける度に同じ質問をした。

やっと、まともに口がきける男と接触できたのは五人目だった。

その男の傍らに跪いた南條が真っ先にやったことは、自分の救急キットを取り出し、CATを取り出して、消毒スプレーを使ってから、出血点の上部を締めることだった。

そして、抗生剤のタブレットを飲ませてから、〝すぐに病院に運ぶ〟と言って強い言葉で励ました。

ぎこちなく頷く男の首からぶら下がった身分証の氏名の欄を南條は見つめた。どこの役所のどんな身分なのかはどうだってよかった。

「内田《うちだ》さん、この家の地下には、どうやったら入れるんです？　教えてください！」

内田は何かを呟いた。だが余りにもか細い声なので南條には聞こえなかった。

「えっ？　なんです？」

南條は耳を寄せた。

柴崎は黙って見守った。

南條の目が大きく見開いた。

「来い！」

南條は、柴崎を連れて、最初の部屋に急いで戻った。

その最初の部屋の入り口で、柴崎に後方警戒をさせた上で、南條はクリアリング済みの部屋を駆け巡った。

南條が始めたことは、部屋にある家具をとにかく〝押してみる〟ということだった。四つ目の部屋でそれは見つかった。

何の変哲もない五段の本棚の端を押すと、ゆっくりとスライドしたのだ。

本棚の後ろにあったのは、厚さ十センチはあろうかという鋼鉄の扉だった。南條は片手で開けようとした。数センチだけは動いたので鍵はかかっていないことは分かった。

だが途轍もなく重く、片手しか使えない南條だけではどうしようもなかった。

呼びつけた柴崎が必死に力を入れてなんとか開けてみると、下に続く階段が出現した。

階段を見下ろしながら南條は想像してみた。

戦前にこの屋敷を造った主は、大蔵大臣をしていた。当時は、若手将校などによる政府要人を襲う事件があり、不穏な空気が漂っていたし、後世を生きる政府要人たちにとってもそれらの事件が教訓となったはずだ。

そして、この階段は、イザという時に逃げ込むために密かに造られた地下施設に繋がるものなのだろう——。

「行くしかない」

南條は集まった全員の瞳を覗き込んだ。

「反対です」

羽黒が異を唱えた。

「班長は、総理以下、職員たちのことばかりに気を取られています。すべての脅威の排除が最優先であるべきだと思います」

羽黒がさらに勢い込んで続けた。

「本来なら、こういった作戦は、別に編成する救出班が担当することになって——」

羽黒は途中で口を噤んだ。

その前で、南條が残った隊員たちを見渡してから首を竦めてみせた。

「ナオヤ、お前の言うことはもっともだ」

南條が続けた。

「だが、この屋敷を見ろ。こんな広大かつ複雑な空間でさらに綿密なクリアリングを実施すれば、膨大な時間がかかることが想定される」

羽黒は大きく息を吐き出して頷いた。

南條が続けた。

「この進行型殺傷事案において、ここに存在する我々が、死傷者の拡大を防止するための唯一の手段である以上、もし、この先に、要救出者がいるのならそれを実行することこそ任務だ」

南條は全員を見渡した。

「もし、この先に脅威があるなら排除する」

南條は全員を見渡した。誰からも躊躇ない頷きが返ってきた。

一番員となった柴崎は、アサルトライフルの銃口に装着していたタクティカルライトをハンドガンに付け替えた上で階下を照らした。ゆっくりと下りてゆく柴崎に、隊員たちが続いた。

リアマンとなった南條は、自分の体が完全に階段内に入ったと確認できてから、後方警戒をさらに行った上で、鋼鉄の扉を羽黒と共に慎重に閉めた。

階段を下りきった柴崎は、タクティカルライトで暗闇を照らした。

見つけたのは、銀色に輝くドアノブだった。

だが施錠されている。

南條は全員に据銃させた。

「アサルトを意識しろ！」

南條が語気強く言った。

「普段通りに！　いつもオレがいる！」

そう言い放った南條が片手でハンドガンを据銃しながら一歩下がった。

「ルイ、ショットガン！」

南條が命じた。

「どっちにしたってここで止まれない」

南條のその言葉に、柴崎がショットガンを据銃した。その背後で、全員がそれぞれの銃器をドアに向かって構えた。

柴崎がハンドサインだけで全員を止まらせた。

「中から音がした」

柴崎が再びハンドサインだけでそれを告げた。

「誰だ？」

ドアの向こうから、日本語での、くぐもった男の声が聞こえた。

柴崎が、南條へ視線を送った。

南條が頷いた。

「警察です。あなたは？」

柴崎が訊いた。

「本当に警察か？」

男が逆に尋ねてきた。

南條が柴崎の前に進み出た。

「警視庁ＳＡＴ、第2中隊、制圧班、南條警部補以下、一個ユニットです。皆さんを救出に来ました」

南條は正式な身分を言い切った。

しばらくの沈黙後、解錠される機械音が、南條たちがいる狭い空間に響いた。

少し開いたドアの隙間から、弱々しい蛍光灯の光が差し込んだ。

南條は咄嗟に、血で染まる右上腕に貼り付けられた部隊のマークを見せつけた。

ドアが大きく開かれた。

「待っていたよ！」

ワイシャツ姿の男が南條に抱きついてきた。

その背後から、十数人の男女が駆け寄ってきた。南條は素早く観察した。出血していたり、足を引き摺っている者はいなかった。

天井からぶら下がるたった一つの蛍光灯だけが光る薄暗い空間を南條は見渡した。

やはり想像通りにコンクリート打ちっ放しの、殺風景な倉庫のような空間がそこにあった。

湿っぽくてカビ臭い空気の中で、ここにいる者たちは、正に息を殺して潜んでいたのだ。

「あなたは？」

「政務担当総理秘書官の藤川《ふじかわ》です」

シャツから胸を大きく開《はだ》けた藤川は額に流れる汗をくしゃくしゃのハンカチで何度も拭っていた。

「総理は？」

南條の後ろから飛び出した駿河が訊いた。

固まっていた人たちが左右に引き下がった。

開かれた空間の一番奥に、ネクタイを外してワイシャツ姿でうずくまる白髪の男と、その両側にしゃがみ込む二人のスリムな男が見えた。

南條は、その白髪の男の顔を知っていたし、襟にあるバッジを見るまでもなく、二人のスリムな男たちが総理担当のSPだとすぐに分かった。

特に、五十がらみの年配の方は、テレビニュースに映る総理の左斜め後ろに立つ、警備実施部門で働く者たちの間で〝6番〟と密かに呼称される、総理担当SPチームのキャップだとすぐに分かった。チームのキャップと言っても、総理のわずか一メートル以内に常に立つその存在は、総理に向けられた銃弾や刃物を自らの肉体で受け止める、まさに〝弾避け〟だ、と南條は前からそう思っていた。

「警戒配置！」

南條は部下たちにそう言ってから、白髪の男の元へ駆け寄った。

「阪東総理ですね？」

膝を折った南條が尋ねた。

コンクリートの壁に背をもたせかけた白髪の男はぎこちなく頷いた。

「あなたは？」

南條は、総理の向かって左側にいる〝6番〟に敢えて訊いた。

「第1警護係、警部の竹園《たけぞの》です。こっちは、金田《かねだ》警部補――」

トレードマークの洗練された赤いネクタイは外したままの竹園が毅然として答えた。

総理に向かって右背後に座る金田についても南條は知っていた。同じく警備実施の世界では〝8番〟と呼ばれ、キャップの〝6番〟の少し後ろに配置される総理直近警戒の要員だ。

南條は、竹園を見つめた。

「他の部下は？」

竹園は溜息をついて視線を右にやった。

南條がそこへ目を向けると、一人の男が俯せで倒れ、その周りには血だまりらしいどす黒いものが広がっていた。

「他は、すべてやられたか行方不明だ」

顔を歪めながら竹園が続けた。

もう一度、竹園へ目をやった南條は彼らが遭遇した事態が想像できた。

SPはそもそも、所持している火力も十分ではなく、アサルト部隊ではない。だから、自動小銃で襲われた時、総理を逃がす時間を稼ぐために、その〝十分ではない〟火力で果敢に応戦したはずだ。

だが自動小銃の破壊力は圧倒的だっただろう。

ほとんどのＳＰは初期段階で制圧されていったことが想像できた。そしてこの直近警護の二名のＳＰが最後に残って総理をここに運び入れたのだ。

「マルタイは？」

そう訊いたのは竹園だった。

「合計九名と推測されるうち、八名は制圧しました」

「君たちの部隊は？」

「私を入れて五名です」

そう言って南條は室内を見渡した。

「脱出口は？」

竹園は、右奥にある黒いドアを指さした。

「あの先の階段を上れば庭の池の奥に出られる。その池の右側にある橋を渡ると反対側に出る。そしてそこから十一時の方向、七十メートル先にある裏門を通って屋外に出るまで、走れば一分とかからない」

南條は竹園が握る拳銃へ目をやった。

「自動小銃の火力の前では、これでは無理だったな」

南條は咄嗟に戦術プランを考えた。

「総理、まず、あなたから誘導します」

南條がそう言って立ち上がった時、その手を阪東総理が摑んだ。

「私が狙われているのか？」

阪東総理が深刻な表情で聞いた。

「あそこから脱出する」

南條がそう言って、入って来たドアへ銃を向けている桐生を振り返った。

「ここに何名いる？」

「総理とＳＰも入れて十五人です」

桐生が応えた。

「全員を誘導しろ」

南條が言った。

「総理優先では？」

駿河が驚いた表情で言った。

「我々のミッションは、総理を――」

羽黒が唸った。

「総理？　事態の制圧、それだけだ」

南條が言い切った。

「しかし――」

羽黒が拘った。

南條はそれには応えず言った。

「桐生、隊長に報告！」

そう命じた南條は羽黒を振り返った。

「ナオヤ、お前がポイントマンだ」

羽黒が神妙な表情で頷いた。

「続けて、ショウタ、ユウキ、ルイ、リアマンにはオレが就く。それぞれが要救出者を三人ずつ誘導する」

早口でそう命じた南條は、スナイパー班と連絡をとった。

そして、これからの作戦を伝えた上で南條が言った。

「すべてのチームのスピード感覚を合わせる、そうでなければ話にならない」

そう語気強く言った南條は、駿河を呼びつけて〝ナノＵＡＶ〟を使って庭を偵察しろ、と命じた。

据銃する銃をハンドガンからアサルトライフルに切り替えた駿河は、階段を上って庭に出るドアの隙間から、そっと〝ナノＵＡＶ〟を飛ばした。

「脅威なし」

その駿河の報告を聞いて階段を登り始めた。

羽黒の後を身を低くした官邸職員たちが足早に続いた。そしてさらに隊員が三名ごとに集めた職員たちを庭から裏門へと急ぎ誘った。

「イチからエス（スナイパー班）、カバーリング！　庭に出る。裏門へ誘導する。ムービング！」

そう言って庭に出た南條は、目映《まばゆ》い光に思わず立ち止まって片手で顔を被った。目が慣れてくると、機動隊の照明車のライトを南條は三個確認できた。

振り返った南條は、二名のＳＰが阪東総理の肩を担いで上ってくるのを確認した。

南條は、激痛が襲っている左腕で歯を食い縛って防弾盾を抱え、右手だけで構えたアサルトライフルの銃口を背後に向けながらＳＰたちを急がせた。

大きな池をぐるっと回って十一時の方向へ顔を向け、ふと二階のバルコニーへ視線をやった、その時だった。

総理の真後ろを警戒して続いていた金田の全身が右へ吹っ飛んだ。金田はそのまま池に落下し、激しい水飛沫が上がった。

南條は咄嗟に阪東総理と竹園の前に出て防弾盾を立てかけた。直後、銃弾が浴びせられ、その勢いで南條は池へと落下した。

池の中で腰から下を水に浸りながら南條は、急いで無線に言った。

「エス！　紫《むらさき》（総理私邸）二階、バルコニー！」

そして南條は、竹園に言って総理を走らせた。

「グリーン（照準、射撃する）」

狙撃手からの、たったひと言の、その余りにも静かな声の直後、二階から何か重たいものが地面に落下した音を南條ははっきりと聞いた。

池から這い出した南條が裏門へと走り出した、その時だった。

突然、裏木戸らしき出入口付近から出現したバラクラバ帽の男が、南條たちが誘導するその流れに向かって銃を乱射した。

要救出対象者たちはパニックとなった。南條たちの統制を無視して、裏口へと向かってバラバラに駆け出した。

男の火力は激しく続いた。それも、想像もしなかった光景を南條は目にした。

男は二丁の自動小銃を手にしていた。そして辺り一面に銃弾をまき散らし、一丁の自動小銃を撃ち尽くしたと思えば、別の自動小銃で連射モードの射撃を続け、それが終わると三丁め——と発砲を継続していた。

ＳＡＴのユニットはさすがに全員が待避した。

南條は、庭の行燈の背後に飛び込んだ。

連続する射撃の中で身動きができなくなった。

防弾盾の縁から南條は、阪東総理へ視線を向けた。

南條は声を上げた。

「ヤバイ！」

自動小銃を撃っていた男が、物置の後ろに身を潜め阪東総理を庇っていた竹園に駆け寄ると、その腹部に至近距離から射撃した。

低いうめき声を上げた竹園が、総理から離れ地面の上で仰向けとなった。

それからの動きはあっという間で、南條たちは為す術もなかった。

一丁の自動小銃でさらに撃ち続けている男は、もう一丁の自動小銃を阪東総理の額に押し当てたまま、屋敷の中へ連行して行った。

南條はそれを追った。

だが上手く走れなかった。全身が水に濡れたことで防弾装備の重さがズシンと重たくなっていた。

「班長！」

駿河が突然、声を上げた。

全員が駿河を振り返った。

駿河が唾を飲み込むような仕草をして、自分の指を屋敷内に向けている。

南條は、一部だけが残骸として残る窓ガラスへとゆっくりと足を向けた。

それが誰かはすぐに分かった。

顔面蒼白の阪東総理が一人、畳の和室の真ん中で座っていた。

よく見ると、上半身が紐のようなもので縛りつけられている――。

「いったい、総理は、何を……」

南條は絶句した。

しかし、その直後に目に飛び込んだ光景こそ、南條にとって愕然とするもので声を失った。

阪東総理の元へ近づく女がいた。

南條はその顔を忘れもしなかった。

帆足凜子は、阪東総理の目の前に、三脚が付いたビデオカメラをセッティングした。

「ライブ映像をご覧の皆様。ここにいる悪魔を私は処刑します。その断末魔の叫びをご覧ください」

駿河が、南條の元にそっと近づいた。

「あれ、きっと、ユーチューブとかに流れています」

一度、後ろを向いた凜子が、振り返ると両手を阪東総理に向けて突きだした。

「銃だ！」

駿河が叫んだ。その声に全員が反応し、急いで据銃し、凜子を照準した。

「待て！」

南條が部下たちを制した。

南條は、凜子が突き出した両手の、手首の先にあるものを凝視した。

「ハンカチ……小さな黄色いアヒルたちが描かれている……」

桐生が言った。

「いや違います」柴崎が否定した。「おそらく、あれは、子供の弁当を包む布です。綾菜も同じモノを……」

ハッとした表情を作った南條は、柴崎を見つめた。

「もしかして……彼女の……亡くなった娘、佳音ちゃんの弁当箱を包んでいた――」

「きっとそうです！」

柴崎が続けた。

「あの遺品で銃をくるんで、それで、娘の復讐をしようとしているんです！」

「そういうことか……」桐生が唸った。「武装グループの目的は、ここにあったんだ。すべての行動は、この時、この瞬間のためだけにあった」

「奴らは、最後のステージとして、ここに〝獲物〟を晒した」

言葉を継いだのは羽黒だった。

「そして、真の目的を達成させるための演出を行った――」

南條が続けた。

「その真の目的とは、沼沢竜太郎と帆足凜子の劇的な復讐を実現させるため、それだけだった――」

MP5を吊り紐ごと背中に回した南條は、右腰のホルスターに入れたハンドガンを強く意識しながら、両手を広げて窓に近づいた。

隊員たちも班長に続いた。だが据銃を解くことは誰もしなかった。

阪東総理と凜子から五メートルほど離れた地点で、南條は口を開いた。

「凜子さん、銃は下ろそう」

だが凜子は、阪東総理の後頭部に、突き出した両手を向けたまま、瞬きも止めていた。

その布が微かに動いた。

南條の背後で、銃器を突き出したような音が聞こえた。

「待て!」

南條が隊員たちに言った。

「あの布の下に、本当に銃があると言えるか?」

南條が口にした、その意味を受け止めた隊員たちは押し黙った。

凜子の手の先には、銃把も、銃身も、銃口も何も見えず、銃を発射しようとしている、と断定できないのだ。

「もし、完全制圧して、銃がなければ殺人だ——」

南條は一歩踏み出した。

「近づくな!」

つり上がった目をして、口が裂けているかと思うような醜い形相となった凜子は、ドスの利いた声を張り上げた。

南條はそのギャップに驚いた。

家宅捜索で見つめた彼女は、弱々しく、ただ悲嘆にくれる、どこにでもいる、一人の女性だった。

「銃を下ろせ！」

再び凜子が怒鳴った。

「みんな、銃を下ろせ」

南條がそう命じた。さらに、エスの隊員にも、こちらの合図があるまで手出しはするな、と厳命した。

「お前たち！」

南條たちを睨み付ける凜子が叫ぶように言った。

「君の気持ちは分かるとか、こんなこととして娘が悲しむぞとか、娘は望んでいないとか、そんな陳腐なことを言って私を説得しようとするなら、今すぐ、ここから立ち去れ！」

「凜子さん、いったい何が目的なんです？」

南條は敢えてその質問を投げかけた。

「三年前、私は死んだ。娘とともに天国に行った。今、お前たちが見ているものは怨念だ。肉体じゃない」

凜子は続けた。

「あの時、この男は、私の家族のすべてを奪った。その時、私は、この男を殺すことだけが目的の怨念と化身した。どこかで、通り魔のように殺すことはいつでもできた。しかし、それは、この怨念が許さなかった。公開処刑こそ、この怨念は望んでいる」

黙って凜子の言葉に耳を傾けながら南條は、和室へと慎重に視線を送った。

凜子の背後には壁しかなく出入口はない。凜子の左側、三メートルほど先に襖《ふすま》がある――。

南條は、凜子からは最も遠くに位置する柴崎に向かって慎重に目配せした。

目を見開いて頷いた柴崎は、そこをそっと離れた。

玄関のドアを柴崎が音も立てずにくぐり抜けたことを見届けた南條は、凜子をもう一度、見つめて言った。

「あなたの怒りを聞かせて欲しい。私は、その男をもっと残酷に殺す方法を知っているので、その男に相応しいものを選択しよう」

「うるさい！」

凜子が怒鳴った。

「このケダモノには、死の前に地獄の恐怖を与えることとし、それを実行した」

凜子のその言葉で、南條は初めてそのことに気づいた。

阪東総理の顔をよく見ると、刃物傷だらけだった。

さらに、腹部からの出血が畳にポタポタ流れ落ちている。

そして唇の色が紫色になっている……。

それに気づいた桐生が骨伝導マイクで南條に伝えてきた。

「出血が多量で、チアノーゼとなっています。一刻の猶予もありません」

襖へチラッと視線を送った南條は応えなかった。

「班長。ご決断を――」

桐生が促した。

「照準！　射撃の許可を！」

マイクに柴崎の声が聞こえた。南條は想像した。柴崎はどこからか凜子の姿を捕捉しているのだ。

「待て、撃つな！」南條は急いで言った。「布の下に、銃があるかどうか分からない！」

しかし、南條は、愕然とした。

柴崎の想いと共感する自分を発見したからだ。

しかも、凜子の想いともまた……。

南條の脳裡に、父の姿が蘇った。

「絶対に許せない――」

柴崎のその押し殺した声で、南條は理性を取り戻した。

「こいつらが娘を――」

柴崎の声を南條はマイクでもう一度聞いた。

「ルイ！　銃がないかもしれない！」

桐生も制止した。

「怒りに飲み込まれるな！」

羽黒が囁いた。

「自分を制御しろ！」

そう言った南條の脳裡に、突然、血だらけの父の姿が蘇り、その考えが浮かび上がった。

オレがもし、柴崎の立場だったら、自分を制御できるだろうか……。

「お前もそいつらと同じになる。復讐の殺人者となる！」

南條は、その言葉こそ自分にも向けたものだ、と思った。

「この肉体が滅びると同時に怨念は復讐を果たす」

凜子のその言葉に、柴崎が浅い息を吐き出したことが南條には分かった。それがトリガーを引くときの柴崎の癖であることを南條はよく知っていた。

「ルイ、待つんだ！　待て！」

囁き声のまま、南條は必死に言った。

しかしその一方で、南條は、凜子の、今の言葉が引っ掛かった。特に、〝同時に〟という言葉にこそ神経が研ぎ澄まされた。

南條の視線がそこへいった。

阪東総理が座らされている椅子の下に、小さな長方形の箱が置かれている――。

「ルイ、椅子の下！」

「えっ？」

さすがにその言葉には柴崎は反応した。

「爆弾かもしれません、どうしますか！」

桐生は声に出して南條に訊いた。

「制圧します！　ならば総理を避難させることができます！」

柴崎が言った。

南條は、背後にいる部下たちの視線が自分に集まっていることを意識した。

南條は咄嗟にスナイパー班にそれを命じ、柴崎にも伝えた。

南條が最後に、「スピード感覚を合わせろ」と言った直後、それは実行された。

凛子の周りで連続する銃撃がなされた。足下の畳だけではなく、壁や天井にも銃弾が撃ち込まれ、激しく破片が飛び散った。

凛子は、身を縮ませて呆然となった。

柴崎は襖を勢いよく開けた。だがすぐには飛び込まなかった。

一瞬で体を反転すると、向かってきたバラクラバ帽の男の眉間に三発の銃弾をぶち込んだ。事切れた男の体が柴崎に倒れ込んだ。その体をはね除けるのに時間がかかった。

凛子へ視線を送った時、気持ちを取り戻した凛子が、阪東総理の真後ろに立ち、布でくるんだ両手を、その後頭部に押しつけた。

――殺る！

柴崎はその瞬間を想像した。

しかしその現実は違ったものとなった。

奥の襖が突然開き、飛び出してきた男が凛子に襲いかかった。

慌てた凛子が、その男へ銃を向けた、それと同時だった。

突然現れた〝6番〟、総理担当SPの竹園が、凛子の首に片手を勢いよく押し込んで叫んだ。

「三角《サンカク》！」

親指と人差し指とで作った〝三角〟部分で、凛子の気道を強烈に圧迫した。それから逃れ

ようと仰け反った凜子はそのまま床に転がった。竹園も力が尽きたように腹を押さえたまま
その場に倒れ込んだ。

そこへ柴崎が飛びかかった。三十キロ近い防弾装備でのし掛かった。

苦悶する凜子から離れた柴崎は、その小さな肩を抱いてやろうかと思って伸ばしたその手
を引っ込めた。

凜子は正気を取り戻したように、畳に突っ伏して大声で泣いていた。

「お姉ちゃん……ごめんなさい……私のために……許して……でも、私は、私は——」

泣き声は大きくなった。

「私は、私は、この時のためだけに三年間、生きてきたの……それ以外、何もなかった……」

南條がガラス窓の破片を足で潰して居間に這い上がった。

「娘と夫……家族を返して……家族を、家族をここに戻して……」

凜子は苦悶しながらも涙声は止まらなかった。

「佳音ちゃん、パパ……」

凜子は大声で嗚咽した。

「私の家族を返して！　私の元に返して！」

その言葉は絶叫となった。

何台ものパトカーのサイレンが凜子の声に被さった。

南條を始めとする隊員たちは、ヘリコプターの接近する爆音に、一瞬、注意が奪われた。だから、突然の凜子のその動きに気づかなかった。

凜子の動きは余りにも速く、誰も制止することはできなかった。

どこに隠していたのか、南條が気づいた時には、両手でナイフを構えていた。

「戻って来ないなら私が家族の元へ！」

凜子はそう叫んで自分の首にナイフを突き立てた。

南條たちが駆け寄った。だが、頸動脈からの大量の出血は止めようもなかった。

ゆっくりと畳の上に全身を横たえた凜子は、激しく出血しながらも泣いていた。

凜子は霞んでゆく意識の中で、夫とともに満面の笑みを作った娘が手を振って近づいてくる姿が目の前に見えた。ママ、やっと会えたね――そんな声も聞こえた。


腕章をはめた機動捜査隊の副隊長は、メチャメチャに破壊された屋敷のガラス窓の前で仁王立ちし、駆けつける部下たちに次々と命令を発していった。

辺りを見渡した副隊長は初めてそのことに気づいた。

副隊長は、目の前を走り過ぎようとした制服警察官の一人を捕まえた。

「ここにいたはずのＳＡＴ《エス》はどこにいる？」

制服警察官は戸惑った。

「エス？　いや、それにつきましては、自分は、何も知りません」

溜息をついた副隊長は、もう一度、周囲へと視線を向けた。

大勢の鑑識課員や捜査員が、広大な屋敷内と森のような庭の至るところを占領している。

完全武装の機動隊員たちもたくさんいるが、それらしい姿の者は見つけられなかった。

――それらしい？

副隊長は思わず苦笑した。

自分とて、その特殊部隊の姿はこれまで一度として見たことがない。だから、そもそも見分けなどつくはずもなく――。

一週間後

東京都世田谷区　多摩川

強い西日が河川敷を金色に染めていた。

その日差しに照らされた小鳥の一群が、静かな流れの多摩川の上で元気よく舞ってゆく。

九月下旬ともなるとさすがに湿った風はなくなり、高くて薄い雲がオレンジ色の空にたなびいていた。

穏やかな風が、南條真紀の傍らで堤防の草むらに座っている湯川美玲の長い髪の中で遊んだ。

「美玲ちゃん、お母さんは、あなたのことをずっと想っていて、その夜も心配していたのよ」

そう声をかけた真紀が、スマートフォンを美玲の手の中に返した。

「私、ママから、捨てられたと思ってた……」

美玲は、スマートフォンのメール画面に目を落とした。

「あの夜、私、一人で、怖くて怖くて、泣いていた……」

美玲が続けた。

「お母さんの本当の気持ち、分かってよかったね」

美玲の右隣から、包帯で左手を吊った南條が優しく語りかけた。

「このメールだけでなく、何も見たくなかった、何も信じたくなかった……あの事件からずっと……でも、ママは私のことを……」

美玲が寂しげな微笑みを浮かべた。

「そうよ、ずっと、いつでも、お母さんは、美玲ちゃんのことを……」

止めどもない想いが全身に溢れた真紀は、涙が止まらなくなった。

「ママは、空から、美玲のこと、見守ってくれているのよね？」

小さな笑顔を作った美玲が首を傾《かし》げて真紀の目を見つめた。

「もちろんよ！　今も、ずっとずっとよ！」

真紀は泣きながら美玲の体を抱いた。

真紀の横に座る南條は、想像してみた。

あの代々木公園事案の直前、湯川明日香は、帆足凜子の後を追いながらも、娘のことを想ってメールを送信していた。娘のことが心配でたまらなかったのだ。しかし不幸にも、美玲はしばらくそのメールに気づいていなかった。

今、見せてもらったメールの文章には、母親の深い愛情が溢れていた。

「これからもいつもいつも、お母さんは、美玲ちゃんのことを、あのお空から見守っているのよ」

美玲の体を抱き締めた真紀は、暮れかかる空を指さした。

南條は、明日香の顔を思い出した。

ところが、あの顔は頭から消え失せていた。

死の淵に入る、その直前に見せた凄まじい形相は記憶の中のどこにもなかった。

南條の脳裡に蘇ったのは、ウチに遊びに来ていた時に、美玲ちゃんを膝の上に乗せて優しく微笑む明日香の姿だった。

「これから一緒に暮らすお祖父ちゃんとお祖母ちゃんが住む横浜だと近いんだから、いつでも泊まりに来てね」

涙を拭いながら真紀がそう言葉をかけると、美玲は、こくりと頷いてから、胡桃と笑顔を交わし合った。

南條は、美玲と胡桃の二人の少女を微笑ましく見つめた。

美玲は、母親とは二度と会えないという悲しみを抱えているものの、素直に母親からの愛情を受け止めて幸せな気分に浸っている、と南條は感じていた。

「で、今晩はどっちにする？　お肉？　それともピザ？」

笑顔のままの真紀は、胡桃と美玲の顔を見比べた。

「お肉！」

胡桃と美玲は同時にそう言って一緒に手を上げた。

「そっかぁ、どのお店に行こうかなぁ……」

笑顔で二人を見つめた真紀は、そのことに気づいて南條へ視線をやった。

「良かったわね、柴崎さんの綾菜ちゃんと琴美さん――」

そう言って真紀は満面に笑みを浮かべた。

「ああ、綾菜ちゃん、昨日、一般病棟に移ったんだって。琴美さんは、ほんと、泣いて喜んでいたよ」

背中を軽くこづかれて南條が振り向くと、手や顔に幾つもの小さな絆創膏を貼った桐生が立っており、ビール缶を差し出した。

「それで、美玲ちゃんのお祖父ちゃんとお祖母ちゃん、いつ引き取りに来られるんです？」

南條の右隣の草むらの上に座った桐生は、傍らにコンビニエンスストアのビニール袋を置いてから訊いた。

「明日だ。ようやく精神的に落ち着かれて、やっと引き取ることができるようになったようだ。でも、なんか、寂しくなるよ……」

受け取ったビールのプルトップを引いた南條が、ちらっと美玲に目をやった。

「資産家らしいですね。だったら、美玲ちゃん、苦労することもないですね」

「そうだな」

ポツリとそう言った南條は、葬儀の時の美玲の姿を頭の中で思い浮かべた。

読経の間には気丈にも涙ひとつ見せずに参列者に挨拶し、出棺《しゅっかん》の際にも母親の位牌を胸に抱きながらじっと悲しみを堪えていた——。

「ちょっと、自分、語っちゃってていいですか？」

桐生が訊いた。

南條は黙って頷いた。

「思うんですよ。明日香は、子供にたっぷりと愛情を注ぎ込んでいた素敵な母親であったと同時に、帆足凜子を更生させるために必死に説得をしていた。しかし、そこには、小さい頃からの二人の関係だけでなく、自分の職務に対する使命も胸に抱いていたはずだと――」

「硬い頭の上層部が、やっと湯川明日香を殉職扱いにしたよ。バカな話だ！」

最後の言葉を南條は吐き捨てた。

「帆足凜子にしても、重大事件の犯人の一人であることには間違いないんですが、彼女の哀れな人生には感情移入せざるを得ません」

「オレもそうだ」

この二週間で起きたことのすべてを思い出しながら、南條は賛同した。

「彼女は、今、娘の、佳音ちゃんと会えて幸福だと思います」

「オレもそう思う」

そう応えた南條は、みどり園の運動会に手伝いに来た時に撮った写真の中の、帆足凜子の目を思い出していた。あれは死を意識したものだと昨日までずっとそう思っていたが、今、思い直した。

あの目は、もうすぐ、天国にいる娘と会える、それを見つめる優しい目であったと――。

「辛い人生を歩いてきた二人の少女が、互いに助けあって笑顔に包まれて生きてきた――」

南條の脳裡に、みどり園の坂本良子が教えてくれた、二人のいつもの言葉と幼い時の姿が蘇った。

明日香と凛子は手を繋いで花畑を走っている。

二人は口を揃えて言った。

〝二人で一緒にいる時がとっても楽しいの。こんなに楽しいことは今までなかった。二人はずうっと一緒にいるの。ずうっと、ずうっとこのまま楽しい時間が続くのよ〟


南條がしんみりとした表情で続けた。

「しかし、一人は愛する娘を残して殺され、一人は愛する娘を殺されて自ら命を絶った……余りにも不幸な人生だった……」

二人の母親を想って南條たちはしばらくのあいだ黙り込んだ。

最初に口を開いたのは桐生だった。

「ところで――」

桐生が真顔となって続けた。

「帆足凛子があの時、なぜ、阪東総理を早く撃たなかったのか――。本隊に引き上げる時、班長はその疑問を口にされていましたね？」

南條は黙って頷いた。

「これは、私の推測なんですが、凜子は、娘が事件で亡くなった、その時刻を待っていたんだと思うんです」

南條は、驚いた表情で桐生を振り向いた。

「なるほど、確かに……。しかしお前、よくそれを思いついたな？」

「私も、班長のように、刑事ごっこを――」

桐生は首を竦めてみせた。

「刑事ごっこか……」

そう鼻で笑った南條は、河川敷へ駆け下りて行く胡桃と美玲の二人の背中を微笑ましく見守った。

再び桐生を振り返った南條が口を開いた。

「それにしても、怨念とはかくも凄まじいものか、いま、あらためて愕然としている」

南條はそう言って、家宅捜索の時に間近で見つめた、帆足凜子の顔を思い出した。今、思えば、あれは凄まじいまでの覚悟の表情だったのだ。

「まさしく……」

桐生が唸るようにそう応えた。

「娘の怨念を晴らすためだけに、あんな大それた犯罪に帆足凜子が協力したことがどうしても腑に落ちなかった。しかし、それは我々の物差しで考えていただけだった――」

南條が言った。

「確かに。凜子が最後に口にした通り、まさしく怨念の化身となった彼女は、目的を果たすためなら、我々から見れば理屈に合わないと思うことでも、理解できなくても、なんだってやった、それだけだったんですね……」

桐生が自分の言葉に納得したように頷いた。

「刑事ごっこが好きな副班長さん、沼沢竜太郎と武装グループの計画はどのように進んでいったんだ？」

ニヤついてそう聞いた南條がビールを飲み干した。

「大光寺対策官によれば、それについては公安総務課が容疑解明中《ヨウカイ》だと――」

「なら、沼沢竜太郎は倉庫や事務所をいくつも所有していたのに、なぜ、凜子の自宅をアジトにさせたのか、その謎は？」

苦笑しながら南條が訊いた。

「沼沢は、キワモノゆえ、監視されていたので、一般の民家こそカモフラージュになると――そんな見立てを。しかし、それについても、ヨウカイ中だそうです」

「ヨウカイ中？　ハム（公安警察）らしいな」

声に出して笑った南條は、河川敷に視線をやって両手を口にあてた。

「川には近づくなよ！」

笑い声をあげて駆け回る胡桃と美玲に、大声で南條が声をかけた。

「ハヤトはどうしてる？」

南條の表情が神妙なものに変わった。

「あ、そのことなんですが……」

「悪い話か？」

桐生の言葉に南條が急いで顔を向けた。

桐生は頭を振ってから明るい顔を向けた。

「明日、入籍すると。間もなく班長にハヤトから報告の電話がかかるはずです」

「まだ入院中なのにか？」

「杏里さんが、早くハヤトを支えてゆきたいと――」

笑顔となった南條は何度も頷いた。

「なあ、桐生、最後に、ひとつ、気になっていることがある」

表情を変えた南條が、階段で河川敷に下りてゆく真紀の姿を見つめながら口を開いた。

「なんです？」

「凜子の手に被せてあった布、その下にあったものについて、柴崎は何か言ってたか？」

「正式な調べで語ったのと同じこと、つまり、何もなかった、と、今でも――」

桐生が応えた。

南條はふと河川敷に目をやった。

胡桃と美玲ちゃんと一緒に真紀がこっちに手を振っている。

南條は右手でそれに応じながら口を開いた。

「銃はあった――。オレはそう思う」

「班長、ちょっと待ってください！」桐生が慌てた。「それなら、柴崎は、明らかな証拠隠滅、いや窃盗の被疑者ですよ」

南條は応えなかった。

その時、ある光景が南條の脳裡に蘇っていた。

南條たちが代々木公園のレストランの店内に突入し、その時、柴崎は、身につけた装具のマグポーチに指を突っ込んでいた――。

「まっ、いつか分かるさ」

「いつかって――」

戸惑う桐生がさらに口を開こうとした時、二人の男が、南條と桐生の隣に静かに座った。

「駅前で売ってました」

頬に大きな絆創膏を貼った柴崎が、南條と桐生に差し出したのは、ビニール袋に入った、たこ焼きの六個の舟だった。

「チョコって、結構、どんな酒にもあいますよ」

杖をついて近づいてきた羽黒がそう言って、先に座った柴崎に小さい箱を手渡した。

桐生が慌てて羽黒を支え、そこに座らせてやった。

柴崎と固い握手を交わした南條は、

「本当に良かった」

とだけ言って柴崎を抱き寄せてその肩を軽く叩いた。

柴崎は深く頭を垂れ、南條の手を強く握り返した。

そこにいた誰もが柴崎に近づき、無言で握手を交わした。

多摩川の川面に目をやった南條は、運命に導かれたとしか言いようのない二人の女が写った二枚の写真を脳裡に浮かべた。

どちらも屈託ない笑顔で、本当に幸せそうな幼い頃の二人――。

もう一枚は、大人になって美しくなった明日香と凛子――。

凛子だけは暗い目をしていた。

南條は、あらためてそう思った。

凜子のその目は、死を見つめる目だった――。

「いやいや、酒に合うのは、やっぱ、これっすよ」

駿河はビーフジャーキーの袋を取り出すと、歯で袋を破り、ポケットから取り出した紙の皿を素早く全員の前に並べた。

「お前、ほんと、酒の時だけは手際がいいな」

桐生が呆れた。

「酒の時だけってなんすか？　自分、すべてにパーフェクトです」

駿河が胸を張ってみせた。

「お前は、単に、パーだ」

羽黒がそう言い放った。

五人の男たちの間で、クスクスと笑い声が重なり合った。

南條たちがそうしたのは自然な成り行きだった。

深い夕焼けに照らされながら互いに肩を組み合った。

小さな笑い声がどこからか上がった。

「なんで笑うんだよ」

南條が言った。
だがそれに応える者は誰もいなかった。

ロシア極東、カムチャツカ半島の中心都市ペトロパブロフスク・カムチャツキーからさらにヘリコプターで約一時間。人類によって汚《けが》された世界から隔絶されている自然の絶景が広がるクリル湖は、ヒグマの生息地として知られるだけでなく、船に乗れば美しい稜線をもったヴィルチンスキー火山も近くで拝める秘境である。

七月になって短い夏が訪れた平日のクリル湖に、一隻の小さな小型クルーズ船がのんびりとした雰囲気で遊弋《ゆうよく》していた。船の最下階《さいかかい》にあるプロムナードデッキではキングサーモンを狙う二人の釣り人が釣り竿《ざお》を静かな湖面に垂らしている。

だがそこから約二千四百キロ離れた薄暗い空間で、机の上に展開しているデュアルスクリーン（連結された二つの画面）とノーマルシー（標準画像）を映すパソコン、さらに画像事務用のデスクトップに囲まれているインタープリター（画像判読員）は極度の緊張に包まれていた。直属の上司から指示されていたＥＥＩ（必須の情報要素）は、今日のグリニッジ標準時間午前十一時から十二時までのいずれかでクリル湖に出現するターゲット――クルーズ船を判読せよ、というものだった。

そして、デュアルスクリーンの一つに映るそのターゲットを判読した結果は、とても〝のんびり〟するものではなかったのである。

防衛省情報本部の重要なセクションのうちの一つである画像・地理部が行っているイミン

ト（衛星画像によるインテリジェンス）の現在の戦略は、ＵＡＶ（無人機）や電子観測機に取って代わりつつあり、国家の判断に資するターゲットを捉え、ピョンヤンまでのトマホーク対地攻撃巡航ミサイル用のＤＥＭ（デジタル数値飛行モデル）を地理情報隊とともに作成するなどの任務に置き換わる過程にある。

しかしそれでも、ＵＡＶや電子観測機が進入することができない空域があり、ＩＧＳ－１《ワン》（光学偵察衛星）の活躍の場となる。例えば、弾道ミサイル原子力潜水艦の基地が近くに控え、超高度な目標を破壊できる地対空ミサイルの射程範囲内であるカムチャッカ半島であれば、ＵＡＶや電子観測機は、か弱い獲物同然となるからだ。

クリル湖を中心とした半径十一キロ四方にＩＧＳ－１がアクセスできることから、グリニッジ標準時間十一時二十八分三十六秒から、同十一時三十分三十八秒の百二十二秒、つまり約二分間だけクリル湖を撮像できることをインタープリターはすでに計算していた。

さらに、クリル湖から見て、四十五度内から九十度のコーン（間）で衛星が通過する時に撮れるという設定の上で計算した結果、その撮像できる二分間は四十五度の範囲内にいることになり、つまり偵察衛星の光学カメラがふり返りながらの撮像となる。そのために軌道修正に数百万円のガス燃料が使われ、寿命が三日落ちることとなった。

インタープリターが仕事を始めたのは、デュアルスクリーンに映る、ＩＧＳ－１が二分間だけ撮像したパンクロマチック（白黒）の画像と、左手に置いているノーマルシーとのエクストラクション（変化抽出）だった。毎日の標準画像と現在の映像とに映るものの中で何が違っているかを突き止めることである。

インタープリターが真っ先に注目したのは、小型クルーズ船を取り囲むようにして等間隔で配置された小さな漁船らしき三隻の船の存在だった。しかもそれらの船はいずれも、小型クルーズ船に向かって船首ではなく船尾を向けている。そこに一つの判読キーがあった。これまでのインタープリターの知識ではそれは警護フォーメーションである場合が多いからだ。

その次に、小型クルーズ船が出航した桟橋をノーマルシーと比較したインタープリターが関心を寄せたのは、そこから五十メートル先の開けたところに駐機している二機のヘリコプターだった。インタープリターはすぐに画像事務用のパソコンを操作した。ロシア軍の装備品を分析した中央情報隊作成のカタロギング（識別）資料をホストコンピュータから呼び出したインタープリターは、撮像された形状から、それらヘリコプターはロシア軍の大型輸送ヘリコプターＭｉ－26と攻撃ヘリコプターＫａ－52だと判読した。しかもそれらヘリコプターの周りには、銃口を下に向けた——つまりローレディの銃姿勢で整然と並ぶ練度が高い兵士が囲んでいた。

そしてインタープリターがその僥倖《ぎょうこう》に恵まれたことを喜び、思わず小さな歓声を上げたことは、連続撮像されたクルーズ船のメインデッキに、鼻が高く、長い黒髪でワンピースを着ている人物がキャビンから出てきたばかりの瞬間が写っていたことである。しかも連写された別の画像には、その人物が、後から姿を見せたたっぷりとした髭面の男とハグ（抱擁）した姿も捉えられていた。

その人物が女性だとインタープリターが判読したのは、胸の部位にある、二つのなだらかな〝稜線〟からだった。しかし、インタープリターの〝仕事〟はそこで終わった。インタープリターは物体識別のみを行い、解析をしてはならないと徹底した教育を受けてきたからだ。

二時間後、インタープリターが直属の上司にあたる主任分析官に報告したレポートに書き込んだのは、ＶＩＰ待遇の女性がアラビア人とクリル湖に浮かぶ小型クルーズ船のキャビンで接触したこと。しかもそれにはロシア軍の特別な支援があったこと、それらを簡潔にまとめたものだった。

レポートを受け取った主任分析官は、情報本部の中枢とも言うべき統合情報部の総括課長から与えられていた、アセット（協力者）からの情報が正しかったことに大いに満足した。そして、そのレポートに自分なりの解析を加えてからプレゼンテーション資料として総括課長に提出した。

総括課長は直ちに、そのイミントがあったことのみならず、理由も明らかにせず、陸上幕僚監部でヒューミント（協力者工作）を担当する特別勤務班長にある調査を依頼した。

そしてそれから一週間後、特別勤務班長のデスクに一枚の報告書が置かれた。

クリル湖で小型クルーズ船が撮像されたその日の夕方、ウラジオストク空港を出発したモスクワ経由ロンドン行きのアエロフロート機のＡＰＩＳ（事前搭乗者照会システム）がＦＳＢ（ロシア治安総局）沿海州支局からイギリス内務省の出入国管理部門に届き、対象の人物はその中にいた。日本国籍を持った一人の女性の氏名、年齢、連絡先が記されていた。

特別勤務班長は、セカンドトラック（非公式接触）で定期的に接触している警視庁外事部門に籍を置く警部補と当該の日本人女性についての情報を共有した。

東京・新橋にあるビルの一室の作業拠点に戻った警部補が綴った作成者名がなく、ただ宛名として〈０係官殿〉とだけがある報告書は、その日のうちに外事部門の作業班長を通じて警察庁外事課にデスクを置く指導係長に辿り着いた。

外出先から帰ってきた外事課の奥山を待っていたのはその指導係長だった。

指導係長の話を聞くにつれ、奥山は体の奥から不気味な感触が立ち上がるのを自覚した。

そして、六ヶ月ぶりに耳にした「原沙耶香」という名前で脳裡に蘇ったのは、かつてチェコの首都プラハのレストランで秘撮された、胸を大きくはだけたＶネックミニドレスの女の姿だった。

謝辞

本書を、日本の治安を守るために命懸けの現場に臨む覚悟を常に維持し、さらに彼等を支える家族の方々に捧げます。

未知の領域である世界を学ぶために、ご教示を頂いた数多くの方々のプロフェッショナルの方々に深甚なる謝意を申し上げます。

文庫本の出版に際し、幻冬舎の見城徹氏にはいつにも増してご理解賜りましたことに深く感謝いたします。

編集をご担当してくださった、幻冬舎の羽賀千恵氏からは、今回もまた、常に温かく、的確なご指導を賜りました。ご面倒な編集作業でもお手数を煩わせたことに心より感謝いたします。ありがとうございました。

二〇二二年　六月　　麻生幾

この作品は二〇二〇年八月小社より刊行されたものを
大幅に加筆・修正したものです。

トツ!

麻生《あそう》幾《いく》

令和4年8月5日　初版発行

発行人——石原正康
編集人——高部真人
発行所——株式会社幻冬舎
〒151-0051東京都渋谷区千駄ヶ谷4-9-7
電話　03(5411)6222(営業)
　　　03(5411)6211(編集)
公式HP　https://www.gentosha.co.jp/
印刷・製本—中央精版印刷株式会社
装丁者——高橋雅之

幻冬舎文庫

ISBN978-4-344-43215-4　C0193　あ-19-15